राजी सेठ

राजी सेठ का जन्म सन् 1935 में नौशेहरा छावनी, पाकिस्तान (अविभाजित भारत) में हुआ। उन्होंने अंग्रेजी साहित्य में एम.ए. और 'तुलनात्मक धर्म और भारतीय दर्शन' विषय पर विशेष अध्ययन किया। 1974-75 से लेखन की शुरुआत की। उपन्यास, कहानी, कविता, निबन्ध आदि सभी विधाओं में लिखा। अनुवाद कार्य भी किए।

उनकी प्रमुख कृतियाँ हैं—'तत-सम' (उपन्यास); 'निष्कवच' (दो उपन्यासिकाएँ); 'अन्धे मोड़ से आगे', 'तीसरी हथेली', 'यात्रा-मुक्त', 'दूसरे देशकाल में', 'सदियों से', 'यह कहानी नहीं', 'किसका इतिहास', 'गमे हयात ने मारा', 'खाली लिफाफा', 'मार्था का देश', 'बाहरी लोग' (कहानी-संग्रह); 'पगडंडियों पर पाँव' (साक्षात्कार); 'जहाँ से उजास' (संस्मरण)।

अंग्रेज़ी और विभिन्न भारतीय भाषाओं में उनकी पुस्तकों के अनुवाद हुए हैं। उन्होंने जर्मन कवि रिल्के के 100 पत्रों का अनुवाद किया है। ऑक्टावियो पाज़, दायसाकू इकेदा, लक्ष्मी कण्णन आदि लेखकों की रचनाओं के भी अनुवाद किए हैं।

उन्हें 'हिन्दी अकादमी सम्मान', 'भारतीय भाषा परिषद पुरस्कार', 'अनन्त गोपाल शेवड़े पुरस्कार', 'वाग्मणि सम्मान', 'संसद साहित्य परिषद सम्मान', 'जनपद अलंकरण', 'टैगोर लिटरेचर अवार्ड', 'शिरोमणि सम्मान' समेत कई पुरस्कारों से पुरस्कृत किया गया है।

ई-मेल : rajeeseth22@gmail.com

बाहरी लोग

विस्थापन की कहानियाँ

राजी सेठ

सम्पादन

तरसेम गुजराल

राजकमल पेपरबैक्स

राजकमल पेपरबैक्स में
पहला संस्करण : 2023

राजकमल पेपरबैक्स : उत्कृष्ट साहित्य के जनसुलभ संस्करण

राजकमल प्रकाशन प्रा. लि.
1-बी, नेताजी सुभाष मार्ग, दरियागंज
नई दिल्ली-110 002
द्वारा प्रकाशित

शाखाएँ : अशोक राजपथ, साइंस कॉलेज के सामने, पटना-800 006
पहली मंजिल, दरबारी बिल्डिंग, महात्मा गांधी मार्ग, प्रयागराज-211 001
1, अनमोल सोराबजी संतुक लेन, धोबी तलाव, मरीन लाइंस, मुम्बई-400 002
वेबसाइट : www.rajkamalprakashan.com
ई-मेल : info@rajkamalprakashan.com

विकास कंप्यूटर एंड प्रिंटर्स
ट्रॉनिका सिटी-201 102
द्वारा मुद्रित

मूल्य : ₹199

BAHARI LOG
Stories by Raji Seth
Edited by Tarsem Gujral

ISBN : 978-81-19159-92-5

अनिरुद्ध
(22 अगस्त, 1973 से 11 जून, 1992)
की पावन स्मृति को

आभार

डॉ. सूरज पालीवाल, सनिरुद्ध गुजराल, शिल्पा भाटिया, सुधांशु भाटिया का, भाई अशोक महेश्वरी का जिनका मन भी विभाजन को लेकर आहत है।

क्रम

भूमिका : विभाजन भीतर भी, बाहर भी 11

मुलाक़ात 25

रुको, इंतज़ार हुसैन 29

बाहरी लोग 37

किसका इतिहास 49

किसे कहते हैं विदेश 55

ख़ाली लिफ़ाफ़ा 65

फ़्लाईओवर 73

यह कहानी नहीं 83

सदियों से 101

अपने दायरे 112

मार्था का देश 122

विभाजन भीतर भी, बाहर भी

स्वतंत्रता के वरदान के साथ ही हमें विभाजन का अभिशाप झेलना पड़ा, जिसकी गहरी पीड़ा आज इतने बरसों बाद भी हम झेल रहे हैं।

सुप्रसिद्ध पत्रकार कुलदीप नैयर ने उपनिवेशवादियों, साम्राज्यवादियों गोरों की निर्दयता का ज़िक्र करते हुए कहा था कि अंग्रेज़ इस बात के लिए प्रसिद्ध रहे हैं कि जब उन्हें मजबूर होकर या किसी और वजह से अपना उपनिवेश छोड़ना पड़ा है, तो वहाँ स्थिति गड़बड़ करके ही उसे छोड़ते रहे हैं। उन्होंने एक तरीक़ा यह अपनाया है कि उस देश को बाँट दिया जाए, जिस पर उनका शासन था। उन्होंने आयरलैंड, फिलिस्तीन-इज़राइल और भारत में भी ऐसा ही किया।

लेख अख़बार में 17 अगस्त, 2016 को प्रकाशित हुआ था। ज़ाहिर है 15 अगस्त, स्वतंत्रता दिवस को जेहन में रखकर लिखा गया था। स्मृति में स्वतंत्रता दिवस के साथ-साथ विभाजन की कड़वी स्मृतियाँ होंगी। गांधी बँटवारा शब्द सुनना नहीं चाहते थे। जब माउंटबेटन ने बँटवारे का फ़ार्मूला तैयार कर लिया तो उन्होंने गांधी को ही पहले बुलाया था। जब माउंटबेटन ने इसका नाम लिया (बँटवारे का) गांधी कमरे से बाहर चले गए। लेकिन पटेल और नेहरू ने बँटवारा स्वीकार कर लिया। जिन्ना ने कहा, "मैं इन पर (भारतीयों) विश्वास नहीं करता।" जिन्ना ने माउंटबेटन को दोनों देशों का साझा गवर्नर जनरल बनाने का प्रस्ताव भी स्वीकार नहीं किया।

नेहरू या कांग्रेस यह कभी नहीं जान पाए कि विंस्टन चर्चिल ने जिन्ना से वायदा किया था कि वह जिन्ना के सफल होने और पाकिस्तान का बनना सुनिश्चित करेंगे, चर्चिल को हिन्दुओं से पागलपन की हद तक नफ़रत थी और उन्होंने कहा था कि वह इस अनेक ज़ुबान वाले धर्म को समझ नहीं पाए।

यह अब इतिहास का हिस्सा है। जिस पर कई कोणों से बहुत कुछ लिखा जाना बाक़ी है। परन्तु सभी इतिहासकार विभाजन के निर्णय की निर्ममता, परिणामस्वरूप मानवीय नुक़सान, हरास और त्रास की नज़रों से ओझल नहीं कर पाया, न कर पाएगा। साहित्य इसी मानवीय कोण की सँभाल करता है।

राजी सेठ जैसी मानवीय संवेदन को समर्पित कथाकार कथा-रचाव में इतिहास का इतिवृत्त या उत्खनन प्रस्तुत नहीं करती। परन्तु घटनाओं/दुर्घटनाओं के दबाव में मनुष्य जाति के भीतरी बदलाव का साक्ष्य प्रस्तुत करने के लिए मुस्तैद रहती हैं तथा समय को शब्दशः जीने की चेष्टा में रहती हैं। अतिरंजित माध्यम बनाने की जगह मन की तलहटियों में उतर जाती हैं जिससे परिस्थितियों से टकराहट की गूँज तो बनी रहती है, प्रदर्शनप्रियता पर भी रोक लगी रहती है।

इन सबका सफलता से निर्वाह हुआ है उनकी कहानी 'बाहरी लोग' में भी। अपने बेटे को रात को विलम्ब से आने पर आतुर प्रतीक्षा करती वृद्धा के बारे में जो कुछ भी कहा जा रहा है उसे ध्यान से समझें—"आपको नहीं पता, इसका पेच ढीला है। पूरी तरह क्रैक है—बुढ़िया। इसे अपना कुछ पता ही नहीं रहता। गैस पर दूध रखती है, दूध उबलता रहता है। नल खोलती है, पानी बहता रहता है। तवे पर रोटी डालती है, जलती रहती है। मालूम है क्यों? क्योंकि वह सदा रावलपिंडी में बैठी होती है। बेवकूफ़ है पूरी। अरे, देश के टुकड़े हुए इतने बरस बीते पर इसका पटरा अभी तक नहीं बिछा है। सोचकर देखिए, 40-50 साल क्या कुछ कम होते हैं? मैं तो इसीलिए इसकी बकवास नहीं सुनता।

दूसरे कठोर या निष्करुण नहीं होते हुए भी (दूसरे) या अलग बने रहते हैं। उन्हें अग्निकांड में जली हुई उँगलियाँ, झुलसे मन की आर्तनाद से गहरा परिचय कम ही होता है। मैं कहना चाहती हूँ इस समय की चिन्ता तो अन्धे को भी दीख जाएगी। वैसे भी हम होते कौन हैं? जो किसी की दुश्चिन्ता को इसलिए निरस्त कर डालें क्योंकि हम उस अतीत का हिस्सा नहीं हैं? इस स्त्री की अवहेलना करें, उसे दंडित करें, क्योंकि हम ख़ुद इतिहास की उस सुरंग में फँस जाने से बच गए थे। यह तो संयोग था कि हम उस समय ज़मीन के किसी दूसरे टुकड़े पर थे। भूगोल ने हमें बचा लिया था। क्या इसीलिए हम दानाह बने रह सकते हैं?"

बुढ़िया अपने संवेगात्मक झटकों से उबर नहीं पाती—"अभी तीन-चार साल पहले इसका आदमी मरा है। यह बुढ़िया इस धक्के को नहीं भूलती। पार्टीशन के दंगों में कहाँ तो बारह घंटे की प्रचंड गोलीबारी से बच निकला और कहाँ इसकी बग़ल में सोता-सोता मर गया।" उसे यह अविश्वसनीय लगता है कि रावलपिंडी से निकलने के लिए जिस ट्रेन पर बैठा था वह गुज़रांवाला के स्टेशन पर रोक ली गई थी। बताती है, बारह घंटे लगातार गोलीबारी हुई थी, सारी ट्रेन को ही भून डाला...

विभाजन के समय मंटो का परिवार पहले पाकिस्तान चला गया था। मंटो का दिल हिन्दुस्तान में बसा था। वह पत्नी के इसरार पर पाकिस्तान गए और ख़ुश न रह पाए। विभाजन के बाद हिंसा, धार्मिक जुनून, लूटपाट की भयानक घटनाओं के चलते लोग बसे-बसाए घर छोड़कर भाग रहे थे। 'बाहरी लोग' कहानी में इसका मार्मिक चित्रण है। फसाद शुरू होते ही सब लोगों ने अपने परिवार पहले ही हिन्दुस्तान

भेज दिये थे। घर-बाहर, कारोबार की वजह से ख़ुद अटके रहे कि पहले पता तो लगे कि हवा किधर को चलेगी। बताती थी कि जब मिलिटरी आई और फ़ौजियों ने लाशों से भरी उस ट्रेन में घुस-घुसकर हाँक लगाई कि कोई बच गया हो तो बाहर निकल आए, तब इसका आदमी लाशों के ढेर को अपने ऊपर से ढकेलता बाहर निकला। और क़िस्मत देखिए, दूसरे डिब्बे में इनका माल ढोने वाला मज़दूर बच गया था और उसे निकालने के लिए तुरन्त ही ट्रक मिल गया तो वह हिन्दुस्तान की सरहद पार कर गया और इसका आदमी कैम्पों में धक्के खाता, भटकता एक महीने के बाद अमृतसर पहुँचा। इन लोगों ने तो उसे मरा मान लिया था...अरे मान लिया था पर मरा तो नहीं था। यह मूर्खा उन्हीं बातों को लेकर बैठी रहती है। कोई भी, कहीं भी राह चलता मिल जाए तो हो जाती है शुरू।

यह यादों में लिथड़ी-लिपटी असहाय बूढ़ी माँ है, बेटे के प्रति अनिष्ट की आशंका से चिन्तित, जिसकी चेतना का बड़ा हिस्सा विभाजन की बुलडोजरी घटनाओं तले कुचला गया है।

राजी सेठ की विभाजन केन्द्रित कहानियों से गुज़रकर कहा जा सकता है कि वह जीवन की तात्कालिक नहीं मान रहीं। कथा समीक्षक सुरेन्द्र चौधरी ने एक लेख में तात्कालिक मान लेने का अर्थ 'समय की हत्या' माना था। मनोहर श्याम जोशी ने आचार्य द्विवेदी से एक साक्षात्कार में पूछा था कि उनको इतिहास से इतना प्रेम क्यों है और क्या यह भी एक तरह से पलायन नहीं?

द्विवेदी जी का उत्तर था—"इतिहास मनुष्य की तीसरी आँख है।" 'रुको, इंतज़ार हुसैन' कहानी का वाचक इंतज़ार हुसैन का उपन्यास 'बस्ती' ख़रीदकर लाया और अपने सिरहाने के रैक में रख दी। ऐसा करते हुए उसने किताबों को गिना। देश के बँटवारे पर वह दसवीं किताब थी। क्यों उसे ऐसी किताबों की ज़रूरत है? इन किताबों में उसके जीवन का कोई ज़रूरी हिस्सा बन्द है। उसे विश्वास था कि किसी न किसी दिन उसे इनकी ज़रूरत पड़ेगी। वह इनको पढ़ते समय अपनी ज़िन्दगी को पढ़ रहा होगा।

एक औसत घर में किताबों के साथ भावनात्मक सम्बन्ध अन्य भौतिक ज़रूरतों के सामने धूप से पहले गिरी ओस की बूँद जैसा ही होता है। एक दिन पत्नी ने कहा था—"इन किताबों को परे हटाओ। बच्चों को रैक की ज़रूरत है।"

"उसने पत्नी को घूरकर देखा था। पत्नी ने कहा था वह उसे इतना घूरकर न देखे। अब वह उसके पहले की तरह डरती नहीं। क़यामत जैसी चीज़ सिर से गुज़र चुकी है। अब उसे कभी भी, किसी भी बात से डर नहीं लगता।" जवाब में उसे औरताना, इमोशनल एक्सप्लॉयटेशन वाली दलील देनी पड़ी। "ये किताबें भी यहीं रहेंगी। जो कोई इसे हटाएगा (रैक) मेरा मरा मुँह देखेगा।" उन किताबों में बन्द इबारत में उसके जीवन की धपधप छिपी है।

अधबीच रास्ते पत्नी के सदा के लिए छोड़ जाने पर किताबों को खाट के नीचे पटला रखकर रखने की ज़रूरत नहीं रह गई थी। फिर एक प्रश्न जो कई बार उठा होगा कि क्या एक किताब के रूप में सभ्यता और संस्कृति का बेहतरीन पाठ हिफ़ाज़त से नहीं रहता? क्या एक किताब संचित अनुभव का संवेदनात्मक ख़ज़ाना नहीं होती? पत्नी के सदा के लिए चले जाने के बाद सोचे कि पत्नी और किताबों में वैसे भी कोई रिश्ता नहीं बनता। किताबें रखी रहती हैं, क्योंकि उनका जीने में से गुज़रती ज़िन्दगी से कोई वास्ता नहीं। एक-दूसरे की सरहदों में कोई आवाजाही नहीं। होती तो देश विभाजन के इतने बड़े हादसे पर उसके हाथ लगती नहीं इतनी सी किताबें। लाखों के ख़ून-ख़राबे को ज़ुबान देती कुल जमा दस किताबें। यहूदी अच्छे निकले जिन्होंने अपना दुखड़ा तरल करके सारे संसार की धमनियों में बहा दिया।

चेतना का प्रवाह आगे बहा—ख़ुद ही लगा वह ग़लत सोच रहा है। लिखने वाले और होते हैं उखड़ने वाले और। उखड़ने वालों को इबारतों में उलझने की फ़ुर्सत ही नहीं। पैरों तले पड़े अंगारों को हथेली पर रखकर देखने की हिम्मत भी नहीं।

कड़वी स्मृतियाँ पीछा नहीं छोड़तीं, "जब लाहौर छोड़ा था तो वह उन्नीस वर्ष का था—तब से अब तक चालीस जमा उन्नीस—पूरे उनसठ।"

वह इंतज़ार हुसैन के उपन्यास की इबारत के साथ-साथ चल रहा है। "शहर में घुसते शरणार्थियों के क़ाफ़िलों के बारे में पढ़ रहा है—लाहौर से बाहर जाते क़ाफ़िलों में वह ख़ुद भी शामिल हो रहा है।" उसने पढ़ा—शामनगर में कितने मकान ख़ाली पड़े थे, दरवाज़े और खिड़कियाँ खुले हुए। वह लेखक को टोकना चाहता है, "तुम्हें इतना तो पता होना चाहिए था कि यह शामनगर नहीं था, सन्तनगर था। माँ घर में बटलोई पर दाल बना रही थी। जब पिताजी भारी तनाव और माथे पर त्योरियाँ लिये बटलोई को चूल्हे से उतार देने का आदेश दे रहे थे, जबकि दाल अधबनी थी। चूल्हे से बटलोई ही नहीं उतरी, पानी से भरी बाल्टी की मोटी धार चूल्हे पर साध दी गई। कहा—अब ज़रा सुन, पूरे ध्यान से—वे आ चुके हैं। इस गली के सिरे पर हैं। जल्दी कर...अभी के अभी चलना है।"

निबन्धकार होगा तो कह देगा कि धार्मिक उन्माद की वजह से लोगों को पलायन करना पड़ा था या घर-बार छोड़कर भागना पड़ा परन्तु कथाकार अपनी सूक्ष्मदर्शिता से पलायन का होना शब्दों के माध्यम से अंकित करता है। सफल कथाकार नैरेशन को बिम्बात्मक तरीक़े से आसान और ग्राह्य बना देते हैं। राजी सेठ की कहानी कला में यह तत्त्व नैसर्गिक रूप से विद्यमान है जो लगभग असम्भव को सम्भव बनाता है। पाठक की उँगली थामकर चलता है।

'मुलाक़ात' कहानी की तरह यह आज़ादी की जंग है। इसे लेकर कभी भी, किसी भी बात पर रोया नहीं जाएगा। साहित्य और साहित्य की एक विधा कहानी जीवन के पुनःसृजन का ही काम करती है।

'किसे कहते हैं विदेश' राजी सेठ की एक अलग स्तर की कहानी है। भारतीय परिवेश अपनी ज़मीन अपने पारिवारिक संस्कार, जिनमें कुछ आदर्श अभी पैठ बनाए हुए थे, से एकदम छिटककर अलग नहीं हटा था जबकि बाह्य विश्व की ताक़त असाधारण रूप से असंगत निर्मम और सख़्त हो रही थी। दोनों के पास अपने-अपने सत्य थे। सवाल ग्राह्य-अग्राह्य का था। स्वीकार-अस्वीकार का।

भारत से रवि की माँ रवि के पास विदेश गई है। कैथरीन जा चुकी है। रवि उसके बिना अकेलापन और टूटन महसूस कर रहा है। तनाव से घिरा है। माँ भरे-पूरे घर से आई है। विचार-भेद यों तो दाम्पत्य का हिस्सा है परन्तु वह दुख और बिखराव तक नहीं जाता। राजी सेठ कहानी रचते हुए परिस्थिति का उद्घाटन धीरे-धीरे होने देती हैं। हल्की आँच में पकते सुगंधित खाद्य पदार्थ की तरह। बेटे के आने की प्रतीक्षा करते पुलाव हड़बड़ी में बनाती हैं। देरी से डर से। इतना डर क्यों बना रहता है यहाँ पिछड़ जाने का...चपाती भाती है पगले को...मन रखने को चावल भी खा लेता है। यहाँ रोटी बेलने को मेहनत बचाने को। मेहनत बेदाम नहीं बिकती यहाँ। फिर भारतीय घर का दृश्य—"मेहनत क्या है रोटी पकाने में? यह बात कभी किसी ने सुनी होगी देश में? दस व्यक्ति भी आ जुटें, तो रोटी पकती है। यहाँ सब कुछ कैसा गिनती-गिनती जैसा हो गया है...आवेग, तृप्ति, गंध। लगामें लगाकर मोड़ लेने की चीज़ हो गया है मन!"

कैथरीन को लेकर किसी सवाल से आहत हो जाएगा रवि, "ऐसा भी क्या... शादी तो तुमने अपने मन से की थी तुम दोनों ने?"

"तुम इस पचड़े से परे नहीं रह सकतीं?"

भारतीय परिवेश और विदेश के परिवेशगत अन्तर साथ-साथ चल रहा है।

बाद में पता लगने लग गया था कि यह दूरी प्राइवेसी में सेंध लगाने का दंड रूप है। प्राइवेसी और आत्मनिर्भरता बड़ी महत्त्वपूर्ण चीज़ें हैं इस देश में। सामने वाले के कपड़ों के कगार में आग लग रही हो, पर सोचकर बोलो। यह नहीं कि दूसरों की जान सलामत है तो अपनी भी। कौन जाने दूसरा अपनी सलामती किस बात में मानता है। "माँ के भीतर सवाल भी हैं परन्तु वह क्यों इस व्यवस्था का हिस्सा होती जा रही है...मन में ऐसी माया-ममता के रहते।" कहानी समीक्षक सुरेन्द्र चौधरी ने कहा था, "जीवनव्यापी संघर्ष बराबर लक्ष्यों और मूल्यों के सन्दर्भ में ही चलता है और यही उसकी सार्थकता है।"

भारत के संयुक्त परिवार व्यवस्था में संवादहीनता और अजनबीपन पहले कभी कोई विकट समस्या नहीं रही। सामाजिक सम्बन्ध सूत्र भी मज़बूत ही रहे। माँ के रवि बेटा के विदेश आने के इसरार पर जब जाना तय हुआ तो पड़ोसी मुखर्जी की पत्नी का मुँह मैला हो गया था। "आप तो कहती थीं, बड़के के सौर की चिन्ता न करूँ। मैं आपके आसरे बैठी थी, नहीं तो पीहर भेज देती, ऐसे उठुंग घुटनों के रहते।"

भारतीय जीवन शैली में संयम का पाठ ठीक से पढ़ाया जाता है। यदि आपने कुछ कमाया है तो उसका एक छोटा हिस्सा भविष्य के लिए रख लो। काम आएगा मुश्किल वक़्त में। परन्तु विकसित मुल्कों में भोगवादी प्रवृत्ति के प्रचार के तहत खाना-पीना, मज़े मारना ही जीवन एक सूत्र माना जाने लगा था। पति नीलांबर मानते हैं कि ऐसा उजला मन तो हर भारतीय के भीतर निकल आता है कि वह खाए-पिए और टेढ़े-बाँके दिनों के लिए बचा-सँभालकर भी रखे और आगे की पीढ़ी के लिए छोड़ जाने को भी अपना ही दायित्व माने।

"ये बातें बेबुनियाद हैं..." रवि ने झिड़का था, "हर इनसान की ज़िन्दगी को अपनी धुरी पर घूमना चाहिए, चाहे वह क्रेडिट कार्ड्स की मदद से हो।"

रचनात्मक दायित्व और रचनात्मक भूमिका के प्रति सजग राजी सेठ माँ की करुणा, चिन्ता, तनाव को उपेक्षित नहीं करतीं जो कि स्त्री की प्रकृति, दाय और गरिमा से जुड़ा है। बेटे रवि के कैथी से विवाह को लेकर आशंकित पिता ग़ुस्से में कुछ भी कह सकता है परन्तु माँ नहीं। उसका मन विशुद्ध अहिंसक ठहरा। मन में जगा रही थी एक प्रार्थना..."मेरे पुरखो, मेरे देवताओ, मुझे शक्ति दो...मुझे एक मनुष्य के स्वीकार के लिए एक मनुष्य बनना है। बल्कि मनुष्य से ज़्यादा एक माँ बनना है, क्योंकि माँ मनुष्य की जननी है। तुम अभागे हो नीलांबर—एक बात में तो मैं तुमसे आगे हूँ। मेरे पास माँ बनकर सारी कल्मष धोने का अवसर तो है। तुम तो उससे भी वंचित हो मेरे पति पुरुष..."

रवि के विवाह सम्बन्ध के खंडित होने पर "चुप्पी के पेट की खोह से ऐसी घनी सी घुमेर उठती है कि लगता है बेटे की बाँह थामकर कहे, 'हमें सहने की चोखी आदत है रवि। अच्छे-बुरे वक़्त भी हमने देखे हैं और यह छाती भी ख़ासी चौड़ी है। इसके भीतर अपना-तुम्हारा, अलग-अलग कुछ नहीं है—इसलिए इन टीसों को बहता चले आने दो।' "

"वह इसे सोख सकती है...जज्ब कर सकती है, पर कुछ भी नहीं कह सकती।"

एक ख़ूबी उनकी (राजी सेठ) यह है कि ये परिवार के माध्यम से समाज तक जुड़ती हैं। एक घर के ज़रिये पूरी कॉलोनी पूरे वक़्त में दबे-घुटे परिवारों से मिला देती हैं। परायेपन की गूँज को ध्वनित कर देती हैं जो पास होते हुए पास नहीं होते।

"इन घरों में कौन से और कैसे लोग रहते होंगे! इनकी क्या दिनचर्या होती होगी। इन घरों में कैसी रसोइयाँ, कैसे शयनकक्ष और कैसे आवासी—क्या इन घरों के पिता अपने पुत्रों की ख़ुशहाली के लिए इतने ही लालायित रहते होंगे—स्टोर्स में भरे इतने जूतों, खिलौनों, छातों को पाने के लिए कौन से और कैसे बच्चे होते होंगे? उनकी किलक और कोलाहल को क्यों उसने कभी नहीं सुना? इनके घरों की धड़कन कौन से केन्द्रों में बसी है? इन बन्द दरवाज़ों के पीछे का संसार वह

ज़रा भी नहीं जानता, जबकि देश के घरों में, किस समय, कहाँ-कहाँ, क्या-क्या हो रहा होगा।"

शम्भुनाथ कहते हैं कि निराला ने लिखा था, "दुख ही जीवन की कथा रही।" दुख जितना निजी था, उससे काफ़ी अधिक जातीय था। उस युग में दूसरों के दुख को महसूस करने की क्षमता थी। अधिक सुख आदमी को अमानवीय बना देता है, जबकि दुख मानवीय बनाता है।

उस परिवेश में भौतिक सुख अगाध है।

अपनी उदासी के उद्गम को ढूँढ़ती-ढूँढ़ती वह यहाँ कहाँ आन पहुँची! क्या इतनी सारी पहचानों और परिचितियों के एकाएक गुम हो जाने को कहते हैं विदेश! क्या अपने और अपने ही लिए जीने-मरने की खींचतान का नाम है परदेस? जो यहाँ रहता है, वह एक व्यक्ति बनकर रहता है यहाँ, एक परसन...एक इंडिविजुअल। 'मार्था का देश' नामक लम्बी कहानी को 'किसे कहते हैं विदेश' का एक्सटेंशन कहा जा सकता है। कहानी में संवाद की जगह आत्मालाप और एकालाप का ज़्यादा उपयोग हुआ। कहानी चुप होकर बोलती है। 'किसे कहते हैं विदेश' कहानी के ज़हर बुझे प्रश्न सामने हैं तो 'मार्था का देश' कहानी के धीमे ज़हर जैसे, जो देह में रूटीन की तरह दाख़िल होते हैं परन्तु तबाही ज़्यादा करते हैं। माँ पुत्र के प्रति यहाँ भी आदर है परन्तु यह भारत में ही है वहाँ रवि और कैथी का सम्बन्ध विवाह के उपरान्त खंडित होते हैं। यह पहेली की तरह है। मार्था का अपना जीवन जटिल यथार्थ से निकलकर आता है तो सम्बन्ध भी शीशे की तरह ऊपर-नीचे हो रहे हैं। परन्तु 'मार्था का देश' वाचक के लिए स्वच्छ भी है, यथार्थ भी। वह उसे न छोड़ पाता है, न स्वीकार कर सकता है। वही पहचान बन रही है। वही मुश्किल, सफलता-असफलता, परिस्थितियों-मनोस्थितियों के बीच से कैसे राजी सेठ कहानी बुनती चली जाती हैं वह भी एक गम्भीर विचारणीय अर्थवत्ता के साथ, हैरान करने वाला रचना कौशल है। यहाँ भारतीय और अमेरिकी संस्कृति के अन्तर्विरोध ज़्यादा मुखर हैं। मार्था की बुनावट में जो स्वाधीनता, अधिकार-बोध, अहं, निजता, दैहिक स्वतंत्रता की रंगत है, वह एक तरफ़ नई, आधुनिक स्त्री का बोध करवाती है। दूसरी तरफ़ पश्चिम के परिस्थितिजन्य भावबोध, वस्तुवादी मानसिकता और ज़रूरतों के विज्ञान का एहसास करवाती है। अन्तर्मुखता को ज़ाहिर करने के लिए कथाकार को बहाने नहीं खोजने पड़ते।

माँ वाचक को अंग्रेज़ी में पत्र लिखकर अमेरिका भेजती है। "अटपटी सी अंग्रेज़ी, जिसे पढ़ते लगता है कोई अविरल बहती नदी झाड़-झंखाड़ में फँसती चली आ रही हो। वाचक जब चुनाव करके वाक्यों में उत्तर देता है तो माँ कहती है—'ऐसा भी क्या लिखना कि उसमें असली आदमी ही दिखाई न दे।' आत्मीय पत्र तो पारदर्शी होते हैं। मन की अवस्था का पता न चलने देने के लिए वह प्रत्येक पत्र का उत्तर

नहीं दे पाता। मैं शायद यह चाहता हूँ कि जो कुछ भी उन्हें सोचना अच्छा लगे, वे वही सोच लें। ख़ाली ख़ाकों में अपनी पसन्द के रंग भरते रहें। यह अनुत्तरता यहाँ की हवा के अनुकूल है।"

प्रशान्त के बुलावे पर वह अमेरिका के लिए उड़ गया था। तब सभी कुछ आसान लगा। प्रशान्त का कहना था कि वह किसी भी तरह आ जाए। "हेल्पिंग हैंड की ज़रूरत है। समझ लो, बाक़ी सब कुछ जमा-जमाया है।"

आते समय कुछ चमड़े की जैकेट्स तथा दो दर्जन दस्ताने लाने का अनुरोध था। पापा से टिकट के पैसे चाहे थे।

सभी कुछ अस्थिर रहने के चलते "प्रशान्त किसी कलूटी का पीछा करते-करते कब का शिकागो निकल गया था और अपने अपार्टमेंट का किराया भी मेरे मत्थे मढ़ गया था, जिसे मार्था ने रोते-झींकते चुकाया।"

घर लौटकर आने पर माँ को कहना नहीं चाहता कि कितने ही सिरे समेटने हैं कि मैं ख़ाली होना चाहता हूँ। बिलकुल रीता, अकेला। इतना अकेला कि बस मैं रहूँ जो मैं कभी नहीं होता। कभी नहीं होता यहाँ और कभी नहीं हो पाता वहाँ एक पूरा देश है जो मेरी चेतना में ठुँसा-ठुँसा रहता है। एक पूरी संस्कृति, एक पूरा समाज। करने-धरने का एक मुकम्मल तौर-तरीक़ा। निर्मल वर्मा ने कहा—"यह सही है कि केवल आत्मचेतना के भीतर मनुष्य अपनी अस्मिता की पहचान निर्मित कर सकता है किन्तु यह भी उतना ही सही है कि जब तक वह इस घेरे के भीतर है, अस्मिता की यह पहचान हमेशा धुँधली और अस्पष्ट रहेगी।" (कला का जोख़िम/पृष्ठ संख्या 17)

घर से कोसों का फ़ासला और हर घड़ी अपने ही लहू में चिपचिप पाँव। रोते-झींकते से यह फ़ासला तय नहीं किया जा सकता था। कभी लिखने की चेष्टा भी की तो पापा का ललकारता हुआ चेहरा ही उभर-उभर आया। कैसे कहता कि 'हिज़ मर्चेंट सन हेड लास्ट द शोर।'

आज कनाडा, यू.एस.ए., ऑस्ट्रेलिया जाने के लिए देश भर के अख़बारों में पूरे पेज के विज्ञापन युवा पीढ़ी को लुभाने वाले लगते हैं। माँ-बाप कितनी भी दिक़्क़तें उठाएँ उनके पंखों को रोक नहीं पाते। ऐसी युवा पीढ़ी जिसने अपने स्वप्न इन आधुनिक देशों की ज़मीन में बो दिये हैं, उन्हें यह जान लेना चाहिए कि बहुत ही कठिन है डगर पनघट की।

वसीम वाचक का दोस्त कहता है—"यू आर ए लिमिट। तुम्हारा कसूर नहीं। हम सब यहाँ रहकर कन्वर्ट हो चुके हैं। हर बात को पैसे के तराजू पर तौलते हैं।"

जो कुछ वहाँ उनकी अस्तित्व की लड़ाई के तौर पर घट रहा होता है, उसकी सूचना तक भारत में अपने परिवार को नहीं देना चाहते। वाचक कहता है, "कैसे कहता कि किन चीज़ों से टकरा रहा हूँ। अक्सर रात बाहर बितानी पड़ती है। दिन में केंडी बेचनी पड़ती है। थोड़े से सेंट्स का जुगाड़ करने के लिए कारों में पेट्रोल

भरना पड़ता है। होटलों में क्रॉकरी धोनी पड़ती है। फुटपाथ पर कश्मीरी मफलर और गुजरातियों की बनाई हुई नकली ज्वेलरी बेचनी पड़ती है।"

वे अपनी सिविल सोसाइटी, न्यायपरकता क़ानून के राज्य पर बार-बार प्रशंसात्मक बयान जारी करते हैं, परन्तु रंग भेद, असमानता, लूट-पाट पर कोई नियंत्रण नहीं।

मार्था के उसे ढूँढ़ पाने की कहानी का सम्बन्ध भी वाचक के साथ घटी वारदात से है। "पिछली रात तलमार्ग (सब-वे) से गुज़रते, ख़ूब लम्बे-चौड़े एक काले भुच्च जैसे आदमी ने सामने से आकर मेरी नाक की नोक पर एक ज़बर्दस्त घूसा जमाया था। सारे शरीर में दौड़ गए झन्नाटे से मैं अभी उबर ही नहीं पाया कि मेरी आँखों के सामने तेज़-तेज़ चुटकियाँ बजाते वह चिल्लाया—टेक आउट व्हाट यू हैव। 'यू स्वाइन निकालो, जो कुछ तुम्हारे पास है कुत्ते!' 'यू ब्लडी इंडियन' कहकर जूते की नोक से मेरे मुँह पर भरपूर ठोकर मारी।" यहाँ कोटद्वार देखें। भारत में (अपने देश में) वह कुँवर साहब कहलाता था।

सड़कों पर कुछ भी होता रहे—क़त्ल, हत्या, चोरी, बलात्कार—राहगीर को अपनी राह अपनी है। करुणा? वह भी काली चमड़ी के प्रति। असम्भव। बाद में मार्था ने बताया कि "जेब एकदम ख़ाली हो तो ऐसी ही पिटाई लगती है। जेब में इसलिए कुछ न कुछ होना चाहिए सो दैट यू कैन शट दीज डॉग्स। पैसे के उपयोग की नई के नई जानकारी हाथ लगी थी, पर देने के लिए पैसा या जीने के लिए पैसा—यह एक ज़्यादा तीखा सवाल था।"

वहाँ के अनुभव से जल-भुन कर निकल आने पर वाचक भाई से कह पाया—"असल में पैसे वालों की एक जमात है। बिना पैसे वालों की एक। असमानता झेलते लाखों लोग इस भेदभाव के बीच में लथपथ रहे हैं।"

कदाचित इसी एक सूत्र पर नज़रसानी करते-करते बेंजामिन पेरिस के आर्केड का अध्ययन करने के लिए निकले थे। "देखा कि बाहर के सार्वजनिक समय में भले ही एक उत्सवधर्मिता, कोलाहल और आमोद हो पर घरों के भीतर एक अन्तर्भूत उदासी और ऊब है। ये घर जर्जर हो चुके जेलख़ानों की तरह हैं।" (पहल-69)

अमूमन सभी अमेरिकन भौतिक सफलता के दंभ में रहते हैं। वाचक पूछता है—"सुनो, क्या तुम कभी अपना देश छोड़कर कहीं गई हो?"

साम्राज्यवादी मुल्क कोरे अभिमान से भरे हैं।

"हमें अपना देश छोड़कर कहीं जाना नहीं पड़ता। दूसरे आते हैं। इतना बड़ा जो है।" गर्वस्फीत मार्था का उत्तर। जब तलघर में काले भुच्च जैसे आदमी से पिट गया था, मार्था उसे उठवाकर स्टूडियो में लाई थी। परन्तु निपट शरत्चन्द्र की नायिकाओं जैसी नहीं है वह। वहाँ लड़कियों को भारत की तरह पराये घर जाने तक अक्सर सुरक्षित घर उपलब्ध नहीं होता। जब वाचक उससे कहता है—हमारे यहाँ ऐसा नहीं होता। लड़कियाँ तो ख़ूब ही जेंटल होती हैं क्योंकि प्रोटेक्टेड रहती हैं। उसका

उत्तर है—"यह प्रोटेक्टेड की बात तुमने किसे लेकर कही? स्त्रियों को? उन्हें भी इसी तरह अठारह साल की उम्र के बाद अपनी रोटी कमानी पड़ती है। घर ढूँढ़ना पड़ता है। साथ रहने को आदमी तलाशना पड़ता है और यह क्या माँ की गोद में बैठे-बैठे हो जाता है। अठारहवाँ बीतते-बीतते तो दूसरे अबोर्शन की नौबत आ जाती है। यह बताओ प्रोटेक्टेड क्यों और कैसे रहना चाहेंगी स्त्रियाँ?" सांस्कृतिक पतन के लिए कोई जिरह बख्तर नहीं।

मार्था ने नर्सिंग होम में बुलवाया था। वह लेबर रूम से निपट चुकी थी। वाचक ने इसे असंगत, एकांगी फ़ैसला माना। जवाब-तलब करने पर उत्तर मिला—"यह मेरी देह है। मेरा निजी मामला। मेरा ही परमाधिकार।" उसे पता चल गया था कि आने वाला बच्चा लड़का है—"तब तो और भी आसान हो गया मेरे लिए फ़ैसला। भला मैं क्यों उनकी नस्ल को बढ़ाना चाहूँगी—दीज बूट्स। इन्होंने सदियों से हमें कुचलकर रखा है।"

मार्था को कितना जान पाया वाचक—पर मार्था मार्था है। मेरे छोर को थामने वाली एक मुट्ठी नहीं। मैं मार्था की उँगलियों में उलझ गया हूँ। जलवायु में नया ऋतुओं, व्यक्तियों, दिशाओं का अनभ्यस्त। मार्था मुझे सब-वे से उठवाती है। मकान दिलवाती है, नौकरी देती है। जैकेट्स बिकवाती है पर मार्था मुझे त्याग भी सकती है। मुट्ठी खोल सकती है मार्था। साझे सपनों की दलील, यहाँ कहाँ।

यह सम्बन्धों की नई व्याख्या है। तुम उनमें हो भी और उनसे बाहर होने के लिए तैयार रहो। बहुत हद तक साथ चलने की ख़्वाहिश ही घायल कर सकती है।

माँ भारतीय संस्कारों, भारतीय आस्था के तत्त्वों से निर्मित है। वाचक की दिक़्क़त है कि माँ की दृष्टि नहीं बन सकता। बनेगा तो उलझ जाएगा। वह भी माँ को पूरी हार्दिकता देना चाहता है परन्तु व्यावहारिक सीमा है जैसे। उसके हृदय का एक कोना श्यामली की छाया में भीगता उठाया परन्तु हालात मार्था की तरफ़ ले गए। माँ है तो पूछ तो सकती है कि तुमने ऐसा क्यों किया। श्यामली से बनते-बनते रिश्ते की स्लेट पर लिखी इबारत की तरह क्यों पोंछ दिया।

मार्था के साथ सम्बन्धों पर सोचते हुए भी माँ के ममत्व की गरिमा महसूस करता है—"एक माँ ही ऐसी होगी जो अपनी धुरी पर सदा से क़ायम रहती होगी—अकाल अनंत तक। रॉवर्ट्स से कहता है—संसार की ऐसी कोई किताब नहीं होगी जहाँ माँ दर्ज न हुई हो। क्योंकि माँ व्यक्ति नहीं, सनातनता है। शी इज ए टाइमलेस कांसेप्ट। तभी तो वह सबको ऐसी ही लगती है। एक जैसी। शी एक्साइटस द सेम फीलिंग्स एवरीव्हेयर।"

वाचक का लौटकर अमेरिका जाना जैसे सभी ने शाश्वत सत्य माना हो। माँ ही अपवाद है, जो कहती है कि 'वहाँ हवा में तीन साल खपाए। यहाँ तो सब जमा-जमाया है।' भाई कहता है कि 'इधर महँगाई बहुत बढ़ गई है कि दाल-रोटी

मिल जाए, वह भी दिक़्क़त से जुटती है।' यह बताना चाहता है कि वहाँ शिक्षा का अर्थ है अपने कमाने की औकात। परन्तु अपने लक्ष्य के तहत अनसुनी रह जाती है। लक्ष्य तो है कि उनका साला विदेश पहुँच जाए। तुम स्पांसर कर दो तो आसानी हो जाएगी। वह सपनों के बीजों की पोटली उसे थमाना चाहते हैं किसी उर्वर ज़मीन की तलाश में। भारत से लाखों की संख्या में लोग वहाँ उर्वर ज़मीन की तलाश में भागने को तैयार हैं, अपनी ज़मीन को बंजर बनाने की शर्त पर भी।

व्यक्तित्व विभाजित हो रहा है इसका। हर समय टुकड़े-टुकड़े खीज स्वाभाविक है—"बाहर और अन्दर की ज़िन्दगी एक ही हो, ऐसा कैसे हो सकता है? इतना भागते-दौड़ते...घर से परे। सरहदों में धसककर बैठना भी मुश्किल...खोने की सरहद पर जाते-जाते लौट जाना...वहाँ क्या है? मार्था से फँसाव? एक जूठी गलीज अनुभूति? हर अगला दिन बेहतर हो जाने की आशा? या डॉलर्स?"

राजी सेठ सूक्ष्मता की कथाकार हैं। मनोभावों को चुने हुए शब्द देने की कलाकार—

"अब जाता हूँ।

लो जाता हूँ चिंटू। जाऊँगा नहीं तो टोकरा भर चीज़ें कैसे आ पाएँगी? लो जाता हूँ भैया। तुम्हारे हाथ में पोटली। सपनों के बीज। जाऊँगा नहीं तो धरती (?) कैसे मिल पाएगी। लो जाता हूँ भाभी। पूरियों की सुवास तुम रखो सहेजकर। मैं हैमबर्गर खाऊँगा...लो जाता हूँ देश। तुम्हें मैं कभी देख-सुन नहीं सका...लो जाता हूँ मैं। गया नहीं तो सारे झूठ निथर आएँगे। झूठा कहलाऊँगा।"

'मार्था का देश' औपन्यासिक ताक़त को समेटती लम्बी कहानी है। जो सांस्कृतिक संक्रमण के तीखे सवाल कथा की रवानगी में समेटे हुए है। देश की सांस्कृतिक जड़ें तक काँप उठी हैं। तुम भारतीयता के आग्रह लेकर, सम्बन्धों की गहराई लेकर विदेश की तरफ़ उड़ोगे, तो कितना बच पाओगे, कितना बचा पाओगे भारतीयता को। समय मूल्यों के संकट का समय भी है। क्या करिअर और कल्चर के रास्तों में टकराव है? कहानी बहुत कुछ सोचने को विवश करती हैं।

सोचने की बात है कि 1983 में छपा उनका उपन्यास 'तत्सम' क्यों एक समय तक हिन्दी जगत के पाठकों में मुग्धकारी सृजनात्मक, जिजीविषा के अहम स्रोत की तरह विद्यमान रहा? वसुधा के आन्तरिक खाँटी हिन्दुस्तानी संस्कारों, विधवा जीवन के ज़ख़्मों, जागरूक चेतना, अस्थिर बेचैन क्षणों में संवेग और नियंत्रण, रचनाकार का अनुभव और सांस्कृतिक चेतना की पकड़—जीवन दर्शन सभी कुछ मिलकर एक स्मरणीय उपन्यास बना रहा।

यहाँ उपन्यास के अन्य पहलुओं पर बात करने की वजह आनन्द नामक चरित्र के चयन बुनावट और मौजूदगी पर कुछ कहना अनिवार्य लग रहा है। वसुधा जब विवेक के तीनों पत्र आनन्द को पहुँचा देती है तब वह प्रेम पिपासु की तरह सम्बन्ध

को हथियाने की चेष्टा नहीं करता। अपितु अताग्रही सौजन्य उसके रवैये में झलकता है। बड़ी बात यह है कि वह वसुधा को निर्णय लेने की पर्याप्त स्वतंत्रता दे रहा है। उनका वसुधा के नाम एक पत्र है जिसमें कहा है, "मेरे मन में इस बात का बड़ा संतोष है कि किसी भी व्यक्ति के बारे में चाहे मेरे भी—कुछ भी कह सकने की स्वतंत्रता और विश्वास तुम अपने भीतर पाती हो। यह स्थिति किसी के लिए भी उपलब्धि कही जाएगी। तुम्हारा नि:संशय और निर्द्वंद्व होना सबसे पहले तुम्हारे अपने लिए ज़रूरी है।" वसुधा के लिए आनन्द का महत्त्व इसलिए भी है कि उसने उसके स्वत्व को सहा ही नहीं, उसे लौटाया भी है।

राजी सेठ समाज और निज के सम्बन्धों के प्रति निर्द्वंद्व हैं। साहित्य दर्शन या समाजशास्त्र का एक उपनिवेश नहीं है परन्तु इसमें दोनों की अनिवार्य उपस्थिति रहती है। राजी सेठ अपनी कथा में सृजनात्मक स्रोतों का उपयोग मनुष्य जीवन के गहरे अनुभव को समायोजित कर साहित्य को महत्ता, मौलिकता और गहराई प्रदान करती हैं। उन्होंने एक जगह कहा है, "सर्जना चेतनागत है। इस संसार में उसका चेतन-अचेतन, व्यक्त-अव्यक्त, वांछित-अवांछित सब शामिल हुए रहते हैं, जिसे अभिव्यक्ति द्वारा सतह पर लाने के लिए वह अपनी लेखकीय अस्मिता को प्रतिबद्ध पाता है। यह प्रक्रिया भी सर्वसमावेशी है, स्त्रीगत या पुरुषगत नहीं।" उनकी स्वतंत्रता भी दायित्वपूर्ण है रचनात्मकता के वस्तुगत पैमानों से दूर नहीं।

उनके कथा संवेदन के क़रीब आने के लिए पाठक को भी कुछ कोशिश तो करनी होगी।

कहानी-संग्रह अनेक दृष्टिकोणों से सम्पादित किए जाते हैं। बिना किसी ख़ास दृष्टिकोण के भी। केवल संख्या के आधार पर—मसलन—'ग्यारह चर्चित कहानियाँ', 'प्रतिनिधि कहानियाँ' आदि।

इस कहानी-संग्रह में मुख्यत: दो दृष्टिकोणों का निर्वाह किया गया है। सबसे पहले राजी सेठ की विभाजन केन्द्रित कहानियाँ।

भारत देश का विभाजन विश्व की अभूतपूर्व दुर्घटना है। साम्प्रदायिक आधार पर हिंसा, आगजनी, बलात्कार जैसे अमानवीय कृत्य की ऐसी भयानक मिसाल कहीं नहीं होगी। जिसके दुष्परिणाम आज तक सामने हैं। लाखों लोग विस्थापित हुए। नये सिरे से जीवनयापन कभी भी आसान नहीं होता। राजी सेठ ने व्यक्तिगत रूप से इसे झेला है। प्रखरता के साथ व्यक्त करना उनकी कहानी कला का अंग है। 'मुलाक़ात', 'रुको, इंतज़ार हुसैन', 'बाहरी लोग', 'किसका इतिहास' कहानियों में यह साया काफ़ी गहरा है। संवेदनशील भी।

दूसरा पक्ष दो अलग संस्कृतियों के टकराव तथा श्रेय और प्रेम का है। पश्चिम ने सदा रंग, रूप, शौर्य, पराक्रम, बुद्धि और सभ्यता में अपने आपको श्रेष्ठ माना है।

भारत गहन सांस्कृतिक-बोध, नैतिक सम्पदा का वस्तु शोषित और निर्धन बना

दिया गया देश रहा है परन्तु श्रेय और प्रेय के दरवाज़े बन्द नहीं रहे। राजी सेठ ने इस सम्बन्ध में आत्मीयता से प्रामाणिक चित्र कहानियों में उकेरे हैं, प्रश्न खड़े किए हैं। दोनों देशों के मान-मूल्य अलग हैं परन्तु इतिहास जीने पर तल्ख सवाल उठते हैं। जिसमें शिकस्त है, फतह है और विवशता भी। 'किसे कहते हैं विदेश' लम्बी प्रभावशाली कहानी 'मार्था का देश' इसी तरह की सार्थक कहानियाँ हैं जिसमें लेखकीय कुशलता का पता चलता है। मूल्यों का भी। अन्य कुछ संवेदनात्मक कहानियों के साथ यह एक बहुमूल्य कहानी-संग्रह कहा जा सकता है कि उनकी कहानियों में खुली आँखों से देखा सच तो है ही, वे न जीवन-मूल्यों को बिसराती हैं, न कहानियों को वाचाल होने देती हैं।

—तरसेम गुजराल

मुलाक़ात

घंटी बजी। चपरासी ने कहा, उन्हें अन्दर बुलाया गया है। वे घंटों से काठ की दुखदायी बेंच पर सिर झुकाए बैठे थे। शायद बीच-बीच में ऊँघ भी जाते रहे हों। ख़ाली बैठे होने पर थकान भी अपनी याद कराने के लिए धमनियों में लपलपाने लगती है, नहीं तो मेहनत-मशक्कत, भागदौड़ में थकान का क्या ज़िक्र। सुबह गए थे...चाय के थोक व्यापारी की दुकान से खपच्चियाँ बीनकर लाए थे। अख़बार में लिपटा वह बेडौल-सा बंडल उनके साथ था। बंडल उन्होंने बेंच के नीचे खिसका दिया था, बल्कि पैरों की टेक से उसे रोक रखा था। दूसरे देख लेंगे तो वे संकुचित होंगे।

चपरासी ने अन्दर बुलाए जाने की सूचना दी तो विश्वास नहीं हुआ। घंटों बैठे रहने के कारण तत्परता रीत चुकी थी। इंतज़ारियों की भीड़ धीरे-धीरे छँट चुकी थी। उठे, चपरासी ने स्प्रिंगवाला जालीदार दरवाज़ा खोला। अन्दर दाख़िल हुए। लगा नहीं कि दाख़िल हुए। अन्दर का दृश्य अपने अब तक के होने के विपरीत था—ठंडा, आरामदेह, गुदगुदा।

सामने कुर्सी पर कलेक्टर साहब बैठे थे। नाम रामदयाल त्रिपाठी सुना था। आला अफ़सर होना सुना था। दयालु-कृपालु होना सुना था। उखड़े-पुखड़े जो भी लोग उनके ज़िले के जुगराफिए में आए, जल्द-से-जल्द उनकी बसाहट के बारे में उनका कमर कसना सुना था, फिर भी...

अन्दर घुसते वे जानते थे, अफ़सर भी उन्हें हिक़ारत से ही देखेंगे। हर मौक़े, हर जगह वे हिक़ारत के इस आमने-सामने से बच नहीं सकते थे। ऐसी निगाह अब उनके भाग्य में लिखी थी।

उन्होंने त्रिपाठी जी को घूरा। वहाँ हिक़ारत नहीं थी। दयार्द्र नरमी थी। चेहरा कोमल था, पर अनुभवों से पका हुआ।

"बैठिए," उन्होंने त्रिपाठी जी को कहते सुना।

पहले सकपकाए, फिर बैठ गए। वैसे भी अपनी इतनी लम्बाई, कुर्सी पर बैठे ठिंगने अफ़सर के सामने अजीब लग रही थी।

"कैसे आना हुआ?"

वह आँखें झुकाए रहे। कलेक्टर साहब ने अपनी ग़लती महसूस की। पटरी बदली, "उधर, कौन-से शहर में बसे हुए थे?"

"लाहौर में..."

"अभी कैम्प में ही रिहायश है या..." त्रिपाठी जी ने वाक्य लटकता छोड़ दिया।

"नहीं, दो कमरों का एक घर किराए पर ले लिया है...हाजी जी की बिल्डिंग में..."

"आराम में हो?"

एक लड़खड़ाती हुई "जीऽऽऽ"

अब?...आगे?...एक बेढब-सी चुप्पी। कलेक्टर साहब को शायद लग रहा होगा कि वे आए हैं तो वही बोलें...ज़ुबान खोलें...वही ज़रूरतमन्द हैं। जो प्यासा होगा वही तो कुएँ के पास जाएगा।

चुप्पी नहीं टूटी तो उकसाया, "क्या चाहिए?"

"यही कोई छोटा-मोटा काम...जिससे गुज़ारा हो जाए। आजकल इतनी चीज़ों पर राशन है...वैसी कोई दुकान।"

"कितना परिवार है?"

"हैं, छह-सात लोग...सब साथ रहते हैं।"

"लड़के?"

"हाँ, हैं दो...एक तो नाबालिग है...देर की औलाद।"

तभी एक चपरासीनुमा आदमी कमरे के दाएँ से दाख़िल हुआ। उसके हाथ में गत्ते का एक बड़ा डिब्बा था। डिब्बा आदमी ने आगत के नज़दीक रख दिया। जैसे कि पहले से पता हो उसे कहाँ रखना है।

"इसे ले जाइए।" कलेक्टर ने अपना मुँह परे घुमाकर कहा।

"इसमें क्या है?"

"ऐसे ही थोड़ा-सा कुछ...गुज़ारे लायक़।"

"गुज़ारा नहीं चाहिए...काम चाहिए।" उनकी आवाज़ बुरी तरह काँप रही थी।

"ऐसा कुछ ख़ास नहीं है...थोड़ा आटा, थोड़े चावल, चाय, साबुन, चीनी वग़ैरह-वग़ैरह...यही ज़रूरत की छोटी-मोटी चीज़ें। फ़िलहाल तो इसे ले जाइए। खोलकर दिखा दो बलबीर।"

उन्होंने हाथ के इशारे से बलबीर को मना किया खोलने से। खोलकर दिखाने से। ख़ुद कुर्सी की पीठ से अपनी पीठ लगाकर बैठ गए। इस बार सीधे। अब तक पीठ और आँखें झुकाकर बैठने की आदत बन चुकी थी। हाथ सिर के पीछे बाँध लिये। क़द-काठी की उठान सीधे बैठ जाने से पूरमपूर दिखने लगी। आमना-सामना एकाएक उजागर हो गया इतने बड़े अफ़सर के सामने।

बोलने की सुगबुगाहट सामने से दिखाई नहीं दी तो अफ़सर अफ़सरी में आ गए, "कुछ बोलिए तो सही श्रीमान...क्या सोच रहे हैं?"

"सोच रहा हूँ...लगातार सोच ही रहा हूँ। उन फसादों में सबके बच्चे मर गए, मेरे क्यों नहीं मरे...क्यों ज़िन्दा रह गए सब के...।"

बात के पिछले सिरे तक पहुँचते तक तो शब्द लड़खड़ा गए। ज़ुबान धोखा दे गई। हाँफती जैसी एक सिसकी उन्होंने भरसक अपने होंठों के कोटर में भींचनी चाही, पर सफल नहीं हुए। फूट पड़े। फिर तो हाथ सिर के पीछे बँधे रहे। गाल गीले होते रहे। आँखें बन्द रहीं। सुबकियाँ गले में ठेली जाती रहीं। छाती धौंकनी-सी बजती रही। शरीर हिलता रहा। शर्म छिपा सकने का भी इस समय होश नहीं था।

होश यह भी नहीं था कि इस समय वह अपनी ही कही हुई बातों से मुकर रहे हैं। पलट रहे हैं। कैसे भूल गए कि इन्हीं बातों को उन्होंने ही कहा था कुछ दूसरी तरह। कुछेक महीने पहले। पूरे दमख़म, पूरी दयानतदारी के साथ। इसी जीवन में। इसी आकाश के नीचे। इसी दिलोदिमाग़ के रहते। अभी इतने दिन तो नहीं बीते थे कि याद न रख सकें। भूल जाएँ कि क्या कहा था उन्होंने अपनी आँसू-आँसू होती पत्नी से। अपना पुश्तैनी घर छोड़ते समय। लाहौर में। अब के पाकिस्तान में।

पत्नी बारम्बार अपने छूटते घर को मुड़-मुड़ कर देखती और आँसुओं के उलार में डूबती। ससुर के साथ होने के कारण उसकी सिसकियाँ छोटी-छोटी दबी-दबी सी थीं। पर उनकी छाती पर ज़ोरदार ढंग से बज रही थी। ताउम्र साथ रहे पति को इस तरह पहुँच रही थी पत्नी की भाषा।

कोई और कारगर तरीक़ा उनकी समझ में नहीं आया तो चलते-चलते रुके। कुछ आगे चलते पिता की उपस्थिति को अनदेखा किया। पत्नी की कलाई पकड़ी। जकड़ी। दाएँ हाथ के पोरों से उसकी ठोड़ी ऊपर उठाई। ठकठोरा, "किसलिए यह रोना-धोना?...जानती हो तुम कोई घर-वर नहीं छोड़ रही हो। अपने देश जा रही हो, अपने देश...पंडित नेहरू को आज़ादी की बधाई देने। तुम क़िस्मतवाली हो। भगवान का शुक्र करो, लोगों के सारे मर गए, तुम्हारा एक भी नहीं मरा...।"

यह सब कहा था उन्होंने। उन्हीं ने। घर छोड़ते समय, पत्नी की कलाई पकड़कर। पूरे विश्वास और दयानतदारी के साथ। गुज़र रहे इस साल के केवल छह-सात महीने पहले। इसी जीवन में। इसी आकाश के नीचे! इसी दिलोदिमाग़ के रहते। इतने से समय में क्या आदमी की तासीर बदल जाती है...? इतिहास कूट-पीट कर किसी आदमी को दूसरा आदमी बना देता है?

यह सब त्रिपाठी जी को पता नहीं होगा। अनुग्रही उदार होने के बाद भी क़ाफ़िलों और कैम्पों में पकता-टीसता दर्द कुर्सी की समझ से बाहर छूट गया होगा। अपनी समझ से वह दयालु-कृपालु ही थे। देख-सुन भी रहे थे। उपचार भी कर रहे थे।

गुज़ारे की पोटलियाँ दर्दी के साथ बाँध देने जैसी मौलिक क़िस्म की कृपालुता से अपने दरवाज़े पर रोज़-दर-रोज़ टूटती भीड़ को सँभाल भी रहे थे। कई दिनों से। कई महीनों से। दयालु-कृपालु त्रिपाठी जी।

इस समय...इस तरह...सामने फोड़े से फूटते इस अजीब आदमी को देखकर पता नहीं क्या सोच रहे होंगे। इतना लहीम-शहीम; इतना ख़ुद्दार आदमी...उनके सामने बैठा...इस तरह फफक-फफककर...उन्होंने ऐसा कुछ कहा तो नहीं था... दुत्कारा-फटकारा भी नहीं था...फिर क्यों...फिर क्यों?

त्रिपाठी जी को ज़्यादा सोचने का समय उन्होंने नहीं दिया। उबाल थमा तो उठ खड़े हुए। 'गुस्ताख़ी माफ़ हो साब' कहकर कमरे से बाहर निकल गए। भूल गए खपच्चियों का बंडल बेंच के नीचे रखा था घर ले जाने को। अब पता नहीं आग कैसे जलेगी...बुरादा तो कब का ख़त्म हो चुका था अँगीठी का!

रुको, इंतज़ार हुसैन

यह तब की बात है, जब इंतज़ार हुसैन की 'बस्ती' छपी थी। ख़बर पाते ही वह बाज़ार गया था और किताब ख़रीदकर उसने अपने सिरहाने के रैक में रख दी थी।

रखते समय फिर उसने किताबों को गिना था। देश के बँटवारे को लेकर लिखी गई यह दसवीं किताब थी। इन किताबों में उसके जीवन का कोई ज़रूरी हिस्सा बन्द है। उसे विश्वास था कि किसी न किसी दिन उसे इनकी ज़रूरत पड़ेगी। वह इनको पढ़ते समय अपनी ज़िन्दगी को पढ़ रहा होगा।

ज़िन्दगी चलती रही थी। दिन गुज़रते गए थे। ज़रूरत नहीं पड़ रही थी। एक दिन पत्नी ने कहा था—"इन किताबों को परे हटाओ। बच्चों को रैक चाहिए।"

उसने पत्नी को घूरकर देखा था। पत्नी ने कहा था वह उसे इतना घूरकर न देखे। अब वह उससे पहले की तरह डरती नहीं। क़यामत जैसी चीज़ सिर से गुज़र चुकी है। अब उसे कभी भी, किसी भी बात से डर नहीं लगता।

उसने अपनी घुड़की में जानबूझकर कड़क पैदा करने की कोशिश की थी। कभी-कभी आसान होता है इस तरह जवाब देना, काम निकालना। सौ सुनार की एक लुहार की।

"कई बार कह चुका हूँ कि यह रैक यहीं रहेगा मेरे सिरहाने। ये किताबें भी यहीं रहेंगी। जो कोई इसे हटाएगा, मेरा मरा हुआ मुँह देखेगा।"

यह वह बात थी जिसके बारे में वह कहा करता था कि एकदम औरताना दलील है। कुछ और समझ में नहीं आया तो बात को मरने-मराने तक घसीट लाए—इमोशनल एक्सप्लॉयटेशन।

इस वक़्त उसने ख़ुद ऐसी बात कही थी क्योंकि उसकी समझ में ही नहीं आ रहा था कि रैक ख़ाली न करने के हक़ में इससे कड़ी बात और क्या हो सकती है?

सुनकर पत्नी के गालों की गुफा में एक फूत्कार सचेत हुई थी—लाचार जैसा क्रोध। यह नहीं कि उसे पति की धमकी पर विश्वास था, पर पति ऐसी धमकी दे तो वह इसे लाँघ जाना दिखा तो नहीं सकती।

गत्ते का डिब्बा जो वह रैक की किताबें पैक करने के लिए लाई थी, उसने वहीं ज़मीन पर पटक दिया और बच्चों के कमरे की दिशा में आवाज़ बुलन्द करके बोली—"नहीं है कोई रैक-वैक। जहाँ चाहो पटको किताबें...तुम्हारे दादा को हर चीज़ सबसे पहले चाहिए।"

बच्चे वहाँ कहीं नहीं थे जो सुनते। जानता था उसे सुनाया जा रहा है। बच्चों की ज़रूरत को उसके हठ के आमने-सामने रखकर। उसे नीचा दिखाने के लिए।

वह यह भी जानता है रैक जहाँ है वहीं रहेगा, वहाँ से हट नहीं सकता। इन किताबों को उसके सिरहाने ही रहना है। किताबों में बन्द इबारत में उसके जीवन की धपधप छिपी है। किसी दिन उसे ज़रूर वक़्त मिलेगा। किसी दिन ज़रूर वह इन इबारतों में से गुज़रेगा, अपना अतीत पढ़ेगा...किसी भी दिन।

वह दिन अगर आज तक नहीं आया तो भी क्या, उसकी ऐसी विकट इच्छा के रहते आएगा तो ज़रूर। कहीं ऐसा न हो कि सामने से हट जाने से किताबें हमेशा के लिए तहख़ानों में चली जाएँ।

क्षुब्ध पत्नी शाम तक उससे नहीं बोली। अगले दिन भी कुट्टी क़ायम रही। सफ़ेदी के बाद कमरे के दूसरे कोने में सामान व्यवस्थित करने के लिए वस्तुओं का जो ढेर बनाया गया था, उसी ढेरी पर सबसे ऊपर बच्चों की किताबें आड़ी-टेढ़ी लाद दी गईं। यह उसे जताने के लिए था। वह चाहती तो कोई और कोना तलाश सकती थी।

उसने ध्यान न देने का मानसिक फ़ैसला किया। ढेरी धीरे-धीरे छोटी होते-होते ग़ायब हो गई। बच्चों को और कौन सा कोना मिल गया है, उसने जानना ज़रूरी नहीं समझा। बदस्तूर फ़र्नीचर बनाने के कारख़ाने में अपने काम पर जाता रहा।

अगर...अगर...अगर उसे पता होता कि उसकी पत्नी की ज़िन्दगी इतनी छोटी है और वह उसे छोड़कर इतनी जल्दी मरने वाली है, तो वह अपना हठ ज़रूर त्याग देता। उन किताबों को अपनी ही खाट के नीचे पटला बिछाकर रख लेता।

उसे मालूम नहीं था। किसी को कुछ भी मालूम नहीं होता। घटने वाली चीज़ें हमारी मर्ज़ी के बिना ही घट जाती हैं। बात तो सिर्फ़ छाती में तेज़ दर्द की थी, मरने की तो नहीं थी...फिर क्यों मर गई? देखते ही देखते उसकी बाँहों में झूल गई, जैसे चिढ़ा रही हो–"लो, अब सँभालो सब। बच्चे, रैक, किताबें, जगह, सब का सब। वह अब कभी बीच में नहीं आएगी।"

वह ख़ून का घूँट पीकर रह गया। जगह की बात पर उतना नहीं, ढेरों-ढेर दूसरी बातों पर। यह अधबीच रास्ते में छोड़ जाने की उसकी पत्नी की बेईमानी...आपस में लड़ना तय था पर यह सब कहाँ तय था?

उन दिनों पसलियों के पिंजर को सर्द हवा ज़्यादा चीरने लगी थी। दिल भी कुछ ज़्यादा ही दुखता था...पर दुखने का क्या रोना?

अब उन किताबों को खाट के नीचे पटला रखकर रखने की ज़रूरत नहीं रह गई थी। वह ख़ुद ही वहाँ से हट गया था। कमरा बच्चों को दे दिया था। बैठक के तख़्त पर अपना बिछावन बिछा लिया था। बच्चों के लिए नया रैक लाकर रख दिया था। अपना रैक अपने सिरहाने ले आया था। उसी तरह। अपनी उसी अचूक ज़रूरत के आदर में...

आज से पहले उसने शायद कभी सोचा भी न हो कि पत्नी और किताबों में वैसे भी कोई रिश्ता नहीं बनता। किताबें रखी रहती हैं, क्योंकि उनका जीने में से गुज़रती ज़िन्दगी से कोई वास्ता नहीं। एक-दूसरे की सरहदों में कोई आवाजाही नहीं। होती तो देश-विभाजन के इतने बड़े हादसे पर उसके हाथ लगतीं इतनी सी किताबें। लाखों के ख़ून-ख़राबे को ज़ुबान देती कुल जमा दस किताबें। यहूदी अच्छे निकले जिन्होंने अपना दुखड़ा तरल करके सारे संसार की धमनियों में बहा दिया। क्या कोई सूरमा नहीं था यहाँ—इन दो सरहदों के बीचोबीच!

ख़ुद ही लगा वह ग़लत सोच रहा है, लिखने वाले और होते हैं उखड़ने वाले और। उखड़ने वालों को इबारतों में उलझने की फ़ुर्सत ही नहीं। पैरों तले पड़े अंगारों को हथेली पर रखकर देखने की हिम्मत भी नहीं। अब वह अपने आपको ही देख ले। किताबें सिरहाने रखी बरसों से उसे पुकार रही हैं और वह?

शायद इन किताबों को उसने पढ़ लिया होता तो यह मोह-माया छूट जाती, इतनी जकड़न कम हो जाती। इनमें लिखा हुआ सब कुछ उसे भी क़िस्से-कहानियों की तरह लगता। मन से भी बीत जाता। अभी तो वह ठीक से जानता तक नहीं कि इनमें क्या लिखा है। इतना जानता है इनमें उसके अतीत के गुम दर्दों का हिसाब बन्द है।

आज...आज़ादी के दिन...

आज़ादी के जश्न के दिन सुबह-सुबह टीवी के सामने बैठे उसे फिर वैसा ही लगा...वह बेमतलब, बेहिसाब हिल गया। क्यों हिल गया...क्यों हिल जाता है हर बार...इसी तरह...भीतर तक? क्या कुछ घटनाएँ हमारी जड़ों में छिपी नमी में दुबककर बैठी रहती हैं चुपचाप...और स्मृति को लगे ज़रा से धक्के से अपना सिर उठा लेती हैं? नहीं तो ऐसा क्यों होता कि कमरे में अकेला बैठा, टीवी स्क्रीन पर झंडा फहराने का क्षण आने पर, वह अपने आपको एकाएक कुर्सी छोड़कर ज़मीन पर खड़ा होते पाता—सिर झुकाए, हाथ बाँधे? जय हे जय-जय-जय-जय हे...की लय के डूबने तक एकदम अचल, निश्चल। यह सब अचानक घटता है, तेज़ गति से, उसके अनजाने। एक तिथि कैसे सारे वजूद को जगा जाती है? पता ही नहीं लगता कहाँ, कौन सी डाल हिल रही है?

फ़ुर्सत क्या खो गए दिनों को इस तरह हमारे दरवाज़ों पर लाकर खड़ा कर देती है?

जब तक उसकी पोती स्वीटी कमरे में आई, टीवी का आकाश तीन रंगों के गुब्बारों से पटा पड़ा था और वह भीतर से अस्त-व्यस्त था।

आज 15 अगस्त है, स्वतंत्रता की चालीसवीं वर्षगाँठ।

उफ़! कितना समय गुज़र गया। अपनी रफ़्तार में समय के थान को लपेटता गया। जब लाहौर छोड़ा था तो वह उन्नीस वर्ष का था और निक्की की छवि एक ज़िद्दी की तरह उसकी आँखों में बसी थी। अड़ी थी। अब वह चालीस जमा उन्नीस का है। यानी जंग-ए-आज़ादी चालीस जमा उन्नीस। छूटा हुआ तब—चालीस जमा उन्नीस। तब से अब तक चालीस जमा उन्नीस—पूरे उनसठ, पूरे फ़िफ़्टी नाइन—एक अधकचरी उम्र, न मैदान में, न पिछवाड़े।

दादा को ऐसे खोया देखा तो स्वीटी एकाएक अधीर हो आई। ऐसी ही बात से चिढ़कर तो वह अपने पापा को छोड़कर आई थी। उसने शिकायत की—दादा, पापा एकदम बेकार हैं। कुछ सुनते ही नहीं। हमेशा अपना ही काम, काम, काम। आज भी काम जबकि स्वीटी की छुट्टी है और उसे रोशनी दिखाने जाना है।

"रोशनी तो रात को होती है बेटे," उसने स्वीटी की भड़कती आती तेज़ी कम की।

"रात को नहीं, शाम को।" स्वीटी इठलाई।

"चलो, शाम को ही सही। अभी तो रोशनी होने में दोपहर भर देर है। पर तुम तो जानती हो मेरे साथ जाने का फ़ायदा नहीं। मैं अगर गया तो पैदल जाऊँगा।"

"मैं भी आपके साथ पैदल जाऊँगी।"

पर शाम तक तो स्वीटी और पापा के बीच सुलह हो चुकी थी। वह जानता था हो जाएगी। स्वीटी दादा के साथ नहीं जाएगी। गाड़ी में जाएगी अपने पापा के साथ। दादा से आँख बचाए, मुँह घुमाए कहेगी—"ऐसा है न दादा, आप भी हमारे ही साथ चलिए..."

वह हँसा, ख़ूब हँसा, इतना कि आँसू छलक आए। स्वीटी को क्या पता उसे आज कहीं नहीं जाना है? घर में बैठे रहना है, अकेले। एक सरसराहट कब से उसके ध्यान को दस्तक दे रही है। उसी को खींचकर देखना है—आमने-सामने। अपने को सौंप देना है।

सब घर से चले गए हैं। चारों ओर एक चुप्पी-सी पसरी है, पर मन शान्त नहीं है...क्यों शान्त नहीं है? बाहर चुप्पी हो और अन्दर शोर, तो कितना डरावना-सा लगता है। कुछ और नहीं सूझा तो किताबों के रैक के सामने जाकर बैठ गया।

अब वह किताबों के रैक के सामने है। पहले 'झूठा सच'? नहीं...'आग का दरिया'? नहीं, यह भी नहीं...तो फिर 'उदास नस्लें'? नहीं, यह भी नहीं। अन्ततः

इंतज़ार हुसैन की 'बस्ती' उसने खींची। छोटी है, निपट जाएगी। इस किताब का पतलापन ही उसके फ़ैसले का पहला कारण बना।

इतना तो वह जानता था कि किताब तभी तक किताब है जब तक वह रैक में है—दो जिल्दों के बीच बन्द कुछ लम्बी लेटी काली सतरें। रैक के बाहर आएँगी तो कुछ न कुछ और बन जाएँगी।

ठीक ऐसा ही हुआ।

किताब इंतज़ार हुसैन ने शहर के हवाले से शुरू की थी। शहर की क़समें खाते हुए। पर यह कौन सा शहर होगा जिसमें उसका नायक ज़ाकिर एक नये देश में अपने पहले दिन को टटोल रहा है? यह जिज्ञासा उसे सतत कुरेदती रही।

पुरानी ज़मीन पर उसरा हुआ एक नया देश...और नये देश के एक नये शहर में एक अजनबी नायक अपना पहला दिन ढूँढ़ रहा है। आज़ादी की आँच से सिंका हुआ पाक-पवित्र दिन...

समझ में नहीं आया कि पुरानी ज़मीन पर उसरे इस नये देश की बात पर वह हँसे या रोए। उस आँच की पवित्रता ही तो एक अकेली और उजली चीज़ थी जो क़ुर्बान जाने को थी। नहीं तो सब कहीं वही अँधेरा, वही दहशत, वही उदासी।

उसी उदासी, दहशत और अँधेरे की बात थी जो इंतज़ार हुसैन ने आगे लिखी थी। आगे के हर पन्ने में एक दबी-घुटी खलबली साँस ले रही थी। बहुत कुछ कहा जा रहा था पर कुछ भी साफ़ नहीं था। जगह-जगह, जहाँ-तहाँ वारदातें...चलाचली के चर्चे, गोलीबारी, कर्फ़्यू के अंदेशे...कहवाघर में मिलते दोस्तों के बीच 'सामराजी दलालों' और 'समझौता-परस्तों' के बारे में बहसें...किसी बड़े हादसे के पहले की हवा को रेतती खिसपिस ही उसको पलटे जाते पन्नों से हाथ लगी।

वह हताश हुआ। लगा, जैसे जलते हुए दायरे के बीचोबीच होकर भी वह बाहर खड़ा है—अनछुआ।

मन उचाट होने लगा। नहीं, यह सब वह नहीं है जिसे वह पढ़ना चाहता रहा था। तो फिर वह क्या पढ़ना चाहता है, यह भी तो उसके मन में उतना साफ़ नहीं। ख़ुद नहीं जानता अतीत के कौन से हिस्से पर हाथ रखने के लिए वह इस क़दर उतावला है?

घोर उचाट में वह जहाँ-तहाँ पन्ने पलटने लगा। मन भटकने लगा। इतना तक तो पता नहीं लग रहा था कि वह कौन सा शहर है जहाँ उसका नायक यहाँ-वहाँ भटक रहा है। गलियों, सड़कों, मोड़ों, चौराहों का ज़िक्र है पर उनका कोई नाम नहीं, कोई पहचान नहीं। ऐसा तो नहीं कि वह इन सब शहरों के नाम जानता न हो। छूमंतर से उग आए नये देश के नाम इतनी जल्दी बदल तो नहीं गए होंगे।

अब तक नायक की मटरगश्ती उसके सामने थी कि अचानक ही आन पहुँचा अनारकली बाज़ार का पड़ाव। उसने पढ़ा : "अनारकली बाज़ार—कुछ खुला, कुछ बन्द...भीड़ बहुत, ख़रीदार ग़ायब..."

आगे की इबारत उसे लगा माल रोड की ओर मुड़ने को है। अब ज़रा तो रुको, इंतज़ार हुसैन। साँस वापस आने दो। यह उसका अपना शहर है...सुना तुमने?

पर शायद इंतज़ार हुसैन के हाथों में उपन्यास की इबारत थरथरा रही है। उसका लेखक आगे चलने को आमादा है। वह ख़ुद ही ठहर गया। रुक-रुककर उन सतरों को दोबारा-तिबारा पढ़ता गया। सरहद के उस पार बैठा वह इस समय अपने शहर के चेहरे को पढ़ रहा था। दत्तचित्त होकर, गले में उचक-उचककर आने वाली भर्राहट को भूलकर।

अब एक नई आँख उघड़ी थी। वह नायक के साथ चलने लग गया था। नायक को नई ज़मीन पर चलने में मज़ा आ रहा था। एक सड़क से दूसरी पर, दूसरी से तीसरी पर, जाने वह कितनी देर चलता रहा। कितने ज़माने बाद वह आज़ाद होकर चल रहा था। इस आशंका के बग़ैर कि अभी कोई बराबर से गुज़रते उसके अन्दर छुरा भोंक देगा।

वह शहर में घुसते शरणार्थियों के काफ़िलों के बारे में पढ़ रहा है और मन में गड्डमड्ड हो रही है। लाहौर से बाहर जाते काफ़िलों में वह ख़ुद भी शामिल हो रहा है। यहाँ वॉल्टन कैम्प है तो वहाँ डीएवी कॉलेज का कैम्प था।

इंतज़ार की इबारत के साथ वह आगे बढ़ा। शामनगर में कितने मकान ख़ाली पड़े थे—दरवाज़े और खिड़कियाँ खुले हुए। खुली खिड़कियों से घर में भरा साज-सामान नज़र आता हुआ। लगता था जाने वाले बस अचानक दामन झाड़कर उठ खड़े हुए और निकल गए।

उफ़। तुम्हें यह सब कैसे पता लगा इंतज़ार हुसैन...? पर तुम्हें इतना तो पता होना चाहिए था कि यह शामनगर नहीं था, संतनगर था।

और...और...और संतनगर में उस अभागे दिन...शाम अभी ढली नहीं थी। पिताजी तेज़ी से आँगन के बीचोबीच आन खड़े हुए थे। माथे पर घना सा तनाव और त्योरियाँ। कमर के कटाव पर चिपके हुए हाथ। वे चूल्हे की लपलपाती लपटों को एकटक घूर रहे थे जिस पर काँसे की बटलोई रखी थी।

अदरक की गाँठ हाथ में लिये माँ को आते देखा तो बोले, "बटलोई उतार दे नीचे।"

"क्यों? दाल अभी पकी थोड़ेई है।"

"उतार दे, बस," पिताजी की आवाज़ में आदेश नहीं था, पर आदेश से कुछ कम भी नहीं था।

पिताजी का वैसा तेवर देखा तो माँ ने झाड़न से दोनों छोर पकड़कर बटलोई

नीचे रख दी। पिताजी मुड़े, हैंड पम्प से बाल्टी भरी और पानी की मोटी धार चूल्हे पर साध दी। लपटें बुझ गईं। चूल्हा काले घोल से गड्डुच्च हो गया।

"अब ज़रा सुन...पूरे ध्यान से...वे आ चुके हैं। इस गली के सिरे पर हैं...। जल्दी कर...अभी के अभी चलना है।"

"कहाँ?"

"कैम्प में...डीएवी कॉलेज के कैम्प में। घरों में रहते हिफ़ाज़त का दिलासा नहीं दे रही सरकार। अभी वहीं रहना होगा...जल्दी कर...जल्दी रख ले दो-चार जोड़े।"

वे कैनवस के एक लम्बे थैले में कम्बल ठूँस रहे थे।

माँ, पिताजी के इस असंदिग्ध आवेश से खिंचने लगी थीं। घबराकर बोलीं, "वो तो मैं रख लेती हूँ, पर ऊपर की सब खिड़कियाँ-दरवाज़े खुले पड़े हैं।"

"ओ तू छोड़ इस वक़्त खिड़कियाँ-दरवाज़े...जल्दी बाहर निकल। जानती नहीं..." पिताजी माँ के कान में फुसफुसाकर कुछ कहने को उद्यत हुए थे।

"रुकिए, मैं बन्द करके आता हूँ," कहकर वह सीढ़ियों की ओर सरपट भागा था। पर बीच की मंज़िल की खिड़कियाँ-दरवाज़े बन्द करने की सुध उसे कहाँ थी? उसे तो जल्द से जल्द निक्की को आगाह करना था। छत पर पहुँचना था जहाँ निक्की से उसके मिलने का बेआवाज़ ठौर था।

एक मकान छोड़कर रहती निक्की का सिर जब उसकी छत पर जड़े जँगले से नीचे झाँक जाता था, तो वह जान जाया करता था कि उसे जाना है। ऊपर छत पर। जैसे भी। जाकर निक्की की नटखट इच्छाओं का पालन करना है। म्यानी से लगी पीछे को उतरती बन्द सीढ़ियों में खड़ी निक्की उसका इंतज़ार कर रही होगी। जाकर निक्की को बाँहों में भींचना है। इतना-इऽऽतना भींचना है कि...।

उसे याद है पसलियों की इस करकराहट से एक बार निक्की की चीख़ निकल गई थी। निक्की का भाई किरपाल कहीं आसपास होगा, यह सोचकर उसने निक्की का मुँह इतनी ज़ोर से दबाया था कि पीछे हटने में वह दो-तीन सीढ़ियाँ नीचे लुढ़क गई थी। पीठ छिली सो छिली, घुटना भी घायल हो गया था। जोड़ के पास एक गुम्मड़ भी उभर आया था।

"रोशन, आज तेरे सिर पर सनीचर सवार है। अब मैं क्या कहूँगी नीचे जाकर?" निक्की घबराई थी।

"अरे छोड़...कुछ भी कह देना। तुझे तो अनगिनत बहाने बनाने आते हैं।"

उसी शाम उसने अपनी माँ से सुना था कि एक घर छोड़कर रहती चावला साब की लड़की स्कूल में गिर गई है। पीठ छिल गई है। घुटने पर गुम चोट आई है। गुम चोट बड़ी ज़बरदस्त होती है। बड़ी लम्बी चलती है। यह भी कि शाम को उसकी माँ को निक्की की राज़ी-ख़ुशी पूछने निक्की के घर जाना है।

इस समय खिड़कियाँ-दरवाज़े बन्द करने की बात तो वह पहली सीढ़ी पर पैर

रखते ही भूल चुका था। वह लपककर सीढ़ियाँ चढ़ जाना चाहता था। बलवाइयों के बारे में पिताजी से जो बातें उसने सुनी थीं, वह जल्द से जल्द निक्की को बता देना चाहता था...आगाह कर देना चाहता था...मन में एक ही टंकार बज रही थी—निक्की-निक्की...निक्की। निक्की को वह सब पता नहीं होगा जो उसके पिताजी को पता है—वे आ चुके हैं। घर-घर में घुस रहे हैं। मर्दों को तो जान से ही मारते जा रहे हैं, बाहर घसीट-घसीट कर पेड़ों से बाँध रहे हैं। उनकी आँखों के ऐन सामने उनकी औरतों को...उफ़...उफ़्फ़...उसका दम घुटने लगा।

छत पर पहुँचा था तो थर्रा गया था। नीचे कहीं चीख़-पुकार मची थी। शायद वे निक्की के घर के अन्दर तक पहुँच चुके थे। निक्की की छत से नीचे जाती सीढ़ियों के ऊपरी सिरे पर एक बलवाई पहरेदारी में खड़ा था। उसे अभी तक याद है अंगारे सी आँखें और ठोड़ी पर कसी हुई एक काली पट्टी।

रोशन को आगे बढ़ते देखा तो एक कड़कड़ाती हुई झिड़की हवा में गूँजी—"ऐऽऽई लौंडे ख़बरदार...अभी तेरी भी ख़बर लेता हूँ।" वहाँ से ख़ुद हिलने की बजाय उसने बल्लम की तमतमाई नोक रोशन की ओर तान दी थी।

उसे ठीक से पता नहीं कब उसके पिता उसे ढूँढ़ते छत पर आए थे, कब उसकी पीठ पर पीछे से लात जमाई थी, कब सीढ़ियों पर से घसीटते उसे नीचे लाए थे। उसे केवल अपनी कलाई पर पड़ती पिताजी की मज़बूत पकड़ याद है और अपने कानों में थरथराती निक्की की घायल गहराती चीख़। चीख़ ऐसी थी जैसे ज़िबह होते जानवर के गोश्त में से कोई पागल दानेदार दराँती वापस खींचता है...खींचता चला जाता है।

बर्फ़ के पक्के काँच पर सूराख करता इस समय वह ऐसा बिखरा, ऐसे सुबका जैसे वक़्त के सीने पर ख़ून की जमी चीख़ पिघलती है—क़तरा-क़तरा, ख़ून-ख़ून, आँसू-आँसू। ख़ूब रोया। जी भर रोया। इतने वर्षों बाद...चालीस जमा उन्नीस साल का एक बूढ़ा।

जबकि तय तो यही हुआ था कि यह आज़ादी की जंग है। इसे लेकर कभी भी...किसी भी बात पर रोया नहीं जाएगा।

बाहरी लोग

उस रात...

एक वृद्ध स्त्री...रात के बारह बजे दरवाज़ा खटखटाती है। दरवाज़ा नहीं। बेडरूम की खिड़की के टूटे हुए काँच में अपना चेहरा दाख़िल कर लेती है।

कमरे की मन्द रोशनी में देह को बॉलकनी में बाहर छोड़कर उसका अन्दर आ चुका चेहरा एक दहशत पैदा करता है। उस दहशत का अन्दाज़ा दूसरों को नहीं हो सकता। नीम-अँधेरे में बिस्तर पर निस्पंद पड़े आदमी की दृष्टि के शून्य में उग आती एक गरदन और उसमें से फूटती आवाज़।

उस दहशत का अन्दाज़ा उस गरदन को भी नहीं हो सकता क्योंकि वह ख़ुद दहशत में है।

वह चेहरा बोलने लगा है, "काका नहीं आया अभी तक।" 'अभी तक' शब्द को उसने दोहराया-तिहराया।

उनींद में अध-जगे सपने-सा हिलोर लेता क्षण पहले ही टूट चुका है। अब कुछ अपनी भी साँस लौट रही है।

"अभी तक माने?" मैं झटके से पलंग के नीचे आ गई हूँ।

"जानती नहीं हो...अभी तक। कितने बजे हैं...देखो।" उसके उत्तर में एक काट है तीखी, झिड़कती हुई।

धुन्ध कुछ-कुछ साफ़ हो रही है। इस स्पष्टता में स्थिति की निरापदता भी शामिल है। टॉर्च उठाई, घड़ी देखी, बताया—"12 बज चुके हैं, 10 मिनट ऊपर हैं।"

"उफ़!" वह सिहरती लगी।

"आपका बेटा शायद अभी तक दफ़्तर से नहीं आया।"

आँधी में झूलती डाल की तरह उसका सिर ज़ोर-ज़ोर से 'हाँ' में हिला। उस हिस्टीरिया में उसने जाने कितने सहस्त्र पलों की चिन्तातुर मुर्दनी को झटककर फेंका होगा। हिलना थमते ही सिसकियों की दाँतों में भिंची जाती अवरुद्ध आवाज़ और ख़ामोशी।

परदा हट जाने से बॉलकनी के बल्ब से झरती रोशनी की एक क़तरन अन्दर चली आई है।

अब दिमाग़ दौड़ रहा है। पहाड़, बरसात, टेढ़े-मेढ़े रास्ते, ढलानें, बिना रेलिंग की पगडंडियाँ, अन्धे मोड़, अँधेरा, मोटरसाइकिल की रपटीली फ़ुरती, जवान हो चुके ख़ून का जोश या शायद शराब या शायद एक वृद्धा के घर में बैठे होने को भूल जाना...या शायद आदत, जो देखने-समझने की धार को भोथरा कर चुकी हो।

मन में खदबदाती आशंकाओं की कीच। कुछ भी हो सकता है। मेरे हाथ में कुछ भी नहीं है जो उस वृद्धा को थमाकर दिलासे का भ्रम पैदा कर सकूँ। मेरे मन में डरी हुई सम्भावनाएँ हैं।

उस थमे हुए क्षण में भी, मुझे लगा अपेक्षा की कोई नोक मेरी ओर तनी है। वह कील उस मटमैले अँधेरे में भी मुझे चुभ रही है। निस्सहायता की सुरसुरी मेरे भीतर रेंगने लगी है। वह नहीं जानती, मैं भी यहाँ अजनबी हूँ, आसपास किसी को नहीं जानती।

"सुनिए माँ जी, मैं यहाँ नई आई हूँ। यूँ ही छुट्टी काटने आ गई दस-पन्द्रह दिन।...यह घर मेरा नहीं है। यह मेरी दोस्त का फ़्लैट है।"

वह मेरे वाक्य का केवल पहला हिस्सा सुनती है, "मैं भी यहाँ नई आई हूँ। चार-पाँच दिन पहले ही आई हूँ...अपने बेटे के पास..."

यह वार्तालाप अभी तक कमरे और बॉलकनी में खड़े दो लोगों के बीच केवल सिरों के माध्यम से हो रहा है।

"एक काम करती हूँ। पड़ोसियों को जगाती हूँ। वह यहाँ के मूल निवासी हैं। चप्पा-चप्पा जानते हैं। वह ज़रूर कुछ मदद करेंगे। वैसे तो अभी ऐसी देर नहीं हुई है। हो सकता है, आपके बेटे को कोई काम ही पड़ गया हो।"

वह बुदबुदाती है—"देर से आना था तो कहकर तो जाता।"

यदि आना ही न हो तो? कुशंका से भरी एक आवाज़ मेरे अन्दर से उठती और मुझ पर झपटती है। जाते समय कौन कहकर जाता है। क्षण आ जाता है एकाएक अचानक। और हम हैं कि उसे भूले रहना चाहते हैं।...जीने के आवेश में उसे बेदख़ल किए रहते हैं क्योंकि उसकी उपस्थिति का डर हमें जीने नहीं दे सकता...बाधा डालता है और एक जीने का ही तो लोभ है, लोलुपता भी है। क्या इसीलिए?...जानबूझकर हम अपने को आश्वासन देते रहते हैं कि हम हैं...हम भी हैं...हम ही हैं।

"चलो फिर बेटी।" वृद्धा की चिन्ता ने मुझे टोका। मैंने चटखनी खोली, बॉलकनी की रोशनी के चलते लैंडिंग पर अँधेरा नहीं है, पर साँय-साँय करता एक अटल अटूट पहाड़ी सन्नाटा साँस ले रहा है।

वृद्धा को देखते ही लगा मैंने इस स्त्री को दोपहर में रेलिंग पर कपड़े सुखाते

देखा था। उम्र की लकीरों से कटा-पिटा चेहरा...पतली काठी...सफ़ेद झक्क बाल... सिर पर ओढ़ी सफ़ेद ओढ़नी की माथे तक आई लेसदार कगार, देह पर धुल-धुलकर बदरंग हो गया टेरीलिन का जोड़ा।

मैंने शॉल ओढ़ी। टॉर्च ली। वृद्धा को साथ लिया और सामनेवाले फ़्लैट की घंटी टीपी। ठीक सवा बारह बजे...रात के पहले पहर।

जिन्होंने दरवाज़ा खोला वे कुनमुनाए हुए नहीं थे। नींद से जगाए-जैसे भी नहीं। उनके कपड़े अस्त-व्यस्त थे। हड़बड़ी में उन महानुभाव ने कुरता उलटा पहन लिया था। वे दोनों अप्रसन्न दीखे थे। देखते-ही-देखते उनके चेहरों पर एक ठंडी पर्त चढ़ने लगी थी...आँखों में धुन्ध दाख़िल हुई थी। अब वह आसानी से वह सब कुछ नहीं देख सकते थे, जिसे दिखाने के लिए आधी रात उनकी घंटी टीपी गई थी।

"माफ़ कीजिएगा...इतनी रात गए आपको जगाना पड़ा। इन माताजी का बेटा अभी तक दफ़्तर से नहीं आया है। चिन्ता हो रही है।"

दोनों में से पुरुष ने पलटकर दीवार-घड़ी देखी थी...फिर वृद्धा की आँख की तिरमिरी, फिर भवें सिकोड़ीं, "कोई बात नहीं, आ जाएगा। आजकल राष्ट्रपति यहाँ आए हुए हैं। काम चल रहा होगा, दफ़्तर में।"

"इस समय तक?"

"क्यों नहीं? वह मेंटेनेन्स विभाग में जो है।"

"फिर भी..." मैं कहना चाह रही थी मेंटेनेन्स विभाग एक चीज़ है, राष्ट्रपति का आगमन भी कोई और चीज़, मैं जिस चीज़ की बात कर रही हूँ वह कुछ और है। दूसरी बातें तो अनेक हो सकती हैं—बाढ़, भूकम्प, अणु-बम, उग्रवाद, ओले, आग इन घाटियों और शिखरों के बीच और भी कितना-कुछ हो सकता है, पर इस समय तो एक ही भँवर है...एक माँ है...एक बेटा है...परदेस है...आधी रात है... जोख़िम है...अँधेरा है और वह अभी घर नहीं आया। वह एक। वही एक।

"आप बेकार उलझ रही हैं। पहले भी वह कभी-कभी देर से आता है। हम तो कब से देख रहे हैं। उसी दिन तो उसके माथे में चोट लगी थी।"

अब यह पुरुष के साथ खड़ी स्त्री बोल रही थी। एकदम सपाट आवाज़। अपने शब्दों को हँसते-से होंठों में चबुलाती हुई।

"क्या पहले भी कभी उसे चोट लग चुकी है? किस दिन? यह कब की बात है?" वृद्धा की हल्की-सी काया जैसे चार इंच उछल गई हो।

"लगी थी, कुछ दिन पहले। रात-भर चिल्लाता रहा था। हमने एस्प्रिन दी थी। सुबह हस्पताल गया था। टिटनेस का इंजेक्शन भी लगा था।"

"यह कब की बात है? कब की?..." वृद्धा को एक रट जैसे लग गई थी।

"हो गए होंगे, दो-तीन महीने...अब याद थोड़ेई रहता है!"

"देखो मुझे कुछ नहीं बताता।"

मैं अधीर थी। चिन्ता की नोक पर तड़फड़ाता क्षण पिछड़ता जा रहा था। क्षण में छिपी क्षिप्रता भी। लग रहा था उस समय कुछ हो रहा है कहीं। किसी अज्ञात के अँधेरे में। वृद्धा उस अँधेरे को चीर देना चाहती है इतने और अँधेरों को अपनी चिन्ता में शामिल करके।

"जाओ—जाओ माताजी! सो जाओ। जब आना होगा, आ जाएगा। उसे नौकरी भी तो करनी है कि आपको ही देखना है।" पुरुष पुरुष की तरह था।

"मुझे न देखे," वृद्धा बिखर गई, "पर अपने घर तो आए।"

यह वार्तालाप मुझे अखरा था। "क्या हम इस बारे में कुछ कर नहीं सकते? उसके दफ़्तर तक नहीं जा सकते या फिर पुलिस स्टेशन? आख़िर दफ़्तर तो साढ़े पाँच बजे ख़त्म हो जाता है।"

"वह कौन-सा दफ़्तर में बैठा होगा," पुरुष ने यह बात बहुत धीमे से कही थी। इन्द्रियों की क्षीणतावाली वृद्धा ने निश्चय ही नहीं सुनी होगी।

"जाने से कम-से-कम पता तो लग जाएगा कि वह वहाँ से कितने बजे निकला था। जल्दी से एक चक्कर लगाया जा सकता है। आपके पास तो मोटरसाइकिल भी है।"

"नहीं, नहीं, यह सब बेकार है," पुरुष ने फ़ैसला सुनाया था। वह हर तरह से उस चिन्ता में शामिल होने से इनकार कर रहा था।

"तो फिर?"

"तो फिर यह कि आप लोग जाकर सोइए। माताजी, मैंने कहा न कि आप जाकर सोइए। आ जाएगा। न आया तो देखा जाएगा।" उसने अपनी बग़ल में खड़ी स्त्री को एक गुझा-सा इशारा किया था।

स्त्री फ़ुरती से अन्दर गई और शॉल ओढ़कर बाहर आ गई। वृद्धा के कन्धों को अपनी बाँह में समेटकर ठेलने का उपक्रम करने लगी, "चलिए, मैं आपको घर छोड़ आती हूँ।"

मुझे लगा था दो फ़्लैट्स के बीच जिस पथरीली लैंडिंग पर हम खड़े हैं वह हिलने लगी है, जैसे अन्दर कहीं भूकम्प बन रहा हो। धरती को स्थिर करने के लिए हमने कितना कुछ किया है। मकान बनाए हैं। सड़कें बिछाई हैं। ट्रक, टैंक, टैंकर, रेलगाड़ियाँ चलाईं, फिर भी धरती हिल रही है। इस तरह, एक आवश्यक उद्गार को चोटी से धकेल दिये जाने के कारण।

वृद्धा ठिल रही थी। ठेली जा रही थी। उसके कन्धों को घेरती हथेलियों में एक अनदेखा दबाव था। हिंसा थी। अपने लिए आरक्षित किया जा चुका एक बचाव था। वृद्धा की बाहर तक बहती व्याकुलता के विपरीत।

यह दोनों चीज़ें साथ-साथ दिखाई देती एकदम बेहूदी-जैसी लग रही थीं। अटपटी, अनैतिक, और मैं थी कि खड़ी-खड़ी देख रही थी।

हाँ। वह मैं ही थी जो खड़ी-खड़ी देख रही थी, कुछ भी नहीं कर रही थी। वह क्षमता पता नहीं किन लोगों में होती है जो सामने से आ रहे आक्रमण की छलाँग को अधबीच निरस्त कर देते हैं और संकट की कगार पर खड़े आदमी को उबार ले आते हैं।

उस समय मुझे लगा था मैं वह नहीं हूँ।

मुझे चुभा था मैं वह क्यों नहीं हूँ?

मेरी आँखों के सामने लाचारी से धुँधलाया एक काँच था जिसकी आड़ में उस लैंडिंग पर खड़ी मैं उस वृद्धा को ठिलते हुए देख रही थी।

वृद्धा पैर अड़ा रही थी, पर ठिल रही थी।

उस दम्पती के दरवाज़े से वृद्धा के हटते ही दृश्य बदल गया था। घटना का घनत्व कम-सा हो गया था।

अपनी स्त्री के चले जाने से पुरुष अकेला रह गया। वह अब मेरी ओर उन्मुख था। खुलकर हँसने लगा और मुझे समझाने की मुद्रा में आ गया। देखते-ही-देखते उसकी उँगली का पोर अपनी दाईं कनपटी पर आकर गोल-गोल घूमने लगा।

"आपको नहीं पता, इसका पेच ढीला है। पूरी तरह क्रैक है—बुढ़िया। इसे अपना कुछ पता ही नहीं रहता। गैस पर दूध रखती है, दूध उबलता रहता है। नल खोलती है, पानी बहता रहता है। तवे पर रोटी डालती है, जलती रहती है। मालूम है क्यों? क्योंकि यह सदा रावलपिंडी में बैठी होती है। बेवकूफ़ है पूरी। अरे, देश के टुकड़े हुए इतने बरस बीते पर इसका पटरा अभी तक वहीं बिछा है। सोचकर देखिए 45-50 साल क्या कुछ कम होते हैं? मैं तो इसीलिए इसकी बकवास नहीं सुनता।"

"पर इस समय तो..."

"समय-उमय छोड़िए, कौन इसके साथ वहाँ बैठा रहेगा?"

लगा मेरी ज़ुबान तालू से चिपकने लगी है। मैं कहना चाहती हूँ इस समय की चिन्ता तो अन्धे को भी दीख जाएगी। वैसे भी हम होते कौन हैं जो किसी की दुश्चिन्ता को इसलिए निरस्त कर डालें क्योंकि हम उस अतीत का हिस्सा नहीं हैं। इस स्त्री की अवहेलना करें, उसे दंडित करें क्योंकि हम ख़ुद इतिहास की उस सुरंग में फँस जाने से बच गए थे। यह तो संयोग था कि हम उस समय ज़मीन के किसी दूसरे टुकड़े पर खड़े थे। भूगोल ने हमें बचा लिया था। क्या इसीलिए हम दानाह बने रह सकते हैं?

"मुझे पता है आप क्या सोच रही हैं। मुझे 'हार्ट-लेस' मान रही होंगी," पुरुष ने मेरे ध्यान को तोड़ा था। "पर इस औरत ने बोल-बोल कर ख़ुद ही अपनी बात का वज़न कम कर लिया है। पगली है पूरी।"

"ऐसे पागलपन के तो और भी कई कारण हो सकते हैं। हो सकता है जितनी सुखी वह रावलपिंडी में थी, अब न हो पाई हो। आगे का सुधर जाए तो पीछे को कौन रोता है?"

"भगवान जाने, मुझे तो यह सारा सिलसिला कभी समझ में ही नहीं आता। मेरे दफ़्तर में भी पाँच-सात लोग हैं, पार्टीशन में लुट-पिटकर आए थे। बिलकुल चंगे-भले, फिटफाऽट हैं। अरे, जो होना था हो चुका, अब उसे ही लेकर रोते रहो...जन्म-भर!"

मैं थी कि कहीं और धकेल दी गई थी, "आदमी और औरत में क्या फ़र्क़ नहीं होता? आदमी अपने को कितनी तरह से खरच-खपा लेता है। पर औरत? वह भी उस ज़माने की औरत, जो दुनिया को बदल देने की भागमभाग में शामिल नहीं है। घर बैठी है...एक चारदीवारी में...उसके सुख-दुख भी उसी की तरह उसके पैरों के पास दुबके बैठे रहते हैं, ख़ारिज नहीं होते।"

"यह भी कोई बात हुई?" वह चिढ़ता बोला।

यह साफ़ है कि मैं जो कुछ कहना चाहती हूँ पुरुष उसे सुनना नहीं चाहता। उसे अपनी बात को कह देने की उतावली है। शायद लग रहा हो कि अपनी बात को समझाए बिना वह मुझे अपने विश्वास की ज़द में ले नहीं सकता।

उसकी आवाज़ आगे चल रही है—"अभी तीन-चार साल पहले इसका आदमी मरा है। यह बुढ़िया इस धक्के को नहीं भूलती। पार्टीशन के दंगों में कहाँ तो बारह घंटे की प्रचंड गोलीबारी से बच निकला और कहाँ इसकी बग़ल में सोता-सोता मर गया। सच मानिए, मैं तो इसका विश्वास ही नहीं करता। पता नहीं सच कहती है या झूठ कि रावलपिंडी से निकलने के लिए जिस ट्रेन पर बैठा था, वह गुजराँवाला के स्टेशन पर रोक ली गई थी। बताती है, बारह घंटे लगातार गोलीबारी हुई थी। सारी ट्रेन को ही भून डाला..."

"वह अकेला था?"

"आपको पता नहीं? फसाद शुरू होते ही सब लोगों ने अपने परिवार पहले ही हिन्दुस्तान भेज दिये थे। घर-बाहर, कारोबार की वजह से ख़ुद अटके रहे कि पता लगे हवा किधर को चलेगी। बताती थी कि जब मिलिटरी आई और फ़ौजियों ने लाशों से भरी उस ट्रेन में घुस-घुसकर हाँक लगाई कि कोई बच गया हो तो बाहर निकल आए, तब इसका आदमी लाशों के ढेर को अपने ऊपर से ढकेलता बाहर निकला। और क़िस्मत देखिए, दूसरे डिब्बे में इनका माल ढोनेवाला एक मज़दूर भी बच गया था। उसे निकलने के लिए तुरन्त ही ट्रक मिल गया तो वह हिन्दुस्तान की सरहद पार कर गया और इसका आदमी कैम्पों में धक्के खाता, भटकता एक महीने के बाद अमृतसर पहुँचा। इन लोगों ने तो उसे मरा मान लिया था...अरे मान लिया था पर मरा तो नहीं था। यह मूर्खा उन्हीं बातों को लेकर बैठी रहती है। कोई भी, कहीं भी राह चलता मिल जाए तो हो जाती है शुरू।"

पुरुष की निन्दक निर्दयता मुझे अखर रही थी। क्या उसने वह अखरना मेरे चेहरे पर पढ़ा कि बोला, "अब यह इसका बेटा है—अपना बेटा। इसकी एक भी बात बरदाश्त नहीं करता। यही सब बातें लड़के से पूछो तो चिढ़ जाएगा। कहेगा यह सब पुरानी बातें हैं, कौन मैंने अपनी आँखों से देखी हैं जो सच मानूँ। वैसे बड़ा ही समझदार लड़का है, एकदम 'बैलेंस्ड पर्सन'।"

"आप कैसे जानते हैं इतनी सब बातें?"

"अरे, यह बुढ़िया पहले भी यहाँ आई है, आती रहती है। लड़के को अकेला जानकर पीछे लगी रहती है।" पुरुष के चेहरे पर फिर से हिक़ारत की रेखाएँ खिंच आई थीं। पता नहीं क्यों वह इस वृद्धा के जीवन-भोग पर विक्रमादित्य की शलाका लेकर बैठा था।

"देखिए, अब यह लड़का है, जवान है, अभी अकेला है, आज़ाद है, कहाँ जंजाल पाले। इस दर्द की पोटली को सँभालना क्या आसान है? पर वह लाख मना करे, यह आ ही जाती है इस अकेले की रोटियाँ पाथने, अरे यह नहीं होगी तो क्या लड़के को रोटियाँ नसीब नहीं होंगी। हर समय डपटता रहता है कि बड़े भाई के पास जाकर रहो। उनकी गिरस्ती है। वहाँ बहू है, पोते-पोतियाँ हैं, अच्छे-बुरे जैसे भी हैं, हैं तो सही। पर मजाल कि सुने। असल में मोह बड़ी बुरी चीज़ है, हैऽऽ कि नहीं?"

अब वह समर्थन की चाह में मेरी ओर देख रहा है। उसने सारी कैफ़ियत में मुझसे साझा कर लिया है। उसके हिसाब से मुझे अब उसके दृष्टिकोण में भी साझा कर लेना चाहिए। उसके मुख पर छपी कुछ-कुछ ऐसी अपेक्षा।

मैं निरुत्तर हूँ।

निरुत्तर रहना चाहती हूँ। मेरे पास भी अपने विश्वासों की एक पोटली है जिसे मैं उस पुरुष के हवाले कर देना नहीं चाहती। किसी अपात्र को कहना नहीं चाहती कि सब कुछ लुट-पिट जाए, गर्क हो जाए, फिर भी जाने कैसे माँ बची रहती है। वह एक सम्बन्ध नहीं सनातनता है। नहीं तो ऐसा कैसे हो जाता कि इतिहास के दर्द को अपने होशोहवास पर झेलती यह स्त्री, एक निचाट नये नगर के परायेपन में एक उद्दंड पुत्र को अपना आँचल देकर सहेजती।

माँ का आँचल किन नाचीज़ चीज़ों पर भी फैल सकता है, पुरुष नहीं जानता। स्त्री जानती है, पुरुष नहीं जानता। नहीं जान सकता। पर ओलों के डर से फलों के नन्हे पौधे तक आँचल से ढाँप दिये जाते हैं, क्या इस बात को भी इस पहाड़ी नगर में रहनेवाला पुरुष नहीं जानता होगा?

वृद्धा के साथ गई और पुरुष के साथ रहती स्त्री अब लौट आई है। उसके चेहरे पर एक विजित-सी मुस्कान है। क्यों नहीं होगी, यह क्या कम किया कि रावलपिंडी में बने एक बुत को वह किस चतुराई से एक अकेले अँधेरे कमरे में स्थापित करके

आई है! जानते हुए कि बिल्डिंग के उस विंग में अभी रोशनी नहीं है। तीन-चार दिन में आने की सुनवाई थी, पर तीन-चार दिन बीते तो कई दिन बीते...

स्त्री ख़ूब प्रसन्न है। अपनी सफलता का ब्योरा प्रस्तुत कर रही है—"मालूम है कितना काँप रही थी बुढ़िया, कम्बल ओढ़ा दिया है, वह तो बैठ ही नहीं रही थी, मैंने कहा, दूसरों के दरवाज़े पर खड़े रहने से क्या होगा। अपने घर बैठे, वह आ जाएगा। पहले भी तो ऐसा हो चुका है।"

मेरा सिर चकराने लगा है। वृद्धा, अकेली, दुश्चिन्ता, घुप्प अँधेरा, खाट, कम्बल, कँपकँपी और नसीहत।

पुरुष ने मेरे ध्यान को छिटकने नहीं दिया। "अच्छा जी, अब आप भी जाकर सोइए। पार्टीशन का तमाशा ख़त्म," उसने अपनी एक हथेली पर दूसरी हथेली को बजाया है।

एक अकस्मात् जैसा अन्त।

"अच्छा जी," मेरे मुँह में पुरुष के ही वाक्य का चिथड़ा फड़फड़ाता बच गया है। उनका दरवाज़ा बन्द हो चुका है।

मेरा पता नहीं कब हो पाएगा।

अब?

मैं उस लैंडिंग पर एकाएक अकेली छूट गई हूँ—अवसन्न और रीती। लैंडिंग की मटमैली रोशनी में इतनी ही अवसन्न एक चुप्पी।

अभी तक तो कहाँ-से-कहाँ तक, भीतर और बाहर, आता और जाता शोर था, चिन्ता थी, दर्द था, इतिहास था, भूगोल था।

अभी तक तो वे दोनों थे। पुरुष था, हिंसा थी, क्रोध था, आक्षेप और आलोचना।

अब कुछ नहीं है। चुप्पी है। मैं हूँ और चिपचिप आत्मग्लानि। मेरे आपे को झकझोरती, दूषित करती एक अस्वच्छ-सी अनुभूति। मेरे किए कुछ और नहीं हो सकता था तो उस घनघोर चिन्ता के अन्तराल में साझा तो हो ही सकता है।

भीतर कुछ असह्य होकर उठा है कि मैं वृद्धा के फ़्लैट की ओर चल पड़ी हूँ।

बॉलकनी में रोशनी है, भीतर घुप्प अँधेरा। दरवाज़ा मुझे खटखटाना नहीं पड़ा था। दरवाज़ा भिड़ा हुआ था।

दरवाज़ा खोलते ही रोशनी की उस फाँक में एक गुड़ी-मुड़ी गठरी-सी खाट पर रखी मुझे दीखी।

"माँजी!" मैंने टॉर्च जलाते बहुत धीरे से पुकारा।

"कौन?" वृद्धा ने चौंककर अपने पैरों के पास रखी टॉर्च बड़ी तेज़ी से उजाल दी।

"काका नहीं आया," उसने ख़ाली खोखल आँखें मुझ पर गाड़ दीं।

"आता ही होगा, आ जाएगा," मैंने अँधेरे में आँखें खोलकर डुबकी लगाने की कोशिश की। "चलिए न, उधर चलकर बैठते हैं, रोशनी में। मैं अभी जाग रही हूँ।"

मुझे लगा था वह हुज्जत करेगी, इनकार करेगी, अड़ेगी पर वह पल-भर में ही कम्बल झटककर ज़मीन पर खड़ी हो गई थी। उन्हें तत्पर देख मैं टॉर्च के सहारे ताला ढूँढ़ने लगी थी।

मुझे इधर-उधर हाथ-पैर मारते देखा तो बोलीं—"क्या चाहिए?"

"ताला ढूँढ़ रही हूँ।"

"वहीं छोटी मेज़ पर रखा होगा, देखो न, मैं कितनी पागल हूँ। भूल जाती हूँ। मेरी याददाश्त कब की खो चुकी है।"

"यह सच नहीं है," याद के चैतन्य का दंड भोगती उस आवाज़ को मैंने पूरे अधिकार से कहा।

उन्होंने नहीं सुना, नहीं माना। बोलीं, "तुम चाहे जिससे पूछ लो। तुम्हें उन लोगों ने बताया ही होगा।"

"वे लोग? कौन लोग? बाहरी लोग? आप उनकी बातें मानती क्यों हैं?"

"मानना पड़ता है। आख़िर इन्हीं के बीच तो सदा रहना है।" एक सपाट-जैसी स्वीकृति, जैसे रंग-भेद के माहौल में रहते श्यामवर्णी अपने आपको भी 'काला' कहकर पुकारने लगते हैं।

ताला मैंने ही लगाया। बाँह से घेरकर उन्हें अपने साथ सटाया तो सारी देह में एक बिजली-सी दौड़ गई। मन में भर्राता-सा आवेग, यह जो मेरी देह और बग़ल की खोह में पूरी तरह सिमट आई हैं, यह कौन हैं?, क्या हैं?...हमारे इतिहास का अतिजीवित, अतिस्पंदित अंश। इतना संचित, सुलभ और सुरक्षित।

लगा, रोशनी में आना उन्हें अच्छा लगा है। सोफ़े पर टिककर बैठ जाना भी। वहाँ बैठते ही वह जल्दी-जल्दी पलकें झपकाती इधर-उधर देखने लगीं और आसपास के नयेपन का मुआयना करने लगीं।

"चाय बनाती हूँ," मैंने पूछने की बजाय उन्हें सूचना ही दी। नज़र बचाकर घड़ी भी देख ली। इस समय क्या वह उस चिन्ता से ख़ाली हो गई थीं?

देखा, अचानक ही वह ठिठुरने-जैसी लगी हैं। अपने दाँतों के बीच एक कँपकँपी को भींच रही हैं।

"आपको ठंड लग रही है?"

"नहीं तोऽऽ..." अपनी पतली-सी चुन्नी की लपेटन वह अपने गिर्द कसने लगी थीं।

अलमारी से शॉल निकालकर उन्हें ओढ़ाया तो वह लज्जित-सी हुईं। "देखो न! याद ही नहीं रहा कि मुझे शॉल लेकर आना है। मैंने कहा नहीं था कि मेरी याददाश्त खो चुकी है, लोग ठीक कहते हैं।"

यह आवृत्ति यातनादेह थी। अपनी याद के खोने को ख़ुद मान लेना और अपने पर ओढ़े फिरना, जबकि सच यह था कि वह स्मृति के गलियारे में वैसी-की-वैसी

अविचल खड़ी थीं पर उनका आत्मबोध? बाहरी लोग उसे बना-बिगाड़ रहे थे। उनका पगला जाना ठीक ही था।

मैंने अपने को उनके घुटने के पास ज़मीन पर बैठे पाया—"मेरी बात सुनिए माँजी, ध्यान से सुनिए। आप कुछ भूली नहीं हैं बल्कि जितना आपको याद है, बहुत याद है। वही तो असली तकलीफ़ है।"

"कैसे?"

मैं अटक गई। जो मन में था उसे उनकी भाषा में समझाना मुश्किल लगा। कैसे समझाती कि जो भूल नहीं पाते, समय उन्हें माफ़ नहीं करता, क्योंकि ऐसे लोग उसकी राह में अड़ते जो हैं और समय है कि उसे हर पल वर्तमान बन जाने की हड़बड़ी है।

"क्या मतलब?"

"कोई मतलब नहीं। आप आराम से बैठिए। मैं चाय बनाकर लाती हूँ।"

चाय बनकर आई तो वह एकाएक छलछला आई थीं। "मालूम है काके के पिताजी भी ऐसे ही किया करते थे। नींद नहीं आती थी तो लाची (इलायची) और लौंग की चाय बनाकर पीते थे। मुझे भी जगाकर पिलाते थे, चाहे मैं कितनी गहरी नींद में सोती होऊँ।"

उनकी आँखें एकदम स्थिर हो गई थीं। वह मुझे फिर उसी सुरंग में दाख़िल होती दिखी थीं जिसका उस पुरुष ने ज़िक्र किया था। कमरे की भरपूर रोशनी में एक अद्‌भुत दीप्ति उनके चेहरे को लीपती-उजालती दिखी थी।

उन्हें देखते लगा था हम सब तो मलबे में दबे हुए लोग हैं। यही एक चेहरा है जो इस मलबे में भी प्रज्वलित होकर चमक रहा है। मलबे से विद्रोह ठाने बैठा है।

अच्छा ही था इस समय वह सब आशंकाओं से परे कहीं और डोल रही थीं, पर उनके बेटे की चिन्ता मेरे मन में दहशत बनकर धड़क रही थी।

उनकी आँख बचाकर मैंने घड़ी देखी। एक बज चुका था। बीस मिनट ऊपर जा चुके थे। घड़ी के हाथ तेज़ी से आगे भागते रहे थे।

अब?...अब?

अपनी दोनों हथेलियों में प्याले को प्यार से सँभाले वह चाय सुड़कने लगी थीं।

पहले दो घूँट हलक़ में अभी उतरे ही होंगे कि उन्होंने सोफ़े पर चाय छलकाते प्याला नीचे ज़मीन पर रख दिया था।

"सुनो-सुनो, वह खड़का, उसका स्कूटर...लगता है काका आ गया है।"

वे झटके से उठ खड़ी हुईं और दरवाज़े की ओर चलने लगीं। मैं एकदम उनके साथ, उनके पीछे।

अगले ही क्षण लगा था अगवानी करने जाना व्यर्थ है।

स्कूटर का खड़का पहले तेज़, फिर धीमा, फिर और धीमा होता पहाड़ियों में गुम हो गया था।

मैं सहम गई थी। किसी दुर्घटना की आशंका मन में गाढ़ी होने लगी थी। हम दोनों के बीच पसरी चुप्पी भी अब सहमी लग रही थी।

मैंने चाय का प्याला उन्हें फिर से थमाया जिसे उनके स्तब्ध ध्यान ने लेने से इनकार किया।

मैं चाहती हूँ कोई वार्तालाप, कोई संवाद शुरू करना जिससे वह उस चुप्पी का किनारा छोड़कर आगे टहल आएँ, पर वह रिक्त-जैसी लगीं। अब चेहरे पर कोई चमक नहीं, विलापती-सी वीरानी पसरी थी। धँसी हुई कोटरों में स्थित गोल गड्ढे, उनमें ऐसा थमा हुआ धुआँ।...उनकी आँखों को जैसे इस बार मैंने ठीक से देखा।

इस समय यह चेहरा मुझे भयानक-सा लगा जैसे पसरती झुर्रियों ने उनकी खाल की सारी लुनाई सोख ली हो। वह पहले-जैसी अतीत के कक्ष में प्रज्वलित चेहरे की प्रतिच्छाया मेरे भीतर से भी गुम हो गई।

एक असभ्य-सी चिन्ता ने मुझे दबोच लिया—वह अगर किसी अकस्मात् में अपने बेटे को खो देती हैं तो इस विभीषिका को अपनी पीठ के कौन से हिस्से पर ढोएँगी? पिछले अभिशाप से मुक्ति पा लेंगी? या कि दोहरे भार से कुचली जाएँगी? इतना दमख़म इस पतली-सी काया में क्या है कहीं?

"आपको पाकिस्तान छोड़े कितने साल हो गए?" मैं एक निहायत बेवक़ूफ़ाना सवाल उनसे पूछती हूँ। जानती हूँ यह सवाल नहीं, संवाद की इच्छा है।

वह उत्तर नहीं देतीं। ओढ़े होने पर भी कँपकँपी में उतरती दिखाई देती हैं। मुख पर एक अड़ियल चुप्पी। यहाँ नहीं, कहीं और चले जाने का-सा भाव, जहाँ तक पहुँच पाना कठिन है।

घड़ी ने दो बजाए हैं। सुई बारह पर टिकने के बाद आगे चलने लग गई है।

वह उठ खड़ी हुई हैं। जानती हूँ यह उठना नहीं बेचैनी है। दरवाज़े को फटाक से खोलकर दरवाज़े की चौखट से जा लगी हैं।

दरवाज़ा खुल जाने से हवा का एक तेज़ चपाटा चीरता चला आया है जो उनकी देह से दस गुना ज़्यादा बलवान है।

"अन्दर ही बैठना ठीक होगा माँजी।"

"नहीं।" मेरी बात का उत्तर उन्होंने कड़ाकेदार 'न' में दिया है। वह चौखट से सिर टिकाए अविचल खड़ी हैं। मैं उनके पीछे। आगे-पीछे के क्रम में हमारे चारों पैर दरवाज़े पर जमे खड़े हैं।

अब और कुछ नहीं। कुशंका, कई परलोंवाला सन्नाटा और चेतना की झिर्रियों में उतरती और डूबती साँस।

सहसा ही सीढ़ियों पर थपथप की आवाज़ उभरी है, जो उस सन्नाटे को बड़बोली लगी है।

उनका काका एकाएक, आख़िरी सीढ़ी पर डगमगाता लैंडिंग पर अवतरित हुआ है। उसके पहुँचते ही शराब की गंध का एक तेज़ भभका हवा के कोटर में दाख़िल हुआ है।

मेरे दरवाज़े पर उन्हें इस तरह खड़े देख वह आगबबूला हो गया है।

"तुस्सी ऐत्थे?, ऐस्स वेले?...ओपरे लोकाँ दे घर!" (आप यहाँ, इस समय, बाहरी लोगों के घर)।

अपनी साँस में साँस आने को पछाड़ते उन्होंने अपनी खीज प्रस्तुत की—"अरे, देर से आना था तो कहकर तो जाता।"

"क्यों, क्या आफत आई थी? आसमान टूटा पड़ रहा था? चलो सीधे, अपने घर।"

लड़के ने थूऽऽ पिच्च जैसी हिक़ारत से मुझे देखा है और माँ की दुबली-सी बाँह को अपने पंजे की जकड़ के हवाले किया है।

लैंडिंग पर तेज़-तेज़ लपकता वह आगे चल रहा है। वह लिथड़ती-पिछड़ती बेटे के पीछे-पीछे घिसट रही हैं।

किसका इतिहास

बस! इतना ही फ़र्क़ पड़ा था। बातें, बहसें बन्द हो गई थीं और आवाज़ के अकाल ने घर में ऐसी गाढ़ी धुंध का रूप ले लिया था जिसमें सब आकार, रिश्ते, रिश्तों की बेहद नाज़ुक डोरियाँ गड्डमड्ड हो गई थीं। कोई समझ नहीं पाता था कि उन्हें कहाँ से पकड़ा जाए, आख़िर कहीं कुछ जता सकने पर, उछाल पाने पर ही सम्बन्धों के प्रति विश्वास हाथ लगता है।

दोनों अटल थे अपनी-अपनी जगह पर। बाऊजी अपनी बात पर—शमीम इस घर में नहीं आएगी, और भैया—आएगी तो बस शमीम ही आएगी, और कोई नहीं।

माँ बीच में, जैसे एक लरजती हुई लहर, पता नहीं किसकी ज़मीन पर लेटें। दुख बाऊजी के साथ उन्होंने भी देखे थे। उस पाँच नदियों की धरती पर उठती हिंसा की लपटों के प्रतिबिम्ब उनकी आँखों में भी उतने ही ताज़े थे।

दहशत भरी ठसाठस भीड़। हर किसी में पहले चढ़ने की आपाधापी, लोगों को ट्रकों में लाद-लादकर हिन्दुस्तान बॉर्डर पर पहुँचाया जा रहा था।

माल की तरह लाद दी जाने वाली गर्भिणी माँ को अपने आसपास देखते अचानक अहसास हुआ कि बाऊजी उस ट्रक पर चढ़ नहीं पाए हैं, तो वे ट्रक से कूद पड़ने को तैयार हो गई थीं। जाने कैसी तीखी अरक्षा उन दिनों थी, पता ही नहीं; कौन, किससे, कब, कहाँ बिछुड़ जाए और फिर कभी उसका देखना नसीब न हो।

ड्राइवर ट्रक स्टार्ट कर चुका था। दो मज़बूत हाथों ने उन्हें उसी भीड़ के ढेर में वापस ढकेल दिया, जिसे अपनी कोहनियों से धकियाती-चीरती वे इस सिरे तक पहुँची थीं। आँखों पर दुपट्टा रखे वे सारे रास्ते बिलखती आई थीं।

अम्बाला कैम्प में पहुँचकर बौराई आँखों से वे बाऊजी को खोजती-ढूँढ़ती, भटकती फिरीं।

"क्यों भाई, दूसरा ट्रक लायलपुर से चला था?"

"चला होगा, मुझे पता नहीं बीबी।"

"क्यों भाई, कोई ट्रक लायलपुर से आया है आज?"

"पता नहीं बीबी, कैम्प के इंचार्ज से पूछ लो।"

हर किसी की आँखों में लपट की तरह जलती वही तलाश। पैर एक-दूसरे को लाँघते हुए। माँ बावरी आँधी की तरह एक तम्बू से दूसरे, दूसरे से तीसरे में भटकती फिरीं। आने वाले ट्रकों के सामने वे तब तक जमी खड़ी रहतीं जब तक एक-एक प्राणी उतर न लेता। दाढ़ी बढ़े लोगों को वे आँखें फाड़-फाड़कर देखतीं, क्या पता इस चेहरे के पीछे कोई दूसरा चेहरा निकल आए।

और एक दिन छावनी के पीछे वाले कैम्प में माँ को बाऊजी मिल गए, बुख़ार में तपते, उल्टियाँ, दस्त करते, उनके शरीर का सारा पानी सूख गया था। माँ डोल-डोल गईं।

अच्छी-बुरी जैसी भी देखभाल हुई, उन कैम्पों में घूमती डॉक्टरों की टोलियों द्वारा हुई। बाऊजी बच गए, "ठोकरें खाने के लिए," ऐसा वे अक्सर कहते रहते थे। माँ को लगा कि कम-से-कम पेड़ तो बच गया, हरियाली चाहे सूख गई है।

रक्त की कमी से पीली हो गई माँ, इधर से उधर करवटें बदलते, सफ़ेद डगमग आँखों वाले बाऊजी को बार-बार पानी पिलाते-पिलाते कहतीं, "कोई बात नहीं, होनी कोई अपने साथ ही तो नहीं हुई। सबके साथ हुई है, तुम तसल्ली रखो। जैसा लोग करेंगे, हम भी कर लेंगे। जहाँ सब कुआँ खोदेंगे, वहाँ हम भी खोद लेंगे।"

माँ के ऐसे दिलासे पता नहीं क्यों बाऊजी को कोड़ों जैसे लगते। शायद उनका पौरुष तिलमिला उठता था, "बस कर, अब बस कर, तू अपना ध्यान रख!"

अपना ध्यान? कैसा अपना ध्यान? न खाट, न चौपाल, न काम, न ठिकाना, टाट के कपड़े, ठहरा हुआ वक़्त, भूख, जगराते चिन्ता।

माँ बाऊजी से कुछ कहें, इसका क्या लाभ? बाऊजी माँ से कुछ कहें, इसका भी क्या लाभ।

"ये दिन भी देखने थे," पस्त माँ ने उस दिन कपड़ों की छोटी-सी गठरी कोने के हवाले करते हए कहा। उनका चेहरा फक था, सूखा हुआ।

"वो दिन नहीं रहे तो ये भी नहीं रहेंगे, तू किसी तरह निपट जा, मैं तेरी वजह से कहीं आ-जा नहीं पाता," उस बड़े से अहाते की इस छोटी सी कोठरी में बाऊजी ने नज़रें दौड़ाते हुए कहा।

और उसी कोठरी में अतुल का जन्म हुआ था। माँ ने मुक्ति की साँस ली थी। तीन दिन तक पलंग की पाटी पकड़-पकड़कर वे चीख़ती रही थीं, और पासवाली बेबे "सबर कर पुत्तरा, सबर कर" के निरावेग दिलासे माँ को देती रही थीं, "फल भी तो तुझे ही मिलेगा।"

उन दिनों माँ का मुँह देखकर लगता था, यह फल उन्हें न भी मिलता तो भी माँ को कोई दुख न होता। वे अक्सर अतुल की तरफ़ पीठ करके पड़ी रहतीं, तब

तक, जब तक वह अपनी चीख़-चिल्लाहट से माँ की ऊपरी शान्ति को भंग नहीं कर देता था। माँ पलटकर अपना स्तन उसे दे देती थीं और उसके अहसास से पूरी तरह बेगानी हो जाती थीं।

मुझे बड़े असुविधाजनक लगते थे वे दिन। दहलीज़ पर बैठे-बैठे यों ही इधर-उधर देखते रहना। पढ़ाई, सिलाई, बुनाई, रोटी-पकवान के लिए दिन-रात आदेशों-उपदेशों के अम्बार टपकाती माँ मुझे अब कुछ नहीं कहती थीं। न कहती थीं सीखना ज़रूरी है; न कहती थीं नहीं ज़रूरी है। ख़ुद बैठी रहती थीं, मुझे बैठे रहने देती थीं।

एक दिन बाऊजी ने डपटकर माँ से कहा था, "जो हुआ सो हुआ, तुम इस तरह से मुँह लटकाकर क्यों वज़न की तरह बँधी रहती हो मेरी जान को। अरे, कुछ अपने होश-हवास सँभालो।"

और माँ को—कुएँ में लटकती हुई माँ को—जैसे कोई वापस ले आया था बाहर। वे सँभलने लगी थीं क़तरा-क़तरा। बाऊजी घर में होते तो कृत्रिम लगने की हद तक वे अतिरिक्त उत्साह बिखेरतीं। उस वक़्त वे उनसे भी बड़ी हो गई दीखतीं।

दीवारों का रंग तो नहीं बदला था। वो वैसी की वैसी थीं चूना झाड़तीं, धब्बों में घूरतीं, पर मन का रंग बदलता गया था। कमरा सामान के बिना ख़ासा चौड़ा लगता था। पेट में ख़ासे खोखल थे, परन्तु सफ़ेदपोशी ने ढक लिया था—बहुत कुछ।

साबुन घिस भर देने से दूसरे दिन के लिए वही जोड़ा उजला हो जाता था। वही थाली बार-बार माँजी जाने पर चमक जाती थी। एक ही पतीली में चाय, दाल और कभी-कभी सब्ज़ी पक जाती थी और उसी में रात को सवेरे नमकवाली रोटी के साथ खाने को छाछ के लिए पेंदा भर दही जम जाता था। डालडा भी घी जैसा ही लगता था। उसकी छौंक ऐसी क्या बुरी थी। अचार कच्चे आम काटकर नमक-मिर्च भर डाल देने से ख़ासा खाने लायक़ हो जाता था; तेल, हल्दी, सौंफ़, मेथी, मर्तबान की ज़रूरत क्या थी?

सब कुछ हो जाता था, अगर पीछे का कुछ याद न किया जाए। तुलना न हो उस अतीत से, ग़लीचों, कुर्सियों, कारों में फिसलते वक़्त के उस वक़्फ़े से, जिसे क़िस्मत ने पूरी बेरहमी से काटकर इतना अलग फेंक दिया था कि वह अपने वजूद का हिस्सा ही नहीं लगता था।

सब ठीक था अगर याद न आए कि पहले ज़िन्दगी कैसी थी, क्यों थी, और अब कैसी है, क्यों है, किसके कारण है।

कुछ नहीं बिगड़ता था यदि तुलना न हो, शिनाख़्त न हो। ऐशो-आराम की तरफ़ से तो आँखें मूँदी जा सकती थीं पूरी तरह।

यह शिनाख़्त किस तरह शमीम के इस घर में आ जाने से उबरकर सामने आ जाएगी, किस तरह वह मात्र एक औरत, एक इनसान, एक पुत्रवधू न रहकर एक

इतिहास, एक जाति, एक परिस्थिति, जलावतन की कँटीली याद का दंश बन जाएगी। उसके होते रहने से किस तरह बींध-बींध जाया करेंगे स्मरण—वह विस्थापन, वह कैम्पों में इधर से उधर भूख-प्यास से भटकते होना। वह हाथ न फैलाने की मजबूरी, वह शर्म में दिन-रात अपने आप को खाते होना। वह इतनी मेहनत के लिए अनभ्यस्त कन्धे, परीक्षा...! इतनी बड़ी परीक्षा, इतनी कड़ी परीक्षा।

"तुम इतना तो सोचो," उठते-बैठते बाऊजी भैया को कोचते, "अभी तो मेरे तन-मन से गर्दिश के निशान भी नहीं मिटे। अपनी माँ की तरफ़ देख, कैसी झूल गई है, अभी तक उसके चेहरे का रंग वापस नहीं आया। बहन अभी घर बैठी है, अन्धा हो गया है, क्या ज़रूरी है, हर बात मैं खोलकर कहूँ? तुम कह सकते हो, कहते ही हो, मैं ऑर्थोडॉक्स हूँ, बदलता नहीं हूँ, क्या ज़रूरी है बदलना, इतने बड़े बदलाव को बर्दाश्त करने के बाद? ये हड्डियाँ अभी पूरी तरह सिंकी तक नहीं हैं।"

"किसने कह दिया तुम्हें मैं क़ौम का बदला आदमी से लेने बैठा हूँ?" बाऊजी अपनी छाती पर हाथ मारते हुए कहते, "अरे! मैं आदमी की बात करता हूँ, आदमी की। अपनी, मैं तुम्हें आदमी नहीं दीखता? और यह क़ौम? क़ौम कौन सी चिड़िया का नाम है? वह नाम लड़ने के लिए होता है—क़ौम का नाम। सहने के लिए होता है आदमी—निपट नंगा, बेबस आदमी, देख नहीं रहा अपनी आँखों से?" बाऊजी उसके सामने तराज़ू उठाते रहने से पड़ गए गट्ठों से भरे अपने हाथ फैला देते।

"कैसे भूल जाऊँ? कौन सी जन्नत मिल गई है कि भूल जाऊँ, अरे! तुझे कॉलेज करवा रहा हूँ तो तू बड़ा चौधरी हो गया है? यह सारा ज़बानी जमा-ख़र्च तू अपने पास रख। मुझे सिखा रहा है भूल जाओ, तेरे लिए मुमकिन है भूल जाना। वह तेरे सफ़र का एक हिस्सा है, मेरा नर्क तो ज़िन्दगी के इसी टुकड़े पर खड़ा है, तू क्यों नहीं भूल जाता? तू ही भूल जा एक छोटी सी बात।"

"तो फिर कह दे," भैया ने यह सब सुनते-सुनते अघाकर मुझसे कहलवाया था, "मेरा फ़ैसला यदि घर का फ़ैसला नहीं हो सकता तो यह घर मेरा नहीं है। मुझे ऐसा करने का अफ़सोस है, पर..."

बीचवाला अगर बात को ही खा जाए तो बात बात न रहकर पहाड़ हो जाती है, यह मेरी समझ में नहीं आया होगा। बाऊजी को भैया से, भैया को बाऊजी से बचाती रही मैं। बहसें, बातें आमने-सामने की बन्द हो गई थीं। शोर थम गया था। होता यह था कि बाऊजी मुझे सुनाकर कह देते थे जो उन्हें भैया से कहलाना होता था। वह मुझे कह देता था जो बाऊजी को पहुँचाना होता था और मैं सब कुछ पेट में रख लेती थी। कुछ भी यथास्थान नहीं पहुँचता था—इसलिए पारस्परिक समझ का दायरा उतना का उतना ही रहता था। बाऊजी की ख़ामोशी से भैया शायद उनके

सहमत होने का अन्दाज़ा लगाता रहा हो, और भैया के चुप रहने से बाऊजी के मन में बात के टल जाने का भ्रम बना रहता हो।

और जब एक दिन गुलेल के वार से घायल होकर नीचे आ पड़ने वाले पक्षी की तरह यह बात अचानक बाऊजी के सामने फेंकी गई, तो वे थर्रा गए, "बाऊजी, भैया अलग रहना चाहता है शादी करके।"

बाऊजी के चेहरे पर पहले तो एक अबूझ जैसी सख़्ती, फिर अपने ध्वस्त विश्वास को फेंके हुए काग़ज़ की तरह वापस हाथ में लेते हुए बोले, "क्या अभी अड़ा हुआ है वह, वहीं?"

"जी! बाऊजी!" कहते-कहते मुझे डर सा लगा, पता नहीं किस बात का डर!

"क्यों? उसकी हिम्मत कहाँ गई तो तुझसे कहलवाया है, उसके मुँह में रोड़े पड़े हैं क्या? गीदड़ की औलाद!"

"वह कहता है आपसे बहस करने का फ़ायदा नहीं।"

"हाँ, फ़ायदा तो नहीं, यह ज़ख़्म बच्चू के अपने जिस्म पर नहीं पड़े न, नहीं तो पूछता। वह क्या जाने," उनकी आँखों के डोरे तनने लगे। तुनककर बोले, "अपनी माँ से पूछ लिया है उसने?"

"जी..."

वे ऐसे चौंके जैसे उनकी देह पर किसी ने जलता हुआ अंगारा रख दिया हो।

"हूँऽऽ! कहीं वह भी तो नहीं कहती कि बेटे के साथ जाएगी, वहीं रहेगी जाकर?"

जान रही थी जवाब माँगने के लिए उन्होंने यह सवाल नहीं किया था। जवाब उन्हें मालूम था, जवाब सुनने के लिए वे रुके भी नहीं। लेटे थे, उठकर इधर से उधर, उधर से इधर टहलने लगे।

इसके बाद तो चुप, भारी सी चुप। चलते क़दमों की तेज़-धीमी खिसखिसाहट। बीच-बीच में रसोई से बर्तन खड़कने और फुँकनी से चूल्हा फूँकने की माँ की आवाज़ और पसरता जाता कड़वा धुआँ।

ऐसे ख़ामोश तनाव को कैसे तोड़ा जा सकता था?

"आपका खाना लाऊँ?" मुझे एकाएक सूझा।

"नहीं!" आवाज़ कड़क थी, "तुम सब खा लो, सोओ जाकर, मुझे नहीं खाना।" आवाज़ पस्त थी।

इन दो सिरों के बीच की छोटी सी ज़मीन पर इतना लम्बा सफ़र। इसे ठीक अपनी आँखों के सामने देखना मुझे बेतरह विचलित कर गया।

"आप खा लीजिए, बाऊजी, मैं उसे समझाऊँगी, फिर से समझाऊँगी, समझा लूँगी।"

"तू क्या समझाएगी...और वह भी क्यों समझेगा? आख़िर यह मेरा इतिहास है, उसका नहीं। वे मेरे ज़ख़्म थे, उसके नहीं, यह दर्द भी मेरा ही है, बस मेरा।

इसे मेरे पहलू में खड़ी मेरी हमसफ़र पीढ़ी ही समझ सकती है, भावी नहीं...जा! कह दे उससे।"

टहलते-टहलते वे धप्प से खाट पर बैठ गए थे। घुटनों पर कोहनियाँ टिकाकर। अपना सिर उन्होंने अपनी दोनों हथेलियों में दे लिया था।

"कह दे जाकर उससे, कर ले शादी, ले ले मकान, किराए की फ़िक्र न करे। मैं दे दूँगा किराया...कह देना यह भी, निपट-निपटाकर जल्दी दुकान पर आए, मेरी बूढ़ी हड्डियों में अब..."

"माँऽऽआँ!" मैंने बाऊजी की कितनी-कितनी ज़रूरतों को समझते हुए माँ को ज़ोर से पुकारा।

किसे कहते हैं विदेश

दिसम्बर की सीली-सीली-सी शाम। साढ़े चार बजे से ही अँधेरा भीतर दुबक आया, शीशे लाँघकर पसर गया था। कैसे कोई "कुछ नहीं"-सी चीज़ ऐसे पसर जाती है! निगल लेती है कमरे में रखी वस्तुओं के बीच का शून्य। उदासी का एक गहरा रेला भी भीतर उतरता आया।

कब आएगा रवि...कितने बजे? सड़क के अँधेरे को रोशनी की दौड़ती धार से भरती गाड़ियों की क़तारें उसकी आँखों में उतर आईं। वहीं बैठे-बैठे। कितनी बार वह रवि के साथ बाहर गई है, सप्ताहान्तों पर। दूर घने झुरमुटों के बीच घुसती दीखती सड़कें आगे बढ़ने पर एकाएक सीधी होती जाती हैं। और उन पर लाल और चमकीली क़तारें एक साथ दौड़ने लगती हैं। तब ऐसा नहीं लगता जैसा आज। उत्सुक औचक-सी उमंग मन में गुनगुनाती रहती है। क्या यह रवि के साथ बैठे होने की दीप्ति है?

क़ाँच की लम्बी दीवार से हटी तो कमरे के दूसरे हिस्से में चली गई। खाने की मेज़ पर टेबल मैट्स के सीधे कोने फिर से सीधे किए। चमचमाते चम्मचों को फिर पेपर नैपकिन से रगड़ा। नमकदानी उठाई और परे रख आई। माँगेगा तो देखा जाएगा। सोडियम साल्ट...ब्लडप्रेशर बढ़ाएगा। इस देश में रहता है...स्ट्रेस और सोडियम साल्ट और कोलेस्ट्रॉल के आतंक को दर्ज नहीं करता। मूर्ख!

पासवाले फ़्लैट का दरवाज़ा धड़ाम से बन्द हुआ। दीवारें थरथरा गईं, उसके फ़्लैट की भी। काग़ज़ और गत्ते, और जाने किस-किस जिंस के मकान, कितनी सायास, सधी हुई सुन्दरता, जिसके भीतर कुछ भी ठोस-सुरक्षित, जैसा नहीं लगता, अपने घर जैसा।

टेबल से उठने पर टहल जाने तक थी रसोई। जहाँ सारा काज एकदम समाप्त है। एकदम प्रस्तुत। ओक-ओक भर उजाला, पर मन...? क्या प्रतीक्षा मन को ऐसा कर देती है? सॉस पेन का ढक्कन उठाया, सीज चुकने के बाद पुलाव अपनी ताज़ी भाप को भी जज़्ब करने लग गया था। व्यर्थ में पुलाव बनाया। हड़बड़ी में। देरी के

डर से। इतना डर क्यों बना रहता है यहाँ पिछड़ जाने का। रोज़ की तरह चपाती बनाई होती! चपाती भाती है पगले को, मन रखने को चावल भी खा लेता है। यहाँ रोटी बेलने की मेहनत बचाने को। मेहनत बेदाम नहीं बिकती यहाँ।

मेहनत क्या है रोटी पकाने में? ये बातें क्या कभी किसी ने सुनी होंगी देश में? दस व्यक्ति भी आ जुटें, तो रोटी पकती है। गह-गहकर सिंकती है, फूलते फुलके से उतरती अन्न की सोंधी गंध। यहाँ सब कुछ कैसा गिनती-गिनती जैसा हो गया है, आवेग, तृप्ति, गंध। लगामें लगाकर मोड़ लेने की चीज़ हो गया है मन।

रवि आया, पर घंटी बजाने की अपेक्षा फ़्लैट की चाबी घुमाकर ख़ुद ही भीतर आ गया।

"अरे," और उसने रवि का चेहरा टटोलने की कोशिश की। "हाय माँ," रवि हँस पड़ा, आदतन, और भीतर घुस गया। कहने को कपड़े बदलने। पहले-पहले आई थी तो दफ़्तर से आते ही लिबड़ता-सा था, जैसे उसे खींच बुलाने का गुनाह मत्थे चढ़ा हो! "क्या-क्या किया, कितनी सोईं? क्या-क्या पकाया?" वह सारी टेरती जगहें अब ठुँसी-ठुँसी-सी लगती हैं। किन चिन्ताओं से?

सोचते हुए उसकी पाँचों उँगलियाँ अकबका जाती हैं। कौन-सी उँगली किस जगह पर रखे? बच्चे बड़े हो जाएँ, तो बरजने-टटोलने को व्यर्थ हो जाती हैं उँगलियाँ। इस बात को कभी जानना भी चाहेगा तो वहाँ पहुँचे बिना कैसे जानेगा! अभी तो जीवन शुरू ही नहीं हुआ। कैथी लौटकर ही नहीं आई। वह कैथरीन को 'कैथी' कहकर बुलाता है।

यहाँ आई थी, तो बढ़-चढ़कर पूछती थी। बेले-कुबेले जैसे यहाँ के लोग जेब में पड़े अपने हक़ के कार्ड का उठते-बैठते इस्तेमाल करते हैं। रवि का चेहरा पत्थर-सा कठोर होते-होते काग़ज़-सा फक्क हो जाता है।

"ऐसा भी क्या, शादी तो अपने मन से की थी न तुम दोनों ने?"

"तुम इस पचड़े से परे नहीं रह सकतीं?" अच्छा-ख़ासा बैठा रवि झड़प से उठ जाता है। परे हो जाता है। मन को आती आहट से भी परे।

बाद में पता लगने लग गया था कि यह दूरी प्राइवेसी में सेंध लगाने का दंड रूप है। प्राइवेसी और आत्मनिर्भरता बड़ी महत्त्वपूर्ण चीज़ें हैं इस देश में। सामनेवाले के कपड़ों के कगार में आग लग रही हो, पर सोचकर बोलो! यह नहीं कि दूसरे की जान सलामत है तो अपनी भी। कौन जाने दूसरा अपनी सलामती किस बात में मानता है!

पर रवि क्या कोई दूसरा है? उसका अपना बेटा, नाभि-नाल का सम्बन्ध।

"कोई डाक, कोई फ़ोन?" रवि ने टेबल पर बैठते ही पूछा।

उसने सिर हिला दिया नकारात्मक। ज़बान की नोक पर एक और भी बात अड़ी थी। कैथी की कोई सूचना? पर शब्द नहीं निकले, तो बस नहीं निकले।

किस डर से? वह क्यों इस व्यवस्था का हिस्सा होती जा रही है, मन में ऐसी माया-ममता के रहते।

रवि ने खाना चुपचाप खाया। न खाने की बड़ाई की, न दिनभर अकेली प्रतीक्षारत माँ के अबोलेपन को सींचा। वह सामने बैठी अपनी थाली में थोड़ा-सा पुलाव डाले उसे बूँदी का रायता खाते देखती रही, बार-बार नैपकिन से होंठों के कोनों को पोंछते हुए।

छोटा था, तो बूँदी का रायता सुड़क जाता था। सबका हिस्सा। भरे तेल की कड़ाही में पतले प्रवाही बेसन से बूँदी छाँटते उसे आज लगा ज़रूर था कि वह उसे ज़रूर सख़्ती से बरजेगा, "तुम समझती नहीं हो माँ, यह अपना इंडियन खाना। मेरा मतलब है, यह तले घी की भाप अपार्टमेंट को एक बुसी हुई गंध से भर देती है, गलीचों में रच जाता है सब कुछ। घर बैठे को पता नहीं लगता, पर बाहर से आओ तो...कैथी होती तो..." वाक्य उसके होंठों में टूट गया था।

कैथी के ज़िक्र पर वह ठट्ठ की ठट्ठ बैठी रह गई। कैथी ऐसे अचानक चली न गई होती तो वह यहाँ क्यों आती, कॉलेज में परीक्षाओं की दुंदुभी के दारुण होते दिनों में!

"प्लीज़ चली आओ माँ...अब कितनी बार कहलाओगी," आधी रात गए फ़ोन पर उसकी आवाज़ में पुकार उतनी नहीं, जितनी एक चीख़ थी। लगा जैसे कलेजे की कच्ची मांसपेशियों को किसी ने मुट्ठी में भरकर करकरा दिया हो। नहीं तो कहती, साझे दुखों-सुखों के पुल तो कब के टूट चुके। जो यहाँ घटता रहता है, यहीं समेट लिया जाता है। सूचना और संवाद के सिरों को सुन्न करके। जो वहाँ होता होगा, होता रहता होगा! कौन कहता है—पिछली पीढ़ी का भार अगली पीढ़ी लेती है। समय और उम्र की ज़्यादतियों से बचाने के लिए उन्हें मरहमशाला में दाख़िल करके, पर चुप रही। ये बातें इस समय, फ़ोन पर टँगे कैसे कही जाएँगी। यों तो, कभी भी, कैसे कही जाएँगी?

अँधेरे जंगल में पैर फँसे इससे पहले ही उसने कह दिया था—"अच्छा बुकिंग कराती हूँ।"

"पैसे भेजता हूँ," उधर से आवाज़ आई थी।

दीवाली पर इस साल सफ़ेदी कराने की सोची थी। सुक्खी दादा के पास जाना था, कब से देह की तिक्तता को पीते पड़े हैं। रजाइयाँ भरानी थीं। सिलाई का सूत कच्चा हो जाने से रुई में कैसी गाँठें-गाँठें-सी पड़ गई हैं। जाने का नाम सुनकर पड़ोसी मुखर्जी की पत्नी का मुँह मैला हो गया, "आप तो कहती थीं, बहू की सौर की चिन्ता न करूँ! मैं आपके आसरे बैठी थी, नहीं तो पीहर भेज देती, ऐसे उठुंग घुटनों के रहते।"

सब कुछ, सब कुछ गठरी-सा बाँधकर रखा और चली आई...और बीच

आँगन में...नहीं, बीच अपार्टमेंट में आ खड़ी हुई। वस्तुओं, सुख-सुविधाओं से ठस्स-जैसा अपार्टमेंट।

उसे तो यहाँ आकर पता लगा कि कैथी घर में नहीं है। न्यूयॉर्क चली गई, छह महीने पहले। क्यों गई, कब गई, रवि से पूछती है तो ऐसे दिखाता है, जैसे फोड़े के भीतर की लपलप को छू दिया हो, फिर ऊबते हुए कहता है, "जब आई हो तो जान ही जाओगी धीरे-धीरे।" यह धीरे-धीरे कब ख़त्म होगा!

ठंडी हवाओं के आघात से पीले पत्ते झरते रहते हैं, कोई उत्तर नहीं देते। उसे आए तीस दिन तो होने आए।

दोपहर मुम्बई से फ़ोन आया था, "पता लगा कुछ, रवि क्यों परेशान है?" पूछा था नीलांबर ने।

पति दोपहर में ही बात करते हैं ताकि खुलकर बात हो सके, "नहीं, कुछ भी नहीं, वह तो गुम का गुम है। ऐसे दिखाता है, जैसे कुछ हुआ ही नहीं। जैसे कि वह बरसों से इसी घर में अकेला रहता है, और मैं सदा से उसके पास यहीं रहती हूँ, रहती रहूँगी।"

उसका वाक्य पूरा होने से पहले ही नीलांबर ताव खा गए थे, "ऐसे ही दौड़ा दिया तुम्हें, समझता क्या है! तुम यहाँ क्या कोई ख़ाली बैठी थीं, कॉलेज से छुट्टी लेकर गई हो, और ऊपर से पैसों की ऐसी सत्यानासी।"

ऐसा कहते-कहते नीलांबर के अपने ही शब्द लचक गए थे। जिन रुपयों से वह सरहद के पार गई थी, वह नीलांबर के तो नहीं, रवि के थे। रवि ने टिकट भेजा था। नीलांबर तो अभी वहीं खड़े थे, पारिवारिक एकता के हामी...शुद्ध भारतीय मनोवृत्ति में लिसे हुए। ऐसा उजला मन तो हर भारतीय के भीतर निकल आता है कि वह खाए-पीए और टेढ़े-बाँके दिनों के लिए बचा-सँभालकर भी रखे और आगे की पीढ़ी के लिए छोड़ जाने को भी अपना ही दायित्व माने।

"ये बातें बेबुनियाद हैं," रवि ने झिड़का था। "हर इनसान की ज़िन्दगी को अपनी धुरी पर घूमना चाहिए, चाहे वह क्रेडिट कार्ड्स की मदद से ही घूमे।"

ऐसे मुखविहीन बैंकर की बात कभी नीलांबर के गले नहीं उतरती। अब तो और भी नहीं, जब से रवि कैथी को ब्याहकर लाया है। नीलांबर के मन में कैथी का घनघोर अस्वीकार है—

"जवाब क्यों नहीं दे रहीं तुम, सूझता नहीं इंटरनेशनल लाइन है। एक तो इसरार करती हो कि मैं ही फ़ोन करूँ, तुम नहीं करोगी। वहाँ से..."

"भई, मैं क्या बताऊँ? यह मालूम है, कैथी नहीं है घर में। रवि तो इस बारे में बात ही नहीं करता। बात चलाओ तो चिढ़ जाता है।"

"कह दो खुलकर, तुम चली जाओगी, एक महीना हो चुका है। दबेगा तो कहेगा।"

नीलांबर ने फ़ोन काट दिया। वह वैसी-की-वैसी चोंगे को हाथ में पकड़े खड़ी रह गई। चोंगा रखा तो वही वाली शून्यता सामने थी। ऐसा ही होता है रोज़, हर घड़ी। हर शाम। इतनी तेज़ी से उतरने वाला अँधेरा शिरा—शिरा में व्यापने लगता है और उसे पस्त कर देता है। एक हौलदिली-सी हवा में डोलती है और पानी में पड़ी भँवर की तरह उसे पेंदे में क़ैद कर लेती है। वह डूबती जाती है, नीचे और नीचे, जहाँ पुकार का उद्यम भी शेष नहीं रहता। होता भी तो वह कहाँ जाती, किसका द्वार खटखटाती...! सब दरवाज़ों पर अपरिचय की पट्टियाँ हैं।

क्या रवि भी कभी इस मुखविहीन पीड़ा का शिकार रहा होगा! शायद कभी, जब वह शुरू-शुरू में यहाँ पढ़ने आया था। किसी एक पत्र में उसने अधीर होकर लिखा भी था, "कभी-कभी तो ऐसी बेचैनी, ऐसा हौल यहाँ उठता है कि सड़कों पर दौड़ते और दौड़ते चले जाने का मन करता है माँ, अपने को थका डालने का।"

उसी समय समझ गई थी यह धीरज की देगची का बाहर बहता उफ़ान है...नहीं तो रवि? ऐसा चुप्पा? ऐसा भीतर का? रवि के ऐसे कथनों की डोर से बँधी-बँधी वह अपने बिस्तर पर बैठी, रवि के दिनों और रातों का हिसाब लगाया करती और एक बेचैन चक्राहत शून्य के तल तक पहुँचती। बहुत कसमसाई थी। बहुत जानना चाहा था। रवि को बहुत पत्र लिखे थे, पर रवि उस दौर में उन सब पत्रों को पी गया था। एक-दो महीने तो पूरी तरह ख़ामोश रहा था, फिर रट लगा दी थी कि आप लोग जल्दी-जल्दी चिट्ठी क्यों नहीं लिखते, क्यों नहीं समझते कि...

और हमारी तरफ़ से उन सब दनादन भेजी जाती चिट्ठियों के जवाब? यह बात वह रवि से कैसे पूछती! वह बात हिसाब की थी। देने के बदले में लेने की, और कुछ सम्बन्धों में कोई हिसाब नहीं होता। देना देना होता है या लेना लेना होता है।

वे साल अभी बीते भी नहीं थे। दुख-सुख कहे-सुने भी नहीं गए थे। रवि घर आया-गया नहीं था कि अधिकार ढाँप दिये गए थे। कैथी आ गई थी। सूचना आ गई थी। स्वीकृति चली गई थी। शादी रजिस्टर हो गई थी। कुछ आँसुओं भरे पत्र गए थे। कुछ आशीषों भरे फ़ोन अदले-बदले गए थे। एकाएक शान्ति हो गई थी।

थोड़े दिनों बाद एक आश्वस्ति भी नीली लाल कोर वाले एक लम्बे आसमानी लिफ़ाफ़े में आ गई थी—"कैथी इज़ ए टेरिफ़िक पार्टनर माँ...लाइफ़ वुड बी लाइक लिविंग इन हेवेन।" साथ में, कुछ फ़ोटो थीं रंग-बिरंगी। एक फ़ोटो में कैथी के बिन्दी लगे पतले मुख और चौड़े जबड़े पर टिके ललसाए होंठों का रचाव वह घंटों देखती रही।

कितने ही दिनों बाद रवि के पत्रों से उदासी छँटी थी। उछाह छलका था। अपने मन पर भी कुछ मरहम-सा लगा था। वह शान्त हुई थी। बस इतना उसने किया कि

अपनी सास के तोड़े, कड़े, पौंचियाँ, चन्दनसेनी हार, पंचलड़ी, कंठुली और कलीरे अलमारी से निकालकर बैंक के लॉकर में भेज दिये। आँखों से परे।

रवि को केवल इतना लिखा कि तुम बहूरानी को लेकर कब भारत आओगे...या कि हमें कब बुलाओगे? ऐसा वह नहीं लिख सकी थी। चिकने फ़र्श पर निष्प्रयास फिसलती जाती रेशम की डोरी उसके देखते-देखते पीछे सरकती गई थी। जबकि यह अधिकार उसने सोचा था, वह सौंपेगी कभी ख़ुद। एक दिन रवि की बहू को। पूरी गरिमा से। पूरे विसर्जन-भाव से। एक उत्सव की तरह। अपने रीझे ममत्व का पुल बनाकर रवि की बहू को भीतर के कमरे में बिठाएगी, ओढ़ाएगी, पहनाएगी, उसके हाथों से मेवेवाली खीर बनवाएगी और उसकी झोली में डाल देगी अपना सारा कुछ—उसके अपने जीवनभोग से भी बड़े और बड़े हो जाने की राशि-राशि आशीष। सौंप देगी अपना वंश-दर-वंश संचित सातत्य।

पर अभी तो एक अमूर्त चेहरा सामने है। देखा हुआ नहीं, कल्पित। सच नहीं, सच का आभास। घटना नहीं, घटना की प्रतीति। उत्सव नहीं, उत्सव का हाँफता हुआ उछाह। एक कोई कैथी है। कैथी नहीं कैथरिन, अमेरिकी-स्पेनिश दम्पती की संतान। अब वह रवि की पत्नी है। नीलांबर और शकुन के बेटे की बहू। स्वतंत्रता सेनानी हरिवल्लभ मल्होत्रा और शान्ता देवी की पतोहू। बनारस नगरी में काठ के नक़्क़ाशीदार दरवाज़ोंवाली ध्वस्त खड़ी हवेली के स्वामी देवकीनन्दन के परपोते की आत्मीया। उस हवेली की बैठक में सुनार के सिर पर बैठकर मोती-दर-मोती बाँधकर जड़वाए आभूषणों की एकमात्र अधिकारिणी कैथी...अनाम, अमूर्त कैथरिन। इन आभूषणों का तो वह नाम तक नहीं जानती होगी, खराद पर चढ़े खरे सोने का तो ज़िक्र ही क्या।

नीलांबर को यह सब दूसरी तरह खला था। दूसरे कारणों से। स्वतंत्रता संग्राम में जूझकर अपनी बपौती को वह इतनी आसानी से त्याग देने को तैयार नहीं थे। यह तो अच्छा था, रवि दूर था। सात समन्दर पार। हिंसा मन में आती भी तो उसके स्फुलिंग वहाँ नहीं पहुँचते थे, जब तक कोई ऐसी चेष्टा ही न करे।

"जानती हो, जैसी आई थी वैसी चली भी जाएगी।"

"कौन?" उसने चौंककर पूछा था।

"अरे कौन? तुम्हारी बहू, मैडम कैथी। बस यह है कि एक काली लकीर मकान पर खींच जाएगी। जानती हो न, पुराने वक़्तों में चोरों को जिस मकान में चोरी करनी होती थी, उस पर काली लकीर खींच जाया करते थे।"

"अशुभ क्यों बोलते हो?"

"सच्चाई में शुभ-अशुभ क्या है," नीलांबर ने बात उड़ा दी। "वह है किस ख़याल में! मैं एक कानी कौड़ी नहीं देनेवाला साले को! दान कर दूँगा या आँगन में रखकर आग लगा दूँगा सारी दौलत को।"

वह वैसी-की-वैसी गुमसुम बैठी रही थी, नीलांबर के कुरते का बटन टाँकती। उसके मन में ऐसी कोई हिंसा नहीं थी। पानी से बोझिल एक अवरुद्ध उच्छ्वास नीचे कहीं जम गया था और वह माँग रही थी कुछ। मन में जगा रही थी एक प्रार्थना...मेरे देवताओ, मेरे पुरखो, मुझे शक्ति दो, मुझे एक मनुष्य के स्वीकार के लिए एक मनुष्य बनना है। बल्कि मनुष्य से भी ज़्यादा एक माँ बनना है, क्योंकि माँ मनुष्य की जननी है। तुम अभागे हो नीलांबर, एक बात में तो मैं तुमसे आगे हूँ। मेरे पास माँ बनकर सारी कल्मष धोने का अवसर तो है। तुम तो उससे भी वंचित हो मेरे पति पुरुष...

और बवंडर थम गया था। घर की, मन की दीवारों पर एक गोरा कोमल चेहरा स्थिर हो गया था। आवश्यक सन्दर्भ-जैसा।

फिर दो वर्ष के रवि के 'लिविंग इन हेवेन' में से एक अवरुद्ध पुकार आई थी—टिकट भेजता हूँ माँ, तुम तुरन्त चली आओ! और वह नीलांबर की प्रकट अनिच्छा की अवहेलना करती खिंची चली आई और सन्नाटे से भरी चकाचौंध के बीच आ खड़ी हुई, जहाँ पता ही नहीं लगता कि सारे वैभव के बीच क्यों इतना दरिद्र हुआ करता है मन! क्यों ऐसी परत-दर-परत उदासी, जिसे न वह रवि के साथ मिलकर न अकेले ठेल सकती है!

जैसा होता है यहाँ, वैसा उसने कभी नहीं जाना। ऐसी दाह-सी दहकती है रवि को मुरझाया देखकर। वह छोटा था तो सोचती थी, तब वह ज़्यादा माँ है— नहलाती, धुलाती, खिलाती, पिलाती, पढ़ाती, लिखाती है।

अब लगता है माँ तो अब है। तब माँ नहीं थी, धाय थी रवि की, क्योंकि यह तो अब ही होने लगा है कि उसकी चुप्पी चीख़ बनकर बजती है मन में। एक विलाप-सा चलता रहता है, छीलता रहता है, दर्द के आरे से। जैसे लकड़ी की टेढ़ी-मेढ़ी गाँठें चिरती हों! व्याकुलता ऐसी कि क्यों अपने घाव ख़ुद को ही सहने पड़ते हैं, उसे कोई दूसरा अपने पर क्यों नहीं ले सकता!

चुप्पी के पेट की खोह से ऐसी घनी-सी घुमेर उठती है कि लगता है बेटे की बाँह थामकर कहे, "हमें सहने की चोखी आदत है रवि। अच्छे-बुरे वक़्त भी हमने देखे हैं और यह छाती भी ख़ासी चौड़ी है। इसके भीतर अपना-तुम्हारा, अलग-अलग कुछ नहीं है, इसलिए इन टीसों को बहता चला आने दो!" वह इसे सोख सकती है, जज़्ब कर सकती है, पर कुछ भी नहीं कह सकती।

अट्ठाईस-उनतीस वर्षों का रवि, ऐसी मांसल-मोहक उठान। चेहरा ऐसे जैसे काली आँखों और काले घने बालों के बीच उजाले का एक पुंज हो गया हो! वैसे भी यह क्या उससे कहने-सुनने की उम्र है! कैसे कहे कि तू यह आग तापना भूल जा रवि, उसी तरह सुरक्षित अँधेरे का शिशु बनकर मेरी कोख को छू ले। तेरी और मेरी उम्र का फ़ासला तो अब भी उतना ही है न, जितना तेरे जन्म के समय था,

अटल। देह की उठान से क्या होता है, देह के बढ़ने से क्या मन बदल जाते हैं? बदल सकते हैं?

पर बर्फ़ की चिन्दियों की तरह शब्द मन-ही-मन झरते हैं। सीमाएँ खींच देते हैं। देह की सीमा, बीच में जड़ हो गए समय की सीमा। 'देश' और 'विदेश' नाम के दो प्रकारों और संस्कारों की सीमा।

खाकर उठी तो पता नहीं कौन-से आवेग से बँधी रवि के बिस्तर पर बैठी टी.वी. देखने लगी। देखते-देखते ऊँघ गई, टी.वी. पर सॉसर का मैच चल रहा था। शोर के उस रेले से कई बार आँख खुली थी। रवि को उसमें पूरी तरह मग्न देखकर वह जैसे गहरी शान्ति में सो गई। मन में यह चोर कि यहीं सोती रहेगी, जैसे रवि के बचपन में।

रवि को क्या पता, यहाँ रातों में कैसा-कैसा ख़ौफ़ व्यापता है। पेड़ों से एक विक्षिप्त-सी सरसराहट अधीर होकर उठती है और काँच की लम्बी खिड़कियों को थरथराहट से भर देती है। यह सब कुछ बाहर चल रहा होता है और पता नहीं किस रास्ते से भीतर चलता चला आता है और शिराओं के सिरे सुलगा जाता है। पहले से कच्ची नींद एकाएक टूट जाती है। फिर वही दाह, वही अबोले अनाम दर्दों का हाहाकार। साफ़-सुथरी दीवारों पर परसते जाले।

रवि टी.वी. देखता उठा और उसे झकझोर दिया—"कपड़े बदल लो माँ, आराम से अपने बिस्तर पर सोओ!" वह कुनमुनाई थी। साड़ी की कोर खींचकर उसने सिर पर लपेटी, "यहाँ ठीक है," वह फुसफुसाई।

फुसफुसाहट में जो इनकार था, वह रवि ने नहीं देखा। नहीं जाना। कैसे जानता! जिस जगह पर वे लेटी थीं, वह जगह कैथी की थी। कैथी नहीं भी है तो भी यह जगह उसकी है। बिस्तर के दाईं ओर का ख़ालीपन भी कैथी का है, उतना ही जितना भरापन कैथी का।

अलसाती उठी और दूसरे कमरे में चल दी। कपड़े भी नहीं बदले। ऐसे ही पसर गई। बिना ओढ़े। शायद रवि आए! शायद ओढ़ाए! शायद बैठे! शायद कुछ जानना चाहे! या बताए, उसके भीतर तक पहुँच जाने की घड़ी कौन जाने यही हो!

क्षणभर बाद बाथरूम का दरवाज़ा बजा, फिर नल की तेज़ अनियंत्रित धार, फिर फ्रिज, फिर बाहर का लैच, फिर खट, फिर एक गहरा अभेद्य अन्धकार, बाहर तेज़ हवा दरवाज़ों पर दोहत्थड़ मारती।

कुछ, कुछ भी तो नहीं हुआ, पर वह दाँत भींचकर रो पड़ी। रवि को नहीं, पीछे छूटे देश को याद करके। कैसे पहुँच सकती है वह वहाँ...और यहाँ भी कैसे? इतने विराट भूखंड में अपने इतने-से देश-जैसे शिशु तक। किस रास्ते से चलना शुरू करे कि अपना आप इतना अधिकार रहित न लगे। इसी एक रिश्ते का असल उसकी आत्मा का बल बन सके।

इस बल को कौन निगल गया है? इतने सालों का प्रवास या स्थिति के तल में बैठा कोई काला-मैला पैबन्द?

यह सब बातें वह अब तक नहीं जान पाई तो कब जान पाएगी। रवि के सिवा इस बात को कौन बता पाएगा कि आधी रात, फ़ोन के उस पार, रवि की पुकार, उसके माँ-पन के कौन-से हिस्से को छू लेने को इतनी आकुल-व्याकुल थी?

तभी साथवाले फ़्लैट का लैच किसी ने अचानक खोला और दरवाज़ा धड़ाम से बन्द किया। इस धमक से दीवारें थरथरा गईं उसके भी फ़्लैट की। ये कैसे रिश्ते हैं? दीवारें हिला देते हैं, मन तक नहीं पहुँचते। दीवार-से-दीवार मिलती रहती है, चेहरे दिखाई नहीं देते। गलीचों के बावजूद काठ के फ़र्श पर पैरों की आहट मिलती है, पर कोई तस्वीर नहीं बनती।

इन घरों में कौन-से और कैसे लोग रहते होंगे! इनकी क्या दिनचर्या होती होगी! इन घरों में कैसी रसोइयाँ, कैसे शयनकक्ष और कैसे आवासी होंगे! कितना जानना चाहती है कि इन घरों में बसी हुई दादियों को भी क्या लड़के की पूजा-प्रबल खींच मन्दिरों में ठेल ले जाती होगी? क्या इन घरों के पिता अपने पुत्रों की ख़ुशहाली के लिए इतने ही लालायित रहते होंगे? इनमें बसती माँएँ अपनी बेटियों के भविष्य के लिए क्या इतनी चिन्ताग्रस्त रहती होंगी? स्टोर्स में भरे इतने जूतों, खिलौनों, छातों को पाने के लिए कौन-से और कैसे बच्चे होते होंगे? उनकी किलक और कोलाहल को क्यों उसने कभी नहीं सुना? इनके घरों की धड़कन कौन-से केन्द्रों में बसी है? इन बन्द दरवाज़ों के पीछे का संसार वह ज़रा भी नहीं जानती, जबकि देश के घरों में, दरवाज़े बन्द भी रहें तो भी जान पा सकती है कि कब, किस समय, कहाँ-कहाँ, क्या-क्या हो रहा होगा! भीतर गए बिना वह अपनी सोच से अपनी आत्मीयता का विस्तार कर सकती है। अपरिचय के अथाह में गोते लगाने नहीं पड़ते।

उफ़, अपनी उदासी के उद्गम को ढूँढ़ती-ढूँढ़ती वह यहाँ कहाँ आन पहुँची! क्या इतनी सारी पहचानों और परिचितों के एकाएक गुम हो जाने को कहते हैं विदेश! क्या अपने और अपने ही लिए जीने-मरने की खींचतान का नाम है परदेस? जो यहाँ रहता है, वह एक व्यक्ति बनकर रहता है यहाँ, एक पर्सन...एक इंडिविज़ुअल! वह किसी का बेटा, पोता, परपोता नहीं होता यहाँ। एक में एक बुनी जाती पीढ़ियों की पहचान नहीं यहाँ। जाति को, वर्ण को, हवा को, ऋतु को, सुबह और शाम के मिज़ाज को छू पाने का उद्यम नहीं यहाँ। कुछ माँ की सहेलियाँ, कुछ पिता के दोस्त, बहिनों, बुआओं, मौसियों, पड़ोसियों, हमजोलियों की उमगाई हुई प्रवाहिनी नहीं यहाँ। किस चीज़ को छूकर कोई कहे कि यह रास्ता मुझसे चलकर किसी दूसरे तक जाता है।

तिस पर यह भूखंड भी पराया। जब अपना देश ही नहीं यहाँ, तो कैसी राष्ट्रीयता, कैसी नागरिकता! कुछ भी होता रहे आसपास—हत्याएँ, यौनाचार, ड्रग्स, रंगभेद, आगे की पीढ़ी का संकट, भीतर कहीं पत्ता नहीं हिलता। कोई ज़िम्मेदारी महसूस नहीं होती, तो कोई जवाबदेही नहीं। जब जवाबदेही नहीं तो करुणा भी नहीं। दया-माया भी नहीं। मनुष्यता भी नहीं! कठोरता बची रहती है बटोरने की, अपना रास्ता नापने की। दूसरों को धकियाने और आगे निकल जाने की। क्या किसी को पता है बाहर से पल-पल ताक़तवर होता आदमी अन्दर से कैसे छलनी हो सकता है क्योंकि एक रग के दबने से दूसरी रग पर दबाव जो नहीं पड़ता। सब कुछ अपनी धुन पर बजता है। सब कुछ अपनी नाभि के कोटर में संचित होता है। जिसे ख़ुद भी देखना हो तो गर्दन झुकाकर देखना पड़ता है, बाहर उन्मुख होकर नहीं। बाहर से सिकुड़ते पैर अपने नीचे की ज़मीन में धँसते जाते हैं।

उफ़, किस दहशतभरे ढंग से वह जान पाई कि किसे कहते हैं विदेश, कौन-सा होता है अपना देश!

ख़ाली लिफ़ाफ़ा

तुमने कहा था मौक़ा पड़ा तो ख़ाली लिफ़ाफ़ा भेजोगी। मुझे इस तरह ख़बर करोगी। इस तरह मुझे पता लगेगा कि तुम किसी संकट में हो। इस तरह कि उस लिफ़ाफ़े में कोई सन्देश नहीं होगा। इस तरह कि कलह से पटे मेरे घर में किसी को अन्दाज़ा तक नहीं लगेगा कि उसमें लिखा क्या है। इस तरह कि न कही जा सकने वाली बातें भी पहुँच जाएँगी मेरे पास—अपने-आप। इस तरह कि उसे दामाद जी तक खोलेंगे तो कुछ भी जान नहीं पाएँगे। इतनी चौकस चटियल देवरानी भी पा जाएगी तो कुछ समझ नहीं पाएगी। इस तरह कि जेठानी जी अपनी साड़ी की चुन्नटों में छिपाकर लाएँगी भी, खोलेंगी भी पर हाथ मलती रह जाएँगी। ख़ाली लिफ़ाफ़ा मेरे सामने ला पटकेंगी और कहेंगी, "लोग-बाग ठीक कहते हैं, तेरी माँ बावली है, बेपढ़ी है। ख़ाली लिफ़ाफ़ा भेज रही है, चिट्ठी ग़ायब है। कोई नासपीटा मिला ही नहीं होगा घर में जिससे चिट्ठी लिखाती। तेरा अनपढ़ों का ख़ानदान है।"

जानती हूँ यह सब सरासर झूठ है। हिंसा की इच्छा है। चोट पहुँचाने की चाह है। इसलिए इतना सब कुछ कहा जाता है। चोट लगती दिखाई न दे तो वार और तेज़ होता जाता है। वह नहीं जानती कि ऐसा करने से चोट लगाने की अपनी ताक़त से मिलने वाला सुख और दर्प भी नष्ट हो जाता है, पर जिनकी करनी वही जाने, जो सुनना-समझना ही नहीं जानते, उन्हें मैं क्यों बताऊँ कि तू बावली नहीं, अयानी नहीं, ख़ूब-ख़ूब सयानी है। कुपढ़ नहीं, ख़ूब-ख़ूब पढ़ी-लिखी है। तेरी पाठशाला मैंने देखी है।

मैं उन्हें क्यों बताऊँ कि तेरी पाठशाला कहाँ और कैसी थी? क्यों बताऊँ कि डुबकी में नहा निकलने का तुम्हारा अन्दाज़ कितना लाजवाब था? पढ़ने-लिखने के लिए तुम्हें बस्ता लेकर कहीं जाना नहीं पड़ा था। स्लेट और बत्ती और गीले कपड़े के टुकड़े से तुम्हारा काम चल जाता था। पास में बस्ता रखकर बैठने की बात शायद तुम्हें बहुत खुली और प्रकट जैसी लगती रही होगी, पोते-पोतियों के बीचोबीच। और तो और, बाबूजी ने भी तुम्हें ऐसे बैठे देख लिया होता तो मज़ाक़ ही उड़ाते। आते-जाते कहते, "बूढ़े तोते पढ़ा नहीं करते लाजो।"

"तू कहती ज़रूर रहती है कि बाबूजी से कोई पर्दा नहीं है। वे सालों-साल, सदियों-सदियों से तुम्हारे साथ हैं...पर यह तो बताओ फिर वे क्यों हर पल तुम्हें चोभते-छेदते रहते हैं। बात-बात पर तुम्हारी खिल्ली उड़ाते हैं।"

तुम मेरी इस बात पर खिलखिलाकर नहीं, होंठ दबाकर हँसी थीं। हँसी की फुहार तुम्हारे बन्द होंठों के अन्दर नाच रही थी। किसी की आँखें और नाक के नथुने भी हँस सकते हैं, मैंने पहली बार देखा था। तुमने तब मुझे अपने पास खींचकर बैठाया था और धीरे से कहा था, "तेरे बाबूजी खिल्ली नहीं उड़ाते, ठिठोली करते हैं। मुझे हँसाते हैं। मुझे ख़ुश रखना चाहते हैं।"

"और तू ऐसी गाली जैसी बात पर ख़ुश भी हो जाती है?"

तुमने मुझे कुछ कहना चाहा था। तुम्हारे होंठ खुले थे। तुमने आसपास देखा था। मेरी ओर झुकी थीं फिर टाल गई थीं, "छोड़, ये ख़ूब लम्बी बातें हैं...पूरी ज़िन्दगी जितनी लम्बी। वक़्त आएगा तो तू आप ही आप समझ जाएगी। तेरा भी तो लम्बा कुनबा...मेरा मतलब है जहाँ बात चल रही है, वहाँ तेरी शादी पक्की हो गई तो तेरा भी लम्बे कुनबे वाला घर होगा। कुनबे वाले घरों में ऐसा ही होता है। रास्ता लाँघते-फलाँगते एक-दूसरे से बात हो जाती है।"

"मतलब?"

"मतलब साथ रहते-रहते समझाते रहना ज़रूरी नहीं रहता। समझ बातों से बड़ी हो जाती है।"

मेरे मुँह पर अबूझा जैसा कुछ छपा होगा कि तुमने प्रसंग का सिरा काट दिया, "अच्छा इस वक़्त तू इस बात को छोड़, जाकर शामो को इधर भेज।"

भेजना क्या था, मेरी भाभी श्यामा पता नहीं कहाँ से अपने आप वहाँ आन टपकी थीं और तुम्हारे घुटने से लगकर बैठ गई थीं। वे मेरी ओर देखकर मन्द-मन्द मुस्करा रही थीं। कोई ऐसे भेद भरे ढंग से लगातार मुस्कराता कैसे रह सकता होगा? शायद वे मेरे जाने का इंतज़ार कर रही थीं।

तुमने धीरे से अपनी पालथी के नीचे से स्लेट निकाली थी और पास रखे गीले चीथड़े से उसे पोंछने लग गई थीं। मुझे उसी जगह, उसी तरह जमे देखकर तुमने मुझे डपटा था, "ऐसे आँखें फाड़-फाड़कर देख क्या रही हो? कहा नहीं, जाओ... अपनी पढ़ाई-लिखाई में लगो।"

जाना मैंने नहीं चाहा था पर स्लेट पर रखे तुम्हारे हाथ ने वहीं रुके रहने का हठ जैसा ठान लिया था। मुझे जाना पड़ा था, पर मैं गई नहीं थी। खिड़की की ओट में खड़ी रही थी। वहाँ पर खड़े तुम्हारे और भाभी के सिर जुड़े हुए दिख रहे थे। अस्फुट स्वर उठ रहे थे, पर मुझे सुनाई नहीं दे रहे थे। उन फुसफुसाहटों के बीच और नीचे सदा से ओझल सरस्वती की धार बह रही थी। पता नहीं कब से? यह सब पता नहीं कब से चल रहा था। कौन जाने?

घंटा-डेढ़ घंटा ज़रूर बीता होगा। पता नहीं कितने ही ऐसे घंटे-डेढ़ घंटे इस सीक्रेट मिशन में जुड़े होंगे। गर्मी के ताप से भरी निचाट दोपहरियाँ। अँधेरे किए गए कमरे। भिड़े दरवाज़े की दरार से आती कतरन भर रोशनी। ऐसे सन-सन सन्नाटे में कोई एक बहू अपनी सास के सिर पर ज्ञान की चुनरी ओढ़ाने का उपक्रम कर रही है। सदियों से कलह-क्लेश के लिए गाए जाते बदनाम रिश्ते में नये रंग भर रही है। नया इतिहास रच रही है।

ठीक उसी दिन गोधूलि के समय मुझे रास्ते में रोक, मुझसे आँख मिलाए बिना तुमने कहा था, "जो कुछ भी तुमने आज देखा, समझ लो नहीं देखा। बेमतलब अफ़वाहें फैलाने की कोई ज़रूरत नहीं। जीते-जी आदमी को इतना तो आए कि अपनी बेटियों-बहनों की सुध ले सके। बेले-कुबेले उन्हें टेर सके।"

मुझे लगा तुम सफ़ाई दे रही हो; आख़िर किस बात की सफ़ाई? मैंने बोलने के लिए मुँह खोला था। तुमने अपनी हथेली के दबाव से मेरा बोलना रोक दिया था। और मुझे ठेला था आगे कहकर कि जाऊँ जाकर अपना कामकाज देखूँ। जो कुछ समझाना ज़रूरी समझा गया था मुझे समझा दिया गया है।

पर अपना कामकाज मैंने नहीं देखा था। कुछ-कुछ समझा, कुछ-कुछ नहीं भी समझा था। एक दृश्य मेरे भीतर जमता जा रहा था। ख़ुद गया था। क्या दृश्यों के हाथ में भी छेनी-हथौड़ी होती है जिससे हमारे भीतर गुज़रते काल पर वह अपनी छापें खोदता चलता है? इन छापों की पोटली बनाकर हम स्मृति की कोठरी में रख लेते हैं। वे वहीं की वहीं रखी रहती हैं, फिर उनमें कोई दूसरा समय, दूसरा काल नहीं जुड़ता, नहीं तो ऐसा कैसे होता कि माँ के पूरे देशकाल, उसके पूरे अस्तित्व से छिटककर स्मृति का यह टुकड़ा मेरे भीतर साँस लेता रहता—वही चटक दोपहर। धूप को छेंककर ठंडे ठिकानों पर सोए घर के दूसरे लोग। आँगन को लाँघकर भिड़े दरवाज़े की दरार से आती तीखी रोशनी। दो जुड़े हुए सिर। पास में रखा एक गीला चिथड़ा। आसपास बिखरे चॉक के टुकड़े। बीच में बहती एक अदृश्य नदी किन्हीं दो आत्माओं के बीच और इस आदान-प्रदान की किसी को ख़बर तक नहीं।

और उस दिन फिर से तुमने मुझे असमंजस में डाला था। तुमने ऐसा क्यों कहा था जो कि कहा था—ससुराल में मेरे लौटकर जाने के दिन। तुम मुझे सुबह से ही कुछ हिली-हिली, गीली-गीली दिख रही थीं जबकि मैं पूरे तीन हफ़्ते तुम्हारे पास रहकर जा रही थी। अटैची में रखी जाती साड़ी मेरे हाथ से छीनकर तुमने पलंग पर फेंकी थी। साड़ी की तह खुल गई थी। मैं चिढ़ी थी। तुमने मेरे चिढ़ने की परवाह नहीं की थी। बाँह पकड़कर बक्सों वाली तंग कोठरी में मुझे ठेल ले गई थीं। हड़बड़ाई सी...बेचैन।

"कुछ पता तो लगे हुआ क्या है? तू ऐसी हड़बड़ाई हुई क्यों है? क्या ढूँढ़ रही है यहाँ?"

"अरे यहीं तो रखकर गई थी सब कुछ, ज़रा सी देर पहले।" तुमने मेरी बात नहीं सुनी थी। तुम अपनी धुन में थीं, "देखो न तुम्हें बुलाने क्या गई कि...इस घर में कोई भी चीज़ ठौर-ठिकाने नहीं मिलती। पेन यहीं रखा था इन लिफ़ाफ़ों के साथ...पता नहीं कहाँ गया।"

मैंने देखा सामने वाले बक्से पर बिछे कपड़े पर तीन-चार डाक के लिफ़ाफ़े फैले पड़े हैं और किसी पेन का सिर दो बक्सों की दरार के बीच झाँक रहा है। उठाया तो वह पेन का ढक्कन भर था, बाक़ी का हिस्सा पता नहीं कहाँ छिटककर गिरा होगा।

"क्या कोई चिट्ठी लिखवानी है तुम्हें? पेन चाहिए? बता तो सही पहले...चल। बाहर चल, अभी लिख देती हूँ जिसे लिखवाना है। क्या दीदी को कुछ लिखना है? भैया को कुछ कहना है?"

इस बार तुमने सच में बावलों की तरह सिर हिलाया था—"चुप, आगे बोलने की ज़रूरत नहीं। जब तक मैं आती नहीं, रुकी रह यहीं। बाहर गई नहीं कि...।"

समझ में नहीं आ रहा था तुम्हारे ठंडे सीले स्वभाव में ऐसा क्रोध कौन से सूराखन में से उफनता आ रहा था?

तीन-चार मिनट भी नहीं गुज़रे होंगे कि तू वापस कोठरी में घुसी थी। घुसते ही तुमने दरवाज़ा बन्द किया। साँकल चढ़ाई और एक लिफ़ाफ़ा मेरे हाथ में देकर पेन मेरी ओर बढ़ाया था, "ले पकड़।"

दरवाज़ा बन्द होते ही मुझे लगा वहाँ कुछ है, कोई है, मेरे और तेरे अलावा... नियति जैसा कुछ। जो इस होने को होने दे रहा है, जो तुम्हारे मन में दाख़िल होकर इस हड़बड़ी को, इस कम्पन को तुम्हारे ऊपर बिछाता जा रहा है। तुम इस समय किसी अनदेखी मंशा के हवाले हो, जकड़ी हुई, उससे परिचालित। मुझे वह सब करना ही है जो तुम कहोगी, उज्र के बिना, विरोध-प्रतिरोध के बग़ैर। जो कुछ भी तुम इस समय देख रही हो, मैं नहीं देख सकती। नहीं सुन सकती।

"सुन, इस लिफ़ाफ़े पर पहले तू अपना पता लिख," तुमने मुझे आदेश जैसा दिया था।

"मेरा पता? क्यों? मैं तो तेरे सामने खड़ी हूँ," विस्मय से मेरे दीदे ज़रूर चौड़े हो गए होंगे। मैं ठिठक गई होऊँगी।

"सुना नहीं तुमने?" तुम्हारी डपट में एक चपत जैसी कड़की थी। उस समय मैं शायद पराये घर की अमानत होने के नाते बच गई थी। नहीं तो तुमने मुझे बचपन के दिनों की तरह चपतियाया होता।

तभी आगे और पीछे से फटी बच्चों की किसी कॉपी का एक पन्ना तुमने मेरे सामने खोलकर रख दिया, "ले देख। इसे लिख दे लिफ़ाफ़े पर।"

"मुझे ही मेरे घर का पता तुम क्या बता रही हो? मुझे क्या अपने घर का पता नहीं मालूम?"

तुम थम गई थीं। किसी दूसरे पन्ने पर दीदी का पता ढूँढ़ने लग गई थीं। जीजाजी के ट्रांसफ़र के बाद असम जा चुकी दीदी का पता थोड़ा-थोड़ा तो मुझे याद था, पर उतना पूरा नहीं। मैं सामने खुली रखी कॉपी में से अपनी याददाश्त का मिलान करने में लग गई थी।

इस देखा-देखी में बक्से पर बिछा कपड़ा बार-बार सिमट-सिकुड़ रहा था। उलझन पैदा कर रहा था। तुमने मेरी इस उलझन को भाँप लिया था। एक हाथ में मेरी बाँह थामे दूसरे हाथ से कपड़ा खींचकर तुमने परे फेंका था। तुम्हारी पकड़ में उस समय ज़बरदस्त ताक़त थी जो मेरी कलाई ने अलग से महसूस की थी। किसी भी तरह की अड़चन को मचोड़कर परे फेंक सकती हो तुम उस समय, मुझे लगा।

"अब छोटी का पता लिख," तुमने तीसरा लिफ़ाफ़ा बढ़ाते हुए मुझे तीसरा हुकुम सुनाया था।

"अब चौथे का लिख," मैंने तुम्हारी तर्ज़ में अपनी गाती सी तर्ज़ मिलाई थी और याददाश्त के सहारे टँगे छोटे भैया के पते का मिलान करने के लिए कॉपी तुम्हारे हाथ से लेनी चाही थी।

साफ़ था, उस समय तुम्हें मेरा इस तरह हल्का-फुल्का हो जाना अच्छा नहीं लगा था। "नहीं, उसका नहीं," तुमने मुझे डपटा था, "लड़कों का क्या है, तुम्हारी सुनें न सुनें...," आगे के शब्द तुम चबा गई थीं। मैंने देखा था साफ़-साफ़...ठीक अपने सामने। पलभर में जैसे एक पत्थर सा लुढ़कता पास से निकल गया हो और सारे सन्दर्भों को स्तब्ध कर गया हो।

पता लिखे तीनों लिफ़ाफ़े तुमने मुझे थमाए थे और ख़ुद नीचे गिरा कपड़ा उठाकर बक्से पर बिछाने लग गई थीं—ख़ूब सावधानी से। इंच दर इंच। वैसे का वैसा, जैसे वहाँ कुछ हुआ ही नहीं। नियति की लिखावट पर किसी शरीरी वजूद का कोई दख़ल ही नहीं।

"इन लिफ़ाफ़ों का क्या करोगी?"

मेरे प्रश्न का उत्तर दिये बिना ही तुमने कहा था, "इन लिफ़ाफ़ों को ले जा और पप्पू की मेज़ से इन पर गोंद लगा ला...या रहने दे मैं ख़ुद ही लगा लूँगी किसी वक़्त।"

"इनमें गोंद? इन ख़ाली लिफ़ाफ़ों में गोंद? इनमें चिट्ठी तो डाली नहीं गई है।"

"हाँ, इन लिफ़ाफ़ों को कोई चिट्ठी नहीं चाहिए।"

"अजीब बात है, बता तो सही क्यों नहीं चाहिए?"

"जब वक़्त आएगा तो अपने आप पता लग जाएगा," कहते-कहते तुमने दरवाज़े के कुंडे में फँसी साँकल खोल हवा में छोड़ दी और मुझे बाहर की ओर धकियाया

सा। किवाड़ थे कि मेरे खोलने से पहले ही खुल गए थे। बाहर पप्पू खड़ा था।

"कब से बाहर खड़े हैं दादी," पप्पू का कहना तुमने अनसुना किया था। शायद उसके कहने को मिथ्या माना होगा। पप्पू पहले से आया होता तो दरवाज़ा बन्द देखकर पीट डालता।

अचानक ही लगा मेरे हाथ-पैर शिथिल पड़ गए हैं, पर चेत इतना चौकस, इतना चौकन्ना जैसे चूने से खिंची सफ़ेद रेखा पर उठुंग बैठा कोई खिलाड़ी कि संकेत मिले और दौड़ पड़े चाहे पता न हो कि जाना किधर है।

तुमने मुझे ठेला तो मैं चली गई। गोंद लगाया। लिफ़ाफ़े बन्द किए और तुम्हें आ थमाए। थमाते ही लगा मेरे आने तक तो तुम एकाएक बदल गई हो। पूरी तरह सिकुड़ी हुई, निसत्व जैसी लग रही हो। देखते ही देखते जैसे सब कुछ थम गया है—सारा आवेग, सारा आवेश, सारी आपाधापी। हम दोनों एकाएक संवाद के दबाव से ख़ाली हो गए हैं। चेहरे दिख रहे हैं, अंगारा बुझ गया है।

दूसरे दिन सुबह तक भी तुम मुझसे बोली नहीं थीं। तुम्हारे न बोलने ने उस घर में मेरे जाने तक बचे हुए समय के टुकड़े को ज़्यादा पीड़क ही बनाया। मैं आते-जाते तुम्हें देख रही थी। तुम मेरे देखने को देख तो रही थीं, पर अनदेखा कर रही थीं। क्यों...मेरे भीतर इधर से उधर टकराता अनवरत हाहाकार। दुखन टीस रही थी, पहले से कहीं ज़्यादा। एक सरहद में तुमने मुझे दाख़िल किया और बाहर धकेल दिया। बिना बताए, बिना समझाए, बिना सहलाए ऐसे में तुम मुझे बहुत ग़ैर, बहुत 'निर्दयी' जैसी लगती रही थीं।

कुछ कहने-सुनने की घड़ी भी फिर तुमने ख़ुद ही चुनी थी। आँगन की अलगनी से उठाए धुले कपड़ों का ढेर तुमने दालान में पड़े तख़्त पर ला फेंका था और मेरे कन्धे पर अपने हाथ का दबाव देकर मुझे उठाया था। उस समय मुझे पता नहीं क्यों लगा तुमने अपने पहले वाले माँ-पन की बाँह मेरी ओर बढ़ाई है और उस छोटे से सहारे से मैं तुम्हारा हाथ पकड़े तुम्हारे साथ चलने लग गई हूँ। पिघलती जा रही हूँ। सराबोर बह रही हूँ।

मुझे साथ लिये-लिये तुम फिर उसी बक्सों वाली कोठरी में घुसी थीं। कोठरी में फिर वही पुरानी बन्दपने की उमस और झुटपुट अँधेरा था। घुसते ही मैंने स्विच की ओर हाथ बढ़ाया था।

"रहने दे...ऐसे ही," तुम ख़ुद बक्से का सहारा लेकर खड़ी हो गई थीं और मुझे अपनी आवाज़ और मेरे कान की सरहद के बीच स्थित कर लिया था—हौले से।

"इतना हैरान-परेशान होने की कोई ज़रूरत नहीं," पलभर की चुप्पी के बाद तुम्हारी आवाज़ सुनाई दी थी, "जानती हो वक़्त आ गया है, आ जाता है अपने आप, बिन बुलाए। सबको सब कुछ मालूम होता है, फिर भी नहीं होता। इनसान को हर हाल के लिए तैयार रहना चाहिए, मेरा मतलब है अन्दर की तैयारी।"

यह तुम्हें क्या सूझा? तुम किन चीज़ों के बारे में एकाएक बात करने लगीं, पर यह 'एकाएक' शायद मेरे मन में रहा होगा। तुम्हारे तो वही एक अलाव, वही समिधा, उसी शिखा से उड़ते स्फुलिंग, तब से यहाँ-वहाँ गिरते दिखाई दे रहे थे।

"यह तुम क्या कह रही हो? अच्छी तो हो न तुम? तुम्हारा जीव तो अच्छा है?"

"अच्छे-बुरे, ठीक-बेठीक का क्या नाप-तोल...क्या कुछ पता लगता है कब किसका...वैसे देखो।" तुमने ज़ुबान पर रपटती आती बात पलट दी थी, "ज़रा तमाशा देखो इस दुनिया का, वे सारे दुख-दर्द जो दिखाई देते रहते हैं वही गाए जाते हैं, बाक़ी के सब...उनका तो कोई सुराग़ भी नहीं मिलता। और तो और वे इनसान की अपनी पहचान में भी नहीं आते।"

मुझे लगा तुम्हारी ऐसी आवाज़ को सोख रहा तुम्हारा चेहरा मैं एकदम देख लेना चाहती हूँ—अभी का अभी। इसी क्षण। पर उस नीमअँधेरे में मुझे कुछ नहीं दिखा, सिवाय तुम्हारी कभी-कभी चमक उठती आँखों के। उस झुटपुटे में मेरी हथेली को दबोचते तुम्हारे हाथ का बढ़ता-घटता दबाव ज़रूर कुछ बोल रहा था।

"तुम परेशान कर रही हो मुझे, वह भी जाने के दिन," मैं अब क़ातर होने लगी थी।

"परेशान होने की कोई ज़रूरत नहीं," तुमने मेरे वाक्य पर अधबीच झपट्टा मारा था, "माँ-बाप सबके मरते हैं, कोई नई बात नहीं है। होश-हवास ठिकाने रहने चाहिए। यह नहीं कि अच्छी-बुरी ख़बर मिले तो आसमान सिर पर उठा लो—जाना है, अभी जाना है, तुरन्त जाना है, हवाई जहाज़ से जाना है। आ भी जाओगी तो क्या बनेगा, क्या मिलेगा—मिट्टी। जानती हो मिट्टी के कोई आँख-कान नहीं होते। मिट्टी का कोई धर्म-अधर्म नहीं होता। वे सब रस्मी बातें हैं पर ऐसा हो सकता है कि जीते-जी...।"

तुमने फिर पटरी बदल ली थी, "हाँ, एक बात याद रखना, अगर किसी दिन अचानक यह लिफ़ाफ़ा तुम्हें आन पहुँचे तो समझ लेना तुम्हें आना है। तुम्हारी माँ को तुम्हारी सख़्त ज़रूरत है। तुम्हारी माँ संकट में है।"

"यानी कि यह...यह ख़ाली लिफ़ाफ़ा?"

"हाँ, यही...यही ख़ाली लिफ़ाफ़ा। इस लिफ़ाफ़े को किसी चिट्ठी की दरकार नहीं। किसी ख़ास नाम, ख़ास पते की दरकार है, जहाँ कहीं भी वह हो। पता ठीक होगा तो यह पहुँच ही जाएगा और तुम...और तुम...और...तुम आ भी जाओगी, चाहे सबसे लड़-झगड़कर ही आओ," अब तुम बहुत रुक-रुककर बोल रही थीं।

तुमने एकाएक सारे रहस्यों की पोटली खोल दी थी और ऊपर-नीचे, आगे-पीछे तानी जाती अपनी अगाध मंशा के दाने बिखेर दिये थे।

यह सब कुछ मेरी समझ से बाहर था। इसे सोख लेने के लिए हमें अपने

जन्म के साथ मिली पुरानी खाल पर बिछे सब रोमकूप बेकार हो गए लगते हैं। मैं रुआँसी होने लगी थी।

"एक बात पूछूँ?" मैं अदबदाकर तुमसे पूछ बैठी थी।

"पूछो।"

"तुम्हें लड़कियों पर इतना भरोसा क्यों है?"

"हाँ है, भरोसा है। जानती हो लड़कियाँ पहाड़ नहीं, नदियाँ होती हैं। नदियों पर पुल बन जाते हैं, बन सकते हैं।"

तुमने खींचकर मुझे कलेजे से लगाया था। जहाँ पिघलती-पिघलती हुई भी मैं तुम्हारी छाती में खड़खड़ाती साँसों की आवाज़ सुन पा रही थी। तुम्हें देख नहीं रही थी, तुम्हें सुन रही थी।

वह तिलिस्म फिर उसी कोठरी की गंध में छूट गया था। हमें मुक्त कर गया।

...पर यह क्या हुआ? लिफ़ाफ़ा नहीं पहुँचा और तू चली भी गई। टेलीफ़ोन की एक ख़बर बनकर, मिट्टी की एक ढेरी बनकर। ऐसा तो नहीं हुआ होगा कि संकट जो तुमने गिनाए नहीं थे, आए न हों।

तुमने ख़ुद ही कहा था, संकट मिट्टी के मिट्टी बन जाने के नहीं होते, जीने को जीने लायक़ बनाने के होते हैं। संकट अधबीच थक जाने, ढह जाने, जीते-जी अन्दर से रीत जाने के भी होते हैं। ज़िन्दगी की लाँघती-फलाँगती रफ़्तार के सामने अपने घिसटने को न सह पाने के भी होते हैं। संकट जीते-जी जीने के हौसले को खो देने के भी होते हैं। संकट जीना चाहने और जीने की मोहलत ख़त्म हो जाने के भी होते हैं।

ऐसा तो नहीं रहा होगा कि यह सब हुआ न हो। उस होने को तुम तो टोह रही थीं कब से। आधे-अधूरे संकेतों के सहारे एक पुल की लम्बाई को अपने भीतर रोप रही थीं कब से; फिर तुमने आवाज़ क्यों नहीं दी, लिफ़ाफ़ा क्यों नहीं भेजा? क्यों चली गईं टेलीफ़ोन की एक ख़बर बनकर, मिट्टी की ढेरी बनकर, मिट्टी के लिए तो तुमने कहा था कि मैं आऊँ न आऊँ, फ़र्क़ नहीं पड़ता; क्योंकि मिट्टी के आँख-कान नहीं होते। मिट्टी का कोई सुख-दुख, धर्म-अधर्म भी नहीं होता, तो फिर...।

फ़्लाईओवर

केबिन से बाहर निकला तो मन घिरा था। यह क्या कह दिया आर्किटेक्ट ने कि, "चिराग दिल्ली के चौराहे पर जो फ़्लाईओवर बनने जा रहा है उसकी देखभाल का जिम्मा आपको दिया जाएगा। मैंने ख़ास सिफ़ारिश की है।"

करतारसिंह दहल गया। आर्किटेक्ट छोटा है, नया आया है, कुछ नहीं जानता। उसके लिए तो करतारसिंह एक अधेड़, सँभला हुआ, समझदार आदमी है, जो कम्पनी में आर्किटेक्ट के नयेपन को प्यार-दुलार से सँभाले रहता है। ऐसे देखता है जैसे बाप की आँख।

"क्यों आपको ख़ुशी नहीं हुई? इतना बड़ा ख़र्चीला प्रोजेक्ट..."

"नहीं, नहीं, हुई क्यों नहीं। काम तो काम है" करतारसिंह ने अपनी ठीक-ठाक बँधी पगड़ी को साधने के लिए हाथ ऊपर तान लिये। "तुरन्त तो कुछ करना नहीं है। एकाध दिन में आकर प्लान समझ लूँगा, तब तक पिछला काम भी निपट जाएगा।"

स्तब्ध आर्किटेक्ट देखता रहा करतारसिंह की पीठ। करतार निकला तो फिर पुराने ठेके पर भी नहीं गया। स्कूटर पर बैठा अपने को इधर से उधर दौड़ाता रहा। यह भी नहीं कि चिराग दिल्ली का मुआयना कर आए। साइट को हवा की तरह सूँघ लेने की ख़ूबी के लिए वह जाना जाता है।

"मुझे तो काग़ज़ पर ही नक़्शे बनाने होते हैं सरदार साब आप तो पत्थरों को भी बुलवा लेते हैं," आर्किटेक्ट उसकी सूझबूझ पर निहाल है।

"जाने दीजिए, मैं तो एक अदना कारीगर, बढ़ते-बढ़ते बढ़ गया, बढ़ोतरी को तो कोई रोक नहीं सकता, अपने-आप होती है।" ऐसा बाहर से आता गुमान करतारसिंह को नहीं व्यापता। अन्दर से कुछ ठोस बनता तो बनता। पढ़ने-लिखने को मिलता तो कौन जाने आर्किटेक्ट की कुरसी पर बैठा होता। मौक़े थे कि सरक गए। अब जो है सो है। किसलिए उधारी का ताज।

इधर-उधर मँडराने से थक गया तो अपने को पंचशील से आती सड़क के किनारे खड़ा पाया। पैरों के नीचे कच्ची धरती और पुलिया के नीचे से बहते आते

गड़गड़ पानी की शहराती गंध। अरसे से इधर नहीं आया। आने से कतराता रहता है। कुछ ऐसा बने कि चिराग दिल्ली का चौराहा उसके रास्ते में न पड़े।

चौराहे को छोड़ना? यानी कि चार रास्ते बन्द हो गए, और एक-एक रास्ते से जुड़ते-निकलते कितने-कितने रास्ते। कहीं-न-कहीं जाने के लिए कोई-न-कोई पल तो बनाना ही होता है। यह शेखी बेकार है, खोखली। ऐसी ही मेहर गुरु की होती तो यह सब होता ही क्यों। हँसता-खेलता बाबला घर से निकलता और लाश बनकर लौटता। ऐसी कटी-फटी देह। छाती बालिश्त-भर अन्दर धसकी हुई। आँख की कोटर से बहती लहू की धार।

पत्थर और देह, इन दो बिन-बराबरी की चीज़ों में जब भिड़न्त होगी तो देह ही मार खाएगी, कटेगी, पिटेगी, फूटेगी। पत्थरों का क्या जाएगा जिन्हें 'कोलतार' की चिपकन और रोलर के पाँव ही कूट-पीटकर एकसार कर सकते हों।

एक दहशत धमकती-सी उसके सीने में से गुज़र गई। कलेजे के कोषों को किसी ने मुट्ठी में भरकर निचोड़ दिया हो सहसा।

बाबले का शोक मनाने वालों में से कितने ही निकल आए थे जिन्होंने कहा था, अमुक-समुक के साथ भी ऐसी ही दुर्घटना घटी थी। करतारसिंह सच में उन्हें ताकता रह गया था तब भी ये सब साबूत है? इनसान नाम का अहमक कितना सख़्तजान है।

वह क्या ख़ुद नहीं जानता कि दुनिया में एक-से-एक बढ़कर ख़तरनाक बातें हैं। यह मरा, वह फँसा, उसे मारा, वह गर्क हुआ, उसकी साख गई, इसकी पगड़ी उछली। गैबी हाथों से मिले ज़ख़्मों का कोई अन्त ही नहीं, पर ऐसी बातों में बराबरी ढूँढ़ने का ढाढ़स कितना कमीना है। दुख की गठरी किसकी भारी है इसे नापने-जोखने की नालायकी करते फिरो।

तभी एक वैन बत्ती के पीली से हरी होने के पहले ही झड़प से दाएँ को लपकी और उसके ध्यान को धक्का देती गुज़र गई। जाग-सा गया करतारसिंह। कहाँ खड़ा है? चिराग दिल्ली के चौराहे पर।

चिराग दिल्ली का चौराहा। मृतकों का घाट।

अब, चौराहे के बीचोबीच, सिपाही के लिए, ऊपर से नोकदार एक लम्बा मचान रख दिया गया है। मोदी इंडस्ट्रीज, करतारसिंह ने पढ़ा। तो यह दान मोदियों का है। पास ही कहीं मोदी अस्पताल की नींव भी रखी जा चुकी है। अब सब रास्तों को चुस्त-दुरुस्त हो जाना होगा। एक-से-एक क़ीमती जानों का सवाल है। सड़क पर तेज़ रोशनी की अगवानी तो अभी से शुरू हो चुकी है।

इस मचान के होने से चौराहा सफ़ाई से बँट गया। पहले की तरह नहीं कि पता ही न लगे कि किस दिशा की सरहद कहाँ से शुरू होती है। कहीं से भी कोई बस धौंकती-दहाड़ती आए और राह चलते को चीथती-लथेड़ती चली जाए।

करतार जानता है, बाबले के मरने के बाद उसकी सीधा सोचने की गैल ख़त्म हो गई है। इतना धर्मात्मा, गुरू-डरू करतार...और ऐसा बेदर्द इम्तहान। सारा सबर ही झड़ गया जैसे पुरानी दीवारों का पलस्तर झड़ता है। मोदियों के इरादे सदके-सीले बने रहें। लोग जीते-जागते रहें। लावारिस सड़कें, चौराहों की बाँहों में बँधकर साफ़-सुथरे तरीक़े से बँटी रहें।

करतार ने अपने को साधा, फिर भी पता नहीं कैसे आँख में पानी सरसराता चला आया। कुछ भी हो वह अपने को इस कच्चीयाई के हवाले नहीं करना चाहता। कसकर रखना चाहता है इस पस्ती के पेच।

आँखें खोले देख रहा है कि डिफ़ेंस कॉलोनी को जाती सड़क के बीचोबीच एक चौड़ी विभाजक रेखा बन गई है। नोक पर बाँट को सुथरा आकार देती 'यू' अक्षर जैसी सुघड़ गोलाई। वहाँ से लोहे की सीधी छड़ उखाड़ ली गई है जिसके होने से चौराहे से घिसटती आती बाबले की देह आगे घिसटने से बच गई, मान ली गई थी।

"उफ़! ऐसी चिथड़ा देह और अभी तक साँस ले रहा है।" किसी ने अस्पताल के गलियारे से गुज़रते उसे देखकर कहा था। करतार ने चाहा था आगे बढ़कर थप्पड़ जड़ दे। देखता नहीं ऐसी जवान, दमख़म वाली देह क्या इतनी आसानी से पौड़ियाँ उतर जाएगी इस दुनिया की। फिर करतार का अन्न भी कोई ऐसा खोटा नहीं था...

हिल गया। लगा जैसे हवा-जैसी लहरीली चीज़ के भी नख निकल आए हों और पसलियों में गड़ रहे हों।

क्यों न थोड़ी देर के लिए घर चला चले। बेवक़्त आया देखकर वीराँ चौंकेगी, पर एक कप चाय से मन की कुछ हवा-बदल हो जाएगी। दो टुक्कड़ भी अभी खा लेगा वीराँ के साथ। ख़ुश हो जाएगी। उस ख़ुशी की रमक डूबते जी को रास आएगी। दो, ढाई, तीन...कभी-कभी तो साढ़े चार तक रोटी-पानी का पसारा लेकर बैठी रहती है। अभी तो सिर्फ़ ग्यारह बजे हैं। किसी पड़ोसन के साथ धूप में बैठकर स्वेटर बुन रही होगी। तीन साल तो सलाइयों को हाथ भी नहीं लगाया। किसके लिए अब? उठते-बैठते कोंचती है।

"क्यों? पहनने वालों की क्या कमी, तेरे इतने भाई-भतीजे हैं।" करतार आँख बचाते कहता है।

उत्तर में वीराँ ने दो मोटी-मोटी आँसूभरी आँखें उसके चेहरे पर गाड़ दी थीं। उन सलाखों की सख़्ती से करतार काँप गया। पलट गया। पूछ भी नहीं सका—इस होने में मेरा क्या कसूर है वीराँ।

इसी जाड़े से स्वेटर बुनने लगी है। भाइयों के, भतीजों के, बहनों के। चाहते-न चाहते। दोपहर के ग्यारह बजे। जब सब औरतें रेंगते-रेंगते घरों के कारख़ाने से निकलती हैं और बान के खटोलों पर आ बैठती हैं।

क्या अच्छा करेगा अगर घर की राह लेगा। वीराँ को बता भी नहीं पाएगा कि

वह क्यों आया है। कैसे कहेगा कि देखो, चिराग दिल्ली के चौराहे पर अब पुल बनने जा रहा है। हकेगी, कहेगी—"हमें क्या, अब चाहे कोई जन्नत भी उतार दे।"

यह बात चाहे सच्ची हो पर अच्छी नहीं वीराँ की। कुछ-कुछ उसके अपने मन में भी यह चोर है—हाँ, हमें क्या, हमारी जन्नत तो वह जिसे हमारी आँख देखती है। यह बात अगर वीराँ की नहीं अच्छी तो उसकी भी क्योंकर अच्छी। सजरी ताजी बनी रहे वाहे गुरु की सीख कि हर इनसान के अन्दर एक और इनसान बैठा है—बड़ा इनसान। उसे जगाए रखना चाहिए।

तेरी मरजी का जमाल करतार थम गया। घर की ओर मुड़ने को व्याकुल स्कूटर का रुख़ वापस मोड़ लिया और इस बार होश-हवास में चिराग दिल्ली के चौराहे पर खड़ा होकर ज़ेहनी जायज़ा लेने लगा।

ट्रैफ़िक कितना बढ़ गया है। बेलगाम। बेतहाशा। देखते-ही-देखते दिशाओं की पसलियों में मारुति की अरोक क़तार आन घुसी। कहते थे सस्ती स्माल कार बनेगी। हर किसी की हैसियत को फलेगी। बीच के लोगों को एक आबदार नागरिक का सपना देना चाह रही है सरकार। कितनी ख़ुशी हुई थी। मन उमंग ले गई थी।

पर शैतान की आँत की तरह पसरता यह शहर। लम्बे-लम्बे रास्तों को सहूलियत का स्वाद तो मिल गया पर हैसियत की चादर कटने-फटने लगी। पचपन हज़ार के वादे। फिर एक लाख, फिर डेढ़ लाख, फिर दो लाख। हैसियत की बोलियाँ। फिर मारुति आई भी तो भूखी-प्यासी तो नहीं दौड़ेगी। कुछ सपने हों तो देखते-देखते चूरमचूर हो जाएँ।

पर वह कौन लोग थे जो इन बोलियों के विरोध के बावजूद ख़रीदारों की क़तारों में आन लगे। मारुति ही मारुति। दाएँ मारुति। बाएँ मारुति। चालाक दुश्मन की तरह इठलाती-धकियाती मारुति। सर्विसिंग वर्कशॉप में सैकड़ों की तादाद में हाज़िर ज़ख़्मी मारुति...

"एकदम नया कल्चर पनप रहा है, आपने देखा?" नये आर्किटेक्ट की तरोताज़ा ज़ुबान ने राय दी।

"वह क्या होता है?" उसने पूछा।

"मतलब है 'मैं' और 'मैं' सबसे पहले। फिर पीछे कौन रहेगा। देखिएगा जितनी तेज़ी से आई है उतनी ही तेज़ी से डेटेड होगी।"

करतार चुप रहा। कुछ भी नहीं समझ पाया, यह मारुति कल्चर क्या इल्लत है। यह ज़रूर सोचता रहा अगर बीच के आदमी ने नहीं ख़रीदी तो फिर किसने ख़रीदी इतनी गाड़ियाँ।

"बड़ों को तो अब मर्सिडीज़ लेनी पड़ेगी नाक रखने के लिए।" आर्किटेक्ट ने खुलासा किया। "मारुति को तो देसी डब्बा करार कर दिया गया है।"

डब्बों ही डब्बों की भीड़। सड़क पर सरकती लाल, सफ़ेद, नीली छतें। वह उजाड़ चौराहा तो पहचान में ही नहीं आता जहाँ इनसान से बनाई जाती लाश, रात के सिर्फ़ आठ बजे एक घंटे तक लावारिस पड़ी रही थी।

शाम घर पहुँचा तो देखा गुरप्रीत आई हुई थी बाबले की मंगेतर। कितने दिनों बाद, अचानक। जब तक लगातार आती रहीं तो कुछ ऐसा अटपटा नहीं लगता था, जैसे हाथ में पकड़े ढेले की नोकें अपने आप भुरभुरा जाती हैं। कोई बहुत दिनों बाद इस तरह आए तो लगता है किसी भँवर में बेचैन पानी खदबदा रहा है। आदत कितना नरमा देती है चीज़ों को, करतार को लगा। आदत से हटकर हर सवाल भूत बन जाता है।

"आओ, आओ बेटी, बहुत दिनों बाद आई हो।"

"ऐसे ही पापा, उसने ग़ौर किया गुरप्रीत उसे अभी भी 'पापा' कहकर पुकार रही है। मन शीतल हो आया।

"घर में सब ठीक हैं?"

"जी, पापा!"

"माँ से मिली हो?"

"हाँ जी, आधा घंटा हो गया आए।"

"वीराँ कहाँ है?"

"यहीं कहीं होंगी। अभी तक तो यहीं थीं।" पर करतार ने देखा वीराँ नहीं थी कहीं आसपास। सन्नाटा-सा साँस ले रहा था उन दोनों के बावजूद।

"मैं चलूँ अब?" एक रुआँसी आहत-सी दृष्टि उसने करतार के चेहरे पर टिका दी। अभी तक वह अपना एक हाथ दूसरे हाथ की कटोरी बनाकर उसी कोटर में घुमा रही थी। स्लेटी ओढ़नी से कुरते का आसमानीपन कुछ धुआँसा हुआ।

"चाय पी?"

"जी!"

"बैठो न बेटी," करतारसिंह ने आग्रह किया।

वह तख़्त की नोक पर पल-भर को टिक गई। जैसे कहने का मान रख रही हो।

"अच्छा! जाओ फिर देर हो रही होगी!" उसका उखड़ापन देखकर करतार को ख़ुद ही कह देना ठीक लगा। "मैं छोड़ आऊँ?"

एक सपाट जैसी 'न' और उसका दरवाज़े की ओर अधीर होकर लपकना। चिटखनी चढ़ाकर पलटा तो देखा—वीराँ सामने खड़ी थी—साक्षात्।

"कहाँ थीं अभी तक तुम?"

वीराँ ने नहीं सुना। "मालूम है क्यों आई थी चुड़ैल। शादी रचा रही है, सो बताने आई थी हमें।"

आवाज़ की चिड़चिड़ाहट से करतार दुखी हो गया। "क्या हो गया है तुम्हें

वीराँ। अब...अब वह..." करतार ख़ुद ही लड़खड़ा गया—"क्या कभी शादी नहीं करेगी? बैठी रहेगी? किसके लिए, एक सड़क एक चौराहा तक तो बदल जाता है, बदल रहा है...और तुम..."

"पर तुमने उसकी ढिठाई देखी? वह हमें कहने आई थी, 'हमें'" आख़िरी शब्द उसने हाथ में लेकर अपनी ही छाती पर मारा।

"और अगर न आती तो भी तुम्हें बुरा लगता। उसे तुम निर्लज्ज कहतीं। अपना मानकर कहने आई तो यह रोना, तुम्हें उसके सिर पर आशीष का हाथ रखना चाहिए था।"

वीराँ जैसे बात के धक्के-भर से रूठ गई। जहाँ खड़ी थी, वहीं, उसी ज़मीन पर धसककर बैठ गई और रोने लगी। हूक-हूककर।

वही लगा करतार को, जो हमेशा लगता है—कि क्या ही अच्छा होता अगर, कोई तीसरा व्यक्ति घर में होता। वे दोनों पल-पल के इस आमने-सामने से बचे रहते। क्या वह समझ पाती है कि कैसे जापता है करतार को अन्दर-ही-अन्दर? उसके पिंड को तो कोई दाह देने वाला भी नहीं बचा। कितनी अनहोनी बात है। सारे नियम-क़ानून तोड़ने वाली। चाहे यह नियम क़ुदरत ने ही क्यों न बनाए हों। क़ुदरत ने इन्हें नियम कहा तो फिर तोड़ा क्यों? बड़ों को छोड़ दिया, छोटों को समेट लिया।

वीराँ की आवाज़ ख़ाली होने लगी थी पर वह थी कि उसी तरह हूक रही थी, करतार के पता नहीं कहाँ-से-कहाँ तक हो आने के बीच। करतार के पास भी ऐसा क्या है जिसकी आड़ लेकर वह हर पल बिथरती वीराँ की सार-सँभाल किया करे। यह लाचारी वह क्यों नहीं समझ पाती।

"चलो, उठो अच्छा! मुँह धोकर आओ," उसने बहलाने की कोशिश की। "एक बात बताऊँ...तुम सुनकर ख़ुश हो जाओगी," पर पिछला वाक्य उसके मुँह में ही गूँगा हो गया। आगे बात जोड़ने से पहले ही वह सहम गया। कब ख़ुश हो जाएगी, कब उदास वह नहीं जानता। सदा सरहदों पर बौराई खड़ी रहती है।

अच्छा होता अगर उसे भी वह चिराग दिल्ली का चौराहा दिखाने ले गया होता। वह भी देखती, सब कुछ पुराना कैसे और कितनी जल्दी मिटता जा रहा है—निशान, गोलाइयाँ, पट्टे, बत्तियाँ, पेड़। सीमाएँ बन रही हैं सड़कों की। कहाँ तो दिशाओं को घूरता ऐसा लावारिस उजाड़ कि रात को बस गुज़रे तो लगे जाने कितनी दूर-दराज की धूल फाँकती आ रही है, पर ऐसी अकड़, ऐसा दबदबा कि—रास्ते को रौंदती चली जाए।

वीराँ गई होती तो देखती डिफ़ेंस कॉलोनी के लिए शुरू होती सड़क के बीचोबीच, एक फूलों लदी हरियाली पट्टी बिछ गई है। मदनगीर से आती सड़क पर भी ऐसी तैयारी चल रही है। वह दयावान थड़ा, जिसके होने से बस के पहिये से घिसटता आता बाबला अटक गया था और चार फ़ीट उछलकर बजरी के ढेर में आन धँसा

था, अब एक सुघड़ गोलाई में तब्दील हो गया है। उस पर काली-सफ़ेद पट्टियाँ पोत दी गई हैं। चौराहे के बीचोबीच मचान खड़ा कर दिया गया है।

अब इतनी आसानी से वह सब नहीं होगा जो हुआ था कि मदनगीर से छींकती-धौंकती बस आए और...दूर-सुदूर तक के फ़्लैट्स में रहने वालों ने कहा था कि रविवार की रात टीवी पर चलती पिक्चर के शोर-शराबे के बीचोबीच भी उन्होंने एक भयानक थऽऽड सुनी थी।

"सुनी थी हैवानो, तो बाहर क्यों नहीं आए?"

करतार के सवाल के बाद सब घरों में दुबक गए थे। पुलिस के डंडे का डर निराकार तो नहीं, करतार जानता है। हमेशा तो वह सामने वालों की क़तार में खड़ा होता है।

वीराँ के अचानक आवाज़दार ढंग से नाक छिनकने ने करतार को टोका। अब तक तो वह और गहरी नाराज़ हो चुकी होगी। एक उसी उलाहने की चंगुल में पिस रही होगी। उसे बात-बात पर रोने-धोने के अनेकों ढब आ गए हैं।

वह झन्नाटे से उठी और रसोईघर में घुस गई। भँवर से छूटने की यह हरकत करतार को अच्छी लगी। वह कपड़ा बदलने, हाथ-पैर धोने का इरादा छोड़कर उसके पीछे-पीछे चलता चला आया।

वीराँ ने चोट की, "ऐसी खाने की क्या हवस, मुँह-हाथ तो धो लिया होता। मुझे भी कुछ गरम-उरम करना होता है या तुम्हारी सेवा में सदा थाल सजाए मिला करूँ।"

करतारसिंह ने अनसुना किया। जानता था नाराज़ है, कितनी-कितनी बातों पर। जो हाथ में हैं, उन पर भी, जो नहीं हैं उन पर भी।

एक पैर की सहायता से दूसरे पैर का जूता निकालकर वह मोजों सहित रसोईघर में घुस आया।

"बहुत-बहुत भूख लगी है, वीराँ। सोचा पहले खा लेते हैं अप्पन दोनों," सुनकर टाढ़ तक पहुँचता वीराँ का हाथ वहीं थम गया। कसैली बात के जवाब में ऐसी नरमी कि नाप के लिए चेहरा पलट आया। "आ जा! तू तो ख़ूब ही भूखी होगी। देख रहा हूँ कई दिन से ठीक से नहीं खाया।"

टाढ़ से उठ चुकी पतीली वहीं वापस रखकर वीराँ अपने दुपट्टे का सीला-सा छोर थामकर खड़ी हो गई।

"बैठ जा," करतार ने पटला बढ़ाया। अभी तक वे रसोई में ज़मीन पर बैठकर खाते हैं। चिपेंडेल की खाने की मेज़ का हठ तो बाबले का था, सो उसके साथ ही गया।

वीराँ की नाक अभी तक लाल-लाल है, करतार ने देखा। काले चने का गीला सालन ख़ुद कुकर से निकालकर करतार ने परोसा। वीराँ के लिए। अपने लिए। कपड़े की लपेटन खोलकर घी-चुपड़ी रोटी निकाली। पहला कौर शोरबे में डुबोकर

वीराँ की ओर बढ़ाया। वीराँ ने झटका नहीं, मुँह खोल दिया। करतार के सीने से एक शिला-सी खिसकी।

"सुनो, तुम्हें एक बात बतानी है," खाते-खाते अधबीच करतारसिंह ने उसके पिघलेपन का सहारा लिया। वीराँ के मुँह में कौर ठिठक गया।

"मालूम है, चिराग दिल्ली के चौराहे पर एक फ़्लाईओवर, मेरा मतलब है एक पुल बन रहा है।"

"तो?" आवाज़ ऐसी निकली जैसे नुकीले पत्थर का तत्पर दाँत।

"उसकी देखभाल का जिम्मा मुझे दे रहे हैं, आज ही आर्किटेक्ट ने बताया। इतना बड़ा..."

"तो इसमें ख़ुशी की क्या बात है? मेरा तो जिगरा नहीं कि वहाँ से गुज़र तक जाऊँ, पर तुम? तुम तो बाप नहीं पत्थर-हो-पत्थर। देख रही थी अभी...थोड़ी देर पहले..."

"तुम ग़लत सोच रही हो," करतार ने अधबीच टोका। "यह पुल नेहरू प्लेस से पंचशील के रास्ते पर बनेगा। एकदम सीधा। और पुल के नीचे है न, मेरा मतलब है। मदनगीर से डिफ़ेंस कॉलोनी आने-जाने वाली सड़क सीधी चलती जाएगी। मालूम है फिर कोई एक रास्ता दूसरे रास्ते को नहीं काटेगा। एकदम सुभीता हो जाएगा।"

"किसको सुभीता?"

समझ तो गया पर निर्भाव होकर बोला, "आने-जाने वालों को। ऐसी बेग़ैरत भीड़ें बढ़ी हैं कि चौराहे से जिन्दा पार पाना..."

"अच्छा-अच्छा, बस करो अब...बस करो," वीराँ ने पूरी बात सुने बिना ही हथेलियाँ कानों पर चिपका लीं। कुछ पहले की थमती जाती उत्तेजना उसके चेहरे पर फिर से धधकने लगी।

इस बार करतारसिंह उठा। उसने लपककर कानों से अलगाते हुए वीराँ की दोनों बाँहें झटक दीं। "ख़ुशी की बात नहीं है?...कि वहाँ ऐसा पुल बन रहा है और उसे बनवाऊँगा मैं...यानी कि मैं! करतारसिंह! बाबले का बाप..."

अपनी उत्तेजना पर काबू न पाया होता तो यह बात भी मुँह से सरक गई होती कि वहाँ पुल बनवाने के लिए करतार-जैसा तगड़ा घाव भी तो सीने में चाहिए। पहले ही ज़ुबान लड़खड़ा गई।

वीराँ ने इस बारीकी को नहीं देखा। अपने छोर का हाहाकार। वह उसी रौ में थी, "इन सब बातों से हमें क्या...अपना तो सूरज ही डूब गया। मर गया, हमें मार गया।"

"क्यों? तू अभी ज़िन्दी है। आगे आने वाले सब ज़िन्दे हैं। एक वह ही तो था जो ज़िन्दों की बिरादरी छोड़कर चल निकला। तू अपनी बात कर, उन लोगों की बात कर जिन्हें अभी इन सड़कों से होकर आना-जाना है। तू कम-से-कम उनकी तो ख़ैर मना। और तुम्हें मालूम है..." करतार उसके नज़दीक खिसक आया। "ऐसा

कुछ भी तू ही कर सकती है...सिर्फ़ तू। यह बड़प्पन भी तेरे रब्ब ने तुझे ही दिया है...सिर्फ़ तुझे। अलग से चुनकर..."

वीराँ पर जैसे किसी ने तेजाब छिड़क दिया हो। "हिस्स...हिस्स करतारे...फिटे मुँह...ऐसे चुने जाने पर मैं क्या नाज करती फिरूँ?"

वीराँ थी कि दुख की तपिश में नंगी हो गई। सारी उम्र जिसे 'आप जी' 'आप जी' कहकर दुलारती रही, उसे निचोड़े हुए कपड़े की तरह नंगी बुच्ची खूँटी पर टाँग दिया। ऐसे दुर-दुर करते उसकी ज़ुबान तक न थिरकी।

करतार सन्न रह गया। कितनी कड़वी, कितनी संगदिल हो गई है वीराँ...कितनी कठोर। कितनी-कितनी बार वह उससे कहना चाहता है कि जो कुछ भी होता है, घटता है सिर्फ़ उसके साथ ही नहीं घटता। बहुतों के मन में दुखों की तड़फड़ाती बावड़ियाँ हैं। यह तो कहो, चमड़ी बेशर्म ढककर रखती है, नहीं तो अन्दर से सबका सब कुछ तमतमाया रहता है। यक़ीन नहीं आता तो किसी को उघाड़कर देख... नाख़ून से छूने-भर से ख़ून निकल आएगा। पर वीराँ है कि अपना ही आप देखती है। अन्धी कड़वी हो गई है। ममता का आना और जाना कितना बड़ा कलेजा देता है...ज़रा सोचकर तो देखे। नमी के सूखने से तो धरती तक में अकाल पड़ जाता है।

मन में बनती आती इन बेरोक लड़ियों में से कितना कुछ है जो वह वीराँ से कह सकता है, इस नीयत से उसने आँखें उठाईं।

वीराँ वैसी ही फुफकारती बैठी थी। मलगुझी चुन्नी छाती से नीचे ढलक आई थी। बिखरे रूखे बाल। मैले सीले कपड़ों में लिपटी उसकी इतनी ख़बरदार मुद्रा करतार को वितृष्णा से भर गई।

बिछल गया करतार। अन्दर से ढह गया। प्रार्थना में पिघल गया, कब, किस दिन, किस तरह? नेमतों वाली मुट्ठी खोल, मेरे मालिक। इस अभागी को सबर की सौगात दे, नहीं दे सकता तो इसको भी अपनी बस्ती में दाख़िल कर। इसकी ही नहीं, सबकी रक्षा हो जाएगी। मेरा क्या है, मैं तो लाल सुर्ख़ कतरों वाली सड़क को ख़ुदवा डालूँगा...बार-बार...छत्तीस बार और भूल भी जाऊँगा कि बाबला मेरा बेटा था।

ऐसी घनघोर घबराहट भीतर से उमड़ी कि वह उठ खड़ा हुआ, पर पैर थे कि रसोई लाँघने से इनकार कर गए। शिरा-शिरा में बदजात लड़खड़ाहट। देहरी पकड़े खड़ा रहा फिर अपने ही भार से व्याकुल होकर पास के मोढ़े पर धसककर बैठ गया।

वीराँ ने देखा। यह 'धम्म' भी उसने सुनी। यों देखती-सुनती कहाँ थी वीराँ। फिर जेब से निकलकर आँख तक आता रूमाल भी उसने देखा।

पसरी बैठी थी, उठ खड़ी हुई। पति के पीछे आन खड़ी हुई। करतार की पीठ किसी कोहराम से काँप रही थी, बेतहाशा। चाहा कि कुछ करे पर करते न बना। बढ़ा हुआ हाथ हवा के कोटर में दाख़िल होकर बीच कहीं झूल जाता रहा। हर बार।

पर क्यों?...क्यों?...क्यों? पति है अपना। कोई पराया तो नहीं। यह कैसी परतीत। यह ताक़त कौन छीन ले गया है उससे? और कब?

छूते नहीं बना तो घड़े के मुहाने गई। पानी का गिलास भर लाई। "लो, पियो पहले।" चाहा आवाज़ में ही नेह निचोड़ दे।

करतार ने हाथ के इशारे से पानी तो मोड़ दिया पर कलेजे में कब की बँधी मुट्ठी ढील गई। संयम तोड़ गई।

मरद का ऐसा...ऐसा हिलक-हिलक रोना। वीराँ काँप गई। एक उसी दिन रोते देखा था करतार को उसने इस तरह। उसके बाद कब?...कब?...याद नहीं पड़ता कब।

वीराँ झेंप गई। काली पड़ गई। एक वह है कि बस रोती-ही-रोती है। कोसती है। नख चुभोती है। इस सदा के रोने को कैसे सहता है यह जीता-जागता इनसान। क्या, उसको कोई...

एकाएक ही करतार उठ खड़ा हुआ। रसोई लाँघ गया। उसके जाने की दिशा देखकर जान गई कि दालान लाँघकर अब वह नलके तक जाएगा। हाथ-मुँह धोएगा और वीराँ की आँखों के लिए पहले की तरह ओझल हो जाएगा। पराया।

एक ही दुख—इतनी दूरी...

यह करतब वीराँ को लगा अब उसे मंजूर नहीं। वह वहीं की वहीं खड़ी है पर चल रही है। करतार से कह रही है, "अब देख लेना तुम, चलूँगी मैं, आपजी के साथ। जिस दिन इस पुल की नींवें पड़ने को होंगी।"

यह कहानी नहीं

कमरे में पसरी ठिठुरन से घबराई कि बाहर टहल आई। कोने में गुलदाउदी के दो नये गमले। तीन भरावदार मोटे फूल जैसे गरदन उठाकर मेरा मुँह ताक रहे हों।

कल रात तक तो गमले यहाँ नहीं थे, मुझे ठीक याद है। कहाँ से आए होंगे रातों-रात। समझते देर नहीं लगी।

तो यह आंटी हैं। अब इस तरह उपस्थित। कोंचती हुई। अपनी माँग को जताती हुई। अपनी बात को कहने का यह भी एक ढंग है।

लगा, किसी ने अधबीच टोक दिया है। कमरे में लौट आई। भीतर दीवारों से ठिठुरन चू रही है। पोर-पोर में दाख़िल हो रही है। पश्चिम के मुखड़े का मकान न ख़ुद गरमाता है, न दूसरों को गरमाइश देता है। छत एक आसरा है, पर छत? छत पर बैठने का मतलब है अपनी एकाग्रता में कितने अनेकानेक का प्रवेश।

आज कहानी ख़त्म कर डालने की ठानी थी। कब से टप-टप टपका करती है भीतर। पकड़ी न गई तो बिखर जाएगी या पककर ठोस हो जाएगी। तब फिर हुआ-अनहुआ नहीं हो पाएगा। अनहुआ किए बिना कैसे कोई अनुभव हाथ लग सकता है रचना के।

अन्दर भी चित्त नहीं लगा। बिथुरी-बिथुरी-सी मानसिकता। आँखें बन्द कीं और आरामकुरसी पर पसर गई। ऐसे शैथिल्य का सर्वांग स्वीकार। काम के अतिरिक्त दूसरी इच्छित मुद्रा।

आँखें बन्द क्या कीं कि घर के नीचे के हिस्से की खटपट सुनाई देने लगी। इस समय आंटी शायद बरतन माँज रही हैं, फिर झाड़ू लगाएँगी, धूल झाड़ेंगी, नहाएँगी। पूजा में अब वह नहीं बैठतीं। वह ज़रूरत उन्होंने कब से हथेलियों में मसलकर फेंक दी। निवृत्त हुईं नहीं कि ऊपर आने का उपक्रम करेंगी। आज तो बहाना भी है—"कैसी लगी गुलदाउदी?"

बरसाती में पिछले ढाई साल से रहती किसी किराएदार को कभी गुलदाउदी दी जाए,

कभी केसरी चावल, कभी पका-पकाया भोजन तो अनचाहे भी एक भाषा निर्मित होती जाती है जो मुझे नहीं सुहाती। व्यवहार का उल्लंघन दुखदायी होने लगा है, क्योंकि माँग करने लगा है।

मैं आंटी को समझा नहीं पाती कि मेरे संसार में आदेशों के लिए कोई जगह नहीं है। दुर्घटनाएँ जीवन में घटती हैं। गूँगा-बहरा तक कर दे सकती हैं, पर ज़रूरी नहीं रचना की पकड़ में आ ही जाएँ। उनका अपना तर्क और तापमान है।

आंटी के लिए यह एक अकल्पनीय बात है। उनके हिसाब से तो लेखक होने का अर्थ है कभी भी लिखने बैठ सकना। विषय सामने हो तो पिल पड़ना। विषय दारुण हो तो लहूलुहान भाषा को जुटाने का दम रखना। अमरता पाने वालों की श्रेणी में लेखक का बड़ा नाम है।

नीचे बाथरूम का दरवाज़ा बजा। लगा आंटी नहाकर आ चुकी हैं। एक सनसनाहट-सी पैरों में दौड़ गई। एक तीखा क्षोभ कि कैसे कोई मेरे एकान्त में भी इस तरह जमकर बैठ गया है। बाँट गया है मुझे वहाँ, जहाँ सब कुछ अखंड एकाग्र चाहिए; नहीं तो कुछ भी नहीं सधता।

जल्दी से एक चलताऊ-सी साड़ी पहनी। शॉल ओढ़ा और घर से बाहर जाने को तत्पर हुई। पर इस समय कहाँ? क्यों न त्रिवेणी में? जगदीश स्वामीनाथन की प्रदर्शनी कब से चल रही है। प्रदर्शनी में चित्त नहीं लगा। मन में जगह नहीं थी। पहले से भीतर कुछ साँस ले रहा था। उसे पृष्ठों पर छोड़कर आना था। इस साँस का सुनाई देना बन्द हुआ तो मन बंजर हो जाएगा। क़लम को नहीं धकेल पाएगा और यह स्थिति किस रचनाकार को स्वीकार होगी।

चित्र देखती रही। मात्र देखना। रंगों की पिघलन के जादू को दृष्टि से सहलाना। रंगों की भाषा में उतरने से इनकार करना। अपनी ऊर्जा को घर लौटाकर ले जाना ज़रूरी है।

उसके बाद सब कुछ आसान हो गया। श्रीधराणी कैफ़े में एक कप चाय। भास्कर से चलताऊ-सी भेंट। सामने दिखाई देती भावनृत्य की रिहर्सल और वापसी।

दुबके-से घर के भीतर हो लेने का इरादा था। जानती थी लैच खुलने की आवाज़ एक बुलावा है, पर घर के गेट पर ही अंकल मिल गए। एक नन्हा-सा स्मित और संक्षिप्त-सा न्योता, "आओ, बैठो न थोड़ी देर।"

'न' नहीं कह सकी। उनके साथ ही घर में दाख़िल हुई। उनकी उपस्थिति के चलते एक निरापद उष्णता।

जाड़े के बावजूद अंकल का माथा कितना पसीजता-सा। शान्त मुद्रा। आँखें अपने आकार से आधी सिकुड़ी हुई। वह किसी ज़मीन का सौदा करके आए थे।

उन्हें आया देखकर आंटी ने उठने का उपक्रम किया तो उन्होंने टोक दिया, "बैठी रहो, मैं ख़ुद ले लूँगा जो मुझे लेना होगा।"

वह फिसफिसा गईं, "ख़ुद ही लेना होगा। कौन यहाँ बैठा है हमारी सेवा करने वाला?"

आगे चलते अंकल अचानक ठिठक गए। शरीर को घुमाए बिना ही मुँह घुमाकर बोले, "यह भी तो अपने ही मन का भ्रम है। बनी हुई बातें हैं। असलियत तो यह है कि माँ-बाप की सारी उम्र बच्चों की सेवा करते गुज़रती है। जब बड़े हो जाते हैं तो अपने कामकाज पर चल देते हैं। कौन घुटनों से लगकर बैठे रहते हैं कि सेवा का रोना रोया जाए।"

सुनकर मैं दहल गई। अंकल ने किसको समझाया था? अपने को? या आंटी को ढाढ़स का झुनझुना थमाया था। कितनी कच्ची भुरभुरी ज़मीन वह उनको दे रहे थे; चाहें तो उस पर पैर रखकर खड़ी हो लें। जीने के लिए एक दार्शनिक-जैसे दिलासे का इस्तेमाल कर लें।

अंकल की बात आंटी को चुभी थी। ख़ुद आहत हुईं तो चोट की, "असल में बच्चों के जाने से तुम्हारा दिमाग़ फिर गया है। ऊल-जलूल बकते रहते हो। बच्चों के नौकरी पर जाने और दुनिया से जाने में क्या कोई फ़र्क़ नहीं है?"

अंकल ने उत्तर नहीं दिया। मेरी ओर मुड़कर कहा, "क्या लिख रही हो आजकल? पिछला जो चल रहा था, ख़त्म हो गया क्या?"

पिछला या अगला जो कुछ भी था, अंकल को कहाँ पता था! उन्होंने बात के लिए बात छेड़ी थी। पटरी बदल देनी चाही थी।

"इसका पिछला तो कभी ख़त्म ही नहीं होता। आगे का क्या शुरू होगा।" उत्तर आंटी ने दिया था। आवाज़ में निचुड़ती तीखी कड़वाहट।

यह कड़वाहट कहाँ से आई? व्यवहार में तो बिलकुल उलटा था। आंटी ज़रूरत से ज़्यादा आत्मीयता से पेश आती थीं जैसे मुझे सहेजकर रखना ज़रूरी हो—उनके परिवार की त्रासदियों की गवाह इतिहासकार को।

"लिखना-पढ़ना अपनी अन्दरूनी तर्ज पर चलता है," अंकल ने छोटी-सी दलील दी। आंटी ने नहीं सुनी। पल्लू नाक पर रखकर फिसकते बोली, "मैं जानती हूँ कोई मेरा पक्ष लेने वाला नहीं। किसी और पर ऐसी गुज़री होती तो जानती।"

अंकल सकपका गए। गिलास में पानी उड़ेलकर आंटी के सिरहाने खड़े हो गए, "लो पियो। मुँह धोकर आओ। चाय बनाते हैं फिर पीते हैं सब।"

"मैं बनाती हूँ," मैंने मुक्ति दी या ली। चाय बनाते मन में एक ही भुनभुनाहट कि क्या आंटी पर ही ऐसी गुज़री है? या उनके पास स्त्री होने की खंडनीयता का एक युगों पुराना लबादा है।

चायपान ऐसा जैसा अधोलोक में बैठे किसी औपचारिकता का समापन। खनखनाहट, बरतनों की अदला-बदली। चाय की रस्म ने बोझ को नहीं धकेला। वातावरण को चहकाऊँ, दायित्व मुझ पर आता था, पर मुझसे भी नहीं सधा।

अंकल ने फिर लिखने-पढ़ने की कोई बात नहीं की। चलते समय मैं किराए के पैसे देने को तत्पर हुई, पर अंकल ने नहीं लिये।

"रखो अभी, फिर ले लूँगा।"

"ले लीजिए। पिछले महीने के भी बाक़ी हैं। मुझे साथ-साथ देने में सुविधा होती है।"

"तुम कहीं भागी तो नहीं जा रहीं, हो जाएगा।" अंकल की मुद्रा में कुछ ऐसा था कि आग्रह किया नहीं जा सकता था।

ढाई साल। आंटी के मकान की बरसाती में सुखद आवास। पिछले मकान की तरह नहीं कि गँधाती शंकाएँ रास्ता काटती रहें। क्यों अखिल, असद और सौरभ जैसे ग़ैर परिवारी लौंडे यहाँ आते-जाते हैं? क्यों ज्योति अपना घर रहते हुए भी यहाँ सो जाती है? क्यों दिन की बजाय रातों को जागने का चलन है? क्यों महरी को आधे दिन लौटा दिया जाता है, झाड़ने-बुहारने की इजाज़त नहीं मिलती।

यहाँ आंटी को सब कुछ स्वीकार रहा। मेरी उखड़ी-पुखड़ी दिनचर्या। निजता के नियम। अपरिभाषित रागबन्ध। आंटी हर स्थिति में भागेदारी की तुला पर तुल आना चाहती रहीं, चाहे चेष्टा फूहड़ ही क्यों न हो जाए। अच्छा लगता था उनका उत्साह। उम्र की चौखट लाँघकर फुलफुलाना। ज़िन्दगी को हथेलियों में भरे रहने के ओज से खिलखिलाना।

यह परिदृश्य एकाएक बदल गया था। लोगों की भाषा में कहूँ तो भाग्य का लिखा घट गया था। ऐसा कुछ कहाँ लिखा होता है, मैं नहीं जानती पर सामने थी—एक कुरूप अकाट्य वास्तविकता। शाम का झुटपुटा। सड़क पर दौड़ती एक मारुति। मारुति में सवार आंटी का परिवार—बेटा, बहू, पोता, पोती। दाईं ओर से आकर मोड़ लेते सलाखों से भरे एक ट्रक से टक्कर। सलाखें मारुति के पेट में धँसती चली गई थीं। जहाँ लोहा छेदा जा सकता हो वहाँ कच्चे कोमल इनसान...

चिताएँ तो दो दिन में ही ठंडी हो गई थीं, पर मृत्यु की गंध इतनी परिव्याप्त, इतनी टिकाऊ, आतंककारी। अनुपस्थिति की स्थूलता—इतनी महीन, विप्लवकारी। अन्दर जितने भी बाँध थे सब खुल गए थे।

घर के नीचे के हिस्से में चहकती दिनचर्याएँ ठप्प हो गई थीं। बच रहे सन्नाटों और ज़रूरतों के बीच ठहरे हुए समय के साँवले भुतैले खेप। आंटी अवसन्न बैठी रहतीं। पता नहीं किस-किस की राह देखतीं। मैं पहुँच जाती तो मेरे बैठने को किसी-न-किसी कारण लम्बाए रहतीं। वहाँ बैठे रहने का अर्थ था घायल होना। अपने को भीतर तक दे देना। उतना दिये बिना तो किसी के घाव पर फाहा तक नहीं लगता। फिर किसी एक दिन। कई श्रेणियों वाले हिमालय-जैसे दुख के नीचे पिचकती बचती आंटी कुछ होश में आईं तो अचानक ही मेरे कमरे में टहल आईं। उनकी मुद्रा में

एक तड़फड़ाती क्षिप्रता। जल्दी-जल्दी पलक झपकाते वह ख़ुद ही दूसरी कुरसी खींचकर मेरे निकट दुबककर बैठ गई थीं।

"सुनो, तुमसे एक बात कहनी थी। जब से ध्यान में आई मन में चैन-सी पड़ गई।"

फिर जो कुछ भी उन्होंने कहा था कितनी अजीब तरह से मार्मिक लगा था। कहते-कहते उनका चेहरा थरथरा जाता रहा, जैसे जान ही न पा रही हों कि हँसें या रोएँ।

चाह रही थीं आंटी—मुझसे। एक क़लमखोर से। अब आगे जब भी मैं कुछ लिखूँ उनके बच्चों के बारे में लिखूँ। ऐसी दारुणता के नीचे पिस जाने वालों को शब्दों का अर्घ्य देकर आभूषित करूँ। "ज़िन्दगी के न्याय ने तो उन अभागों को कुछ नहीं दिया। तुम ही कुछ करो। तुम्हें भी क्या पूरी-पूरी रात उनकी चीख़ें सुनाई नहीं देतीं?"

उनका चेहरा मटमैला होने लगा था। एक अवरुद्ध साँस जितनी छोटी-सी घिग्घी। उन्होंने पूरा मुँह खोलकर ढेर सारी हवा भीतर भरी थी, "जानती हूँ, तुम भी इतनी हृदयहीन नहीं हो। दुनिया-जहान की झूठी-सच्ची बातें लिखती रहती हो, इतना भी नहीं करोगी?"

कराहती-सी उत्तेजना से उन्होंने मेरे हाथ थाम लिये थे। मेरे हाथ काँपे थे, पर बोल नहीं फूटे थे। उनके हाथों को मैंने अपनी हथेलियों में पूरा भर लिया था। वह छलछला आई थीं। अपनी आँखें उन्होंने मुझ पर गाड़ दी थीं। आँखें क्या थीं, कीचड़ के नन्हे-नन्हे कूप। वह उठते-उठते बोलीं—"सोचो ज़रा, यह जहाँ तुम रह रही हो, यह सब कुछ भी तो उन्हीं का था। तुम पर भी तो उनका कुछ ऋण है।"

मैं हिल गई थी। मन-प्राण को आसरा दे सकें ऐसे शब्दों को, मैं टटोलती रह गई थी। अन्ततः मैंने अपनी देह से काम लिया था। उन्हें अपने साथ सटा लिया था—"जैसा आप चाहेंगी वैसा ही होगा।" ऐसा कुछ कहना मेरे कन्धे से सटे-सटे उन्होंने ज़रूर सुना होगा।

सब सुन लिया था। कुछ भी असम्भव नहीं लगा था। कितनी छोटी-सी माँग। अपने ही कर्म का विस्तार। अक्षरों-वाक्यों का समायोजन। केन्द्र में एक धमाकेदार घटना। केन्द्र के बाहर इतनी बड़ी परिधि। जीवन से मृत्यु तक। नियति से नियामक तक। परिधि पर पसरे झीने मोटे दुख। हताशाएँ। रीता भविष्य। पीढ़ियों से इस तरह अधबीच कुतर दिये गए रिश्ते। एक अधेड़ दम्पती। एक आवृत्त आदमी। एक संतप्त स्त्री किसी अनजाने-से शब्दों की भीख माँगती हुई।

सब कुछ बना-बनाया पारदर्शी साफ़। मन में नन्ही-सी सान्त्वना भी। आंटी उबर रही हैं। तभी न कुछ माँग रही हैं। सोच रही हैं अपने से बाहर—मेरे बारे में, कथा के बारे में, अमरता को लेकर।

लिख जाने से शायद उन्हें लगेगा कि कहीं कुछ बच गया है। उनके जीवन की दारुणता इतिहास की दीवार पर दर्ज हो गई है, जैसे जेल की पथरीली दीवारों पर क़ैदियों की चीकट हथेलियों और नाख़ूनों की व्यग्र खरोंचों के निशान छूट जाते हैं।

इतिहास में दर्ज होने से किसी संतप्त को चैन पड़ती हो तो ज़रूर पड़े। मेरे माध्यम से पड़ती हो तो मेरा अहोभाग्य।

एक उत्तानता मेरे अन्तर्मन को चहका गई।

आगे फिर। उठते और बैठते। हर नये दिन—एक संकल्प। अक्षर-संरचना का एक नया खेप। स्मरणों की उसी सुरंग के भीतर से अकेले चल निकलने की रचनात्मक तैयारी। अपने पर उछाले जाते कितने ही प्रश्न। कौन-सा स्थल होगा जो आंटी की अपेक्षाओं का उत्तर बन सकता होगा? पीड़ा का कौन-सा मुख उन्हें अधिक सान्त्वनीय लगेगा? आंटी अपने दुख की चरण-चरण प्रतिध्वनियाँ सुनना चाहती होंगी। कौन-सा बिन्दु ढूँढ़ना होगा जो उनके मन के निकटतम होगा? दुर्घटना? आघात? पीड़ा? प्रभाव? निरन्तरता की उखड़ी चूलें? भविष्य? अवाक् अकेलापन? कौन-सा रूपबन्ध जो दारुणता को उभारकर ला सकता होगा और उनके मर्म को आत्मीय लगेगा?

शब्द नहीं बोलते। उत्तर भी नहीं जागते। कोई कौंध जड़ता को चीरती-छितराती नहीं आती। मैं तरह-तरह से चेष्टा करती हूँ। व्यथा-कथा को कभी दुर्घटना के दुर्वह धमाके से शुरू करती हूँ। कभी आधी रात में सुनाई देती किसी स्त्री की चीख़ों से। कभी किसी अजनबी द्वारा पीटे जाते सदर दरवाज़े के कोलाहल से। बार-बार सारे दृश्य को अपने पर घटाकर देखती हूँ, पर कुछ नहीं बनता।

कभी कुछ बन भी जाता है तो आंटी की आँख से देखते उसे निरस्त कर दिया जाता है। मैं अपने को फिर प्रश्नाहत करती हूँ—क्या ऐसा है कि मैं स्थिति को नहीं लिखती, आंटी की अपेक्षा को सम्बोधित करती हूँ। ढूँढ़ती हूँ—करुण, दर्दीले, सोख्ता-से शब्द कि लगे आंटी के सिर पर संसार की सबसे बड़ी चट्टान आन गिरी है।

और चट्टान के नाम पर चट्टान तो एक ही है मेरे हाथ में—नश्वरता। मरने का, मिटने का, पिटा-पिटाया नियम। वही एक तर्क—जो जन्मा है वह मरेगा ही। यह सच अटल है। परिचित। प्रकृति की दिनचर्या-जैसा। साधारण।

तो क्या रचना किसी असाधारण की खोज है? असाधारण ही चाहिए तो वह भी सामने परोसा रखा है। ऐसा कुछ हुआ कि पल-भर में सृष्टि का क्रम ही उलट गया। जो कच्चे थे, कोमल थे, ताज़ातर थे, झर गए। जो पके हैं, प्रौढ़ हैं, अग्रज हैं, बचे रह गए। माँ-बाप के कन्धों पर बच्चों की अर्थियाँ। बाद की पीढ़ी पहली पर लदी हुई।

आंटी के विलाप के चिथड़े कानों की लवों को फटकारने लगते हैं। दालान। चार क़तारबद्ध लाशें। हूकें। चीख़ें। पछाड़ खाती आंटी के प्रलाप में दोहराया जाता

वही एक अशमित हिस्सा, "यह कहाँ का न्याय है बचवा? अब हम यह भी करें, अग्नि दें। तुम सबको फूँककर आएँ, जो कुछ तुम लोगों को करना था, वह तुम हमसे करवा रहे हो।"

फिर वही सम्पुट में भरा जाता मृतक बेटे का गुख। छाती छीलते दोहत्थड़। मूर्च्छाएँ। एक विकराल असान्त्वनीय अनंतता।

अर्थियाँ उठने से पहले अंकल ने आंटी को डबल सिडेटिव देकर अन्दर कमरे में भेज देने का यत्न किया था। किसी सयाने ने टोका था, "यह ठीक नहीं। देख लेने दो। बाद में पछताएँगी।"

"पछताने को सारी उमर पड़ी है।" अंकल ने छोटा निर्भाव-सा उत्तर दिया था। माथे के बीचोबीच इकट्ठी होतीं दोनों भवें। चेहरे पर चट्टानी स्थिरता। गुँगुआती कोमलता से उन्होंने चारों बच्चों के मुँह ढके थे; फिर खड़े हो गए थे। आकाश की ओर देखते हथेलियाँ फैलाई थीं। उँगलियों को ऊपर को मोड़ा था जैसे वज़ू करते हैं—"वापस माँग रहे हो? वह भी तुम? जाओ, ले जाओ।"

अपने होंठ उन्होंने भींचे और अर्थी उठाने झुके। मैं थर्रा गई। मन ऐसा जैसे कबूतर के अभी-अभी जन्मे बच्चे को किसी ने पत्थर से कूच दिया हो।

अन्त्येष्टि के हर सोपान से गुज़रते अंकल को देखकर लगा—रचना की क्या बिसात कि जीने के दर्दों को समेट पाए समूचा। झेल ले। क्षरित करे। वह तो ख़ुद ही दर्द के बयान के लिए जीवन की मोहताज है। जीवन पर रची गई अक्षरों की एक इबारत। मारने और सहलाने के ढंग तो जीवन के अपने ईजाद किए हुए हैं। समय से उसकी गहरी साँठ-गाँठ है। वहीं, कहीं मरहमी आलेप की तैयारी भी है। ऐसा न होता तो इन दस महीनों में आंटी का दर्द अमरत्व की इच्छा तक आने की यात्रा कैसे तय करता?"

मुझे लगता है रचना को आत्ममुग्धता से बरी हो जाना चाहिए। रचना का अर्थ हुआ—एक मुखविहीन लाचारी। अँधेरे में इन्तज़ार। शब्द टटोलते गूँगे दर्द के हाथ। रोशनी की कतरन के लिए असफल तप। हर बार नई लड़ाई के लिए धीरज की माँग।

इस दलदल में आंटी कहाँ अटेंगी। मैं व्यर्थ उनके पहले से दारुण दुख को और अधिक दारुण और विरूपित करने के रास्ते ढूँढ़ रही हूँ। लिखते लगता है पैरों में कीचड़ हुई जा रही है। जीवन को ठेलने वाले पैर कीच में छप-छप करते हैं, आगे नहीं बढ़ते।

आगे के दिन। एक असुविधाजनक स्थिति। आंटी से एकाएक ही रिश्ता बदल गया था। यह नहीं कि आएँ, बुलाएँ, दुखड़ा रोएँ और हल्की होकर चली जाएँ। वह मुझे समय देने लग गई थीं। मेरे निकट अपनी उपस्थिति को प्रतिबन्धित करने लगी थीं।

यह अनुग्रह अखरने लगा था। जवाबदेही का तनाव पैदा करने लगा था। क्या वह इस दलदली पारस्परिकता को देख पा सकती थीं?

उस शाम मैं टहलकर आई तो बाहर बरामदे में ही आंटी बैठी मिल गईं। उनका प्रश्न था—"कुछ लिखा?" उनकी आँखें चमकने लगी थीं। क्या किसी पूरी होती अपेक्षा की आँच से?

"कुछ भी तो नहीं लिखा।" एक सरसरा-सा उत्तर उन्हें थमाकर मैं निकल आना चाहती थी—सारा दिन लिखने में उलझने की बात उनसे कहने की इच्छा नहीं थी।

"क्यों, कल तो तुम तड़के उठ गई थीं। चाय भी जल्दी पी ली थी।"

"आपको कैसे पता?"

"मुझे? मुझे सब पता रहता है।" चेहरे पर एक विजित-सी मुस्कान, जिसने मुझे क्षुब्ध ही किया। मेरी गतिविधियों पर इस तरह उनकी जासूसी आँख मुझे अप्रिय लगी।

"चलो कोई बात नहीं।" उन्होंने माफ़ी जैसी दी, "आज रात को लिख लेना।"

मैं कुढ़ गई। लपककर सीढ़ियाँ चढ़ गई।

किसी-न-किसी सन्दर्भ से मुझे ठेलने के लिए आंटी कोई-न-कोई पुल तलाश ही लेती रहीं। सुबह के कामों से अभी निवृत्त भी नहीं हुई थी कि आंटी हाथ में ट्रे लिये अवतरित हुईं।

"लो, यह कढ़ी-चावल हैं। लाने की जल्दी थी कि कहीं तुम खाना बनाने बैठ ही न जाओ। पकाने का समय बच जाएगा। पर देखती हूँ तुम तो अभी से रसोई में घुसी बैठी हो।"

बताया कि शाम को चारों मित्र आएँगे, यहीं खाएँगे तो अप्रसन्न-जैसी दिखी थीं, फिर संयत होते राय दी थी, "मित्रों का आना, अच्छा तो लगता है, पर समय कितना निकल जाता है। जाड़ों में रात को अच्छा-ख़ासा काम निपट सकता है।"

उत्तर देने की इच्छा मेरे भीतर नहीं जनमी। शाम को ज्योति, अनिल, असद और सौरभ आए थे। खाना-पीना, गप्प-सड़ाका चला। जब तक वे गए, साढ़े बारह बज चुके थे। सोने की कितनी ही कोशिश की, निष्फल गई। किसी रसीले उपन्यास की शरण ली। पढ़ते-पढ़ते आँख लग गई। बत्ती खुली छूट गई।

सुबह सरसराते आते आलस्य से निपट ही रही थी कि आधी सीढ़ियाँ चढ़कर आवाज़ को बुलंद करते आंटी ने मेरा फ़ोन आने की सूचना दी।

नीचे आंटी खाने की टेबल पर बच्चों के कई फ़ोटो फैलाए बैठी थीं। मैं सहम गई थी। अतीत की गुफा में उनका इतना दबंग पाँव।

आंटी पराजेयता से मुक्त लगीं। सँभली हुई। दो फ़ोटो उन्होंने निकालकर मुझे दूर से दिखाए, "यह दोनों तुम्हारे कमरे के लिए। आज फ्रेम करवाऊँगी।"

"क्यों?" मुँह से निकलता-निकलता बच गया था।

"सामने देखती रहोगी तो नैन-नक्श खींचने में आसानी रहेगी। वैसे भी तुमने कमरा बड़ा सूना और बदरंग-जैसा कर रखा है।"

सिर पीट लेने की इच्छा हुई। यह अज्ञानता है या अधीरता? ऐसी निरीह आक्रान्ता के समक्ष हथियार डाल देने के सिवा रास्ता क्या है?

"कितनी तो चीज़ें मेरे कमरे में सजी हैं।" मैंने उन्हें याद दिलाया। शरद की कविता का चित्रांकन, जो ऐन मेरी मेज़ के ऊपर लगा था। दाईं दीवार पर दान्ते का एक अलभ्य प्रिंट और टेगौर का बस्ट।

"इसका मतलब है तुम्हें नहीं चाहिए।" वह बुझ गईं।

"इसका कोई मतलब नहीं। आप जो चाहें करवा लीजिए।"

फ़ोन पर भैया थे। मद्रास से सब लोगों के लौट आने की सूचना दी थी। व्यस्त न होऊँ तो मिल जाऊँ उन्होंने कहा था।

चाय-नाश्ते के लिए फिर आंटी का आग्रह। मैंने रुकने से इनकार ही किया। 'काम की जल्दी होगी,' उन्होंने इनकार का यह अर्थ लगाया।

मैं भीतर से चिढ़ गई। बैठ गई। अच्छा है अपनी आँखों देख लें कि समय का मैं क्या उपयोग कर रही हूँ।

चाय के साथ चिउड़ा और टोस्ट। पकौड़ों का प्रस्ताव—"नहीं आंटी, मुझे सिर्फ़ एक कप चाय चाहिए।"

चाय का कप। फिर चुटकी से नमक की तरह बुरक दिया गया वही प्रसंग—"कल सारी रात तुम्हारी बत्ती जलती रही थी। इतना काम नहीं करना चाहिए। सेहत ख़राब हो जाएगी।"

जानती हूँ सेहत की चिन्ता खोखली है। असल बात सारी रात काम करने और फल का जायजा लेने की है। उनकी आँखों में एक उत्सुक चमक झिलमिलाया करती है जैसे मैं उन्हें लपककर कह ही दूँगी। उनकी फल कामना का उत्तर दे ही दूँगी।

भीतर एक गुम-सा क्षोभ। नसों में तपिश-जैसी रेंगने लगती है। जानबूझकर ही चलने की तत्परता मैंने अपनी मुद्रा में पैदा की।

उन्होंने एक और वाक्य उछाला था, "यह भी एक संयोग है कि हम इतना पास-पास रहते हैं। एक-दूसरे को इतना देखते-सुनते रहते हैं। आसान नहीं हो जाता लिखना?"

"नहीं, कोई ज़रूरी नहीं।"

उनके चेहरे पर एक अचम्भा-जैसा लिख गया था, पर आगे और पूछकर उन्होंने किसी संदिग्ध जगह पर पैर रखना ठीक नहीं समझा होगा। शायद अचेत ही ऐसा रहा होगा।

फिर अचेत ही उनकी गति दर्दीले क्षेत्रों की ओर चल निकली थी। मैं उस पगडंडी को सामने बैठे देख पाई थी। वही लहूलुहान स्मृतियाँ। अनुपस्थिति की दाह।

भौचक्का भविष्य। मुँह पर पल्लू रखकर वह सुबकने लगी थीं। देखते-ही-देखते उनका चेहरा पिघलने लगा था। छल-छल दृष्टि। बाल रँगना छोड़ देने से सिर पर कच्चे नारंगी रंग की लटें उलझी हुई थीं। इतने आवेगों के बीच कटी-पिटी वह मुझे बेहद दयनीय लगी थीं।

मैंने संकल्प की रस्सी से फिर से अपने को कसा।

लिखने बैठती हूँ। उठ जाती हूँ। टहलती हूँ। खाती हूँ। सो जाती हूँ। पन्ने फाड़ती हूँ। नया पन्ना लगाती हूँ। काले की जगह नीला, नीले की जगह हरा, हरे की जगह लाल पेन उठाती हूँ, कुछ नहीं फलता। कितने ही आरम्भ, मध्य और अन्त सिसकते हुए। डस्टबिन के हवाले होते हुए।

मन में क्यों कोई टेर नहीं। जड़ता है परम, पथरीली। कोई संवेदन नहीं, क्या इसीलिए पीड़ा भी नहीं। ज़ेहन में सूचना है एक—क्षति की। चेहरा है एक—मृत्यु का, सर्वग्रासी, विकराल। आगे जाकर एक लम्बा रेगिस्तान आ जाता है—किसी दूसरे की नहीं अपनी लाचारी का। इस छोरहीन शून्यता का कहीं मैं भी हिस्सा तो नहीं—निस्सम्बन्ध, निस्संवेदन, निपूती।

मैं आंटी से नहीं अपने से जूझ रही थी। आंटी तो मेरे कर्म पर लगाया एक प्रश्नचिह्न थीं; या फिर आरोप के गँड़ासे की धार कि इतनी बड़ी घटना और इतनी असंवेदनशील तुम। कब से लिखती आ रही हो, इतना भी नहीं सधता।

एक अजीब खड़खड़ाता-सा रिश्ता उनसे बन चला था जिसने बीच के लहराते पारावार को सोख लिया था। मैं जितना ही उनसे बचना चाहती थी, वह उतनी ही तरल होकर मेरे चारों ओर के हर सूराख में घुस आना चाहती थीं। उनकी देखी-अनदेखी चेष्टाएँ जारी रहतीं। किसी-न-किसी बहाने से पीछा करते रहना। पल-पल का हिसाब रखना।

इस बार के उनके प्रश्न ने तो मुझे लगभग बदहवास ही कर दिया था। बोलीं, "इधर तो तुम कई दिनों से लम्बा-लम्बा बैठी रही हो। वैसे तो मैं समझ गई हूँ। यह भी जानती हूँ तुम मुझे अभी बताना नहीं चाहती। अब शायद तुम उपन्यास ही लिखना चाह रही हो बच्चों पर...ठीक भी है, हम लोगों-जैसे ऐसे अभागे तुम्हें और कौन मिलेंगे?"

"देखिए, क्या बन पाता है?" मेरे कथन का अनिश्चय उन्होंने नहीं देखा। उत्सुक-सी बोलीं—"थोड़ा-बहुत सुनाओ तो सही, क्या लिख रही हो? आगे-पीछे का, हम लोगों के बारे में कभी कुछ पूछा भी नहीं तुमने?"

मन में आया था कह दूँ। सच का उद्घाटन कर दूँ...पर वह सच था क्या?

"ज्योति के घर से आऊँगी तो सुनाऊँगी।" मैंने उन्हें अपने फ़ैसले की एकाएक सूचना दे दी थी।

वह उखड़ गईं। "ज्योति के घर जा रही हो? वहाँ तुम्हारा काम क्या ख़ाक होगा? तुम दोनों मिलती हो तो सारी-सारी रात बातें करती रहती हो।"

"करना होगा तो हो जाएगा।" मैंने उन्हें तसल्ली दी थी। "सूचना भी दी थी कि दो-एक दिन ज्योति के घर रहकर मैं भैया के घर जाऊँगी। थोड़े दिन रहूँगी। क्या आप अख़बार वाले को मना कर देंगी कि तीन सप्ताह तक अख़बार न डाले।"

"इतना लम्बा?" फिर उन्होंने सकारात्मक सिर हिलाया और चलने को तत्पर हुईं।

कुछ कहने के लिए ही मैंने उनसे कहा था, "अपना ध्यान रखिएगा।" कहना ग़लत हो गया था। उनके चेहरे पर दर्द खिंच आया था।

जान रही थी—जाना पलायन है। अपराध-भाव की, आत्म-साक्षात्कार की जकड़ीली कारागार। जो क़ैद आंटी की दी हुई थी उससे बचना आसान था। जगह-भर बदल देने से बचा जा सकता था, पर अपने सामने? वहाँ तो सभी गवाक्ष खुले थे। सब कुछ रोशनी से भरा हुआ स्पष्ट फिर भी कोई आरम्भ नहीं। मैं सिर झुकाए खड़ी थी, लाचार। एक माँग की बन्दिनी।

बीस दिन तो ज़रूर बीते होंगे। भैया के घर आंटी का फ़ोन आया था कि मैं जो कुछ भी कर रही होऊँ, छोड़कर वापस चली आऊँ। घर में कुछ ज़रूरी काम है।

उनके स्वर की उपालम्भविहीन आत्मीयता मुझे भिगो गई। भीतर से निरापद-सा कर गई।

काम था—एक स्कूल खोलने की उनकी योजना का छोटा-सा उद्घाटन। बच्चों की बरसी पर अंकल शिलान्यास-जैसी कुछ छोटी-सी रस्म कर देना चाहते थे; और अब तो मंत्री जी से तिथि भी मिल गई थी, "जानती हो, दोनों चीज़ों में जोड़ बिठाने में दम ही निकल गया। सब कुछ कितना जल्दी-जल्दी करना पड़ा।" आंटी ने खुलासा किया था।

किसी मालदार खाँ साहब की बहुत बड़ी बिकाऊ हवेली को अंकल ने ख़रीद लिया था और उसमें बच्चों का स्कूल खोल देने का निर्णय लिया था। मैंने देखा, फ़िलहाल तो बाग़-बग़ीचे, बाहर का मैदान, बड़े गोलाकार दालान और आउट हाउस सब कुछ वैसे-का-वैसा ही खड़ा था। सिर्फ़ बीच के बड़े हॉल से जुड़े कमरों के बीच की दीवारें तुड़वा दी गई हैं और उसे ख़ूब बड़े कक्ष में तब्दील कर दिया गया है।

"स्कूल के नक़्शे के मुताबिक़ बाद में यही लाइब्रेरी हॉल रहेगा।" देवेन ने बताया था। देवेन अंकल का छब्बीस वर्षीय भांजा है।

कैसे ऐसे? इतने चुपचाप। अंकल ने इतना कुछ व्यवस्थित कर लिया। ऐसा कोई संकल्प उनके मन में अरसे से रहा होगा।

क्यों कभी आज तक अंकल पर ध्यान नहीं गया। वह भी तो इन त्रासदियों के इतने ही संतप्त हिस्सेदार हैं।

शायद वह अपने को बचा लेने में पूरी तरह माहिर हैं। अचानक मिल जाएँ तो चेहरे पर एक अधखिली-सी मुस्कान जड़ लेते हैं जिसके चलते सामने वाला वहीं-का-वहीं रुक जाता है, पीड़ित प्रदेशों में पैर नहीं रखता। कौन-जाने यह मुस्कान निजी प्रदेशों में प्रवेश की निषेधाज्ञा है या नियति ने जो दिया उसकी खुली अवमानना।

आंटी से मिली तो लगा, भीतर से ओत-प्रोत हैं, पिछले प्रसंग को भूली हुई। सँभली-सी। तनाव शान्त हुआ था जैसे परीक्षाओं के एकाएक स्थगित हो जाने पर होता है। उनका सामना करने की झिझक विलीन होती लगी थी। दोनों को बीच में कोई दूसरी वस्तु धरी मिल गई हो जैसे।

मुझे देखते ही अंकल उत्फुल्ल हुए। कपड़े बदलने की क्रिया को स्थगित करके, मेरे निकट की कुरसी का हत्था पकड़कर खड़े हो गए थे।

"ठीक लगा?" उन्होंने बिना किसी भूमिका के पूछा।

"बहुत-बहुत ठीक, बहुत अच्छा।" मैं अपने कथन को वज़नदार बनाने की इच्छा में केवल शब्दों की आवृत्ति करती रह गई थी।

अंकल ने मेरा कहना नहीं सुना। वह एकाएक किसी दूसरे अन्तरिक्ष में चले गए थे। फिर सोचते से बोले, "इससे अच्छा कुछ और मेरी समझ में नहीं आया। मैं ही क्यों अपनी मुट्ठी में इतना कुछ भरकर जीने के लालच पड़ा रहूँ? मुक्त क्यों न हो लूँ! क्यों न ले लेने दूँ सबको सब कुछ।" अपने कथन के समर्थन में अचेत ही उन्होंने अपनी हथेलियाँ खोल दी थीं।

कुछ कहने की ज़रूरत है मुझे ऐसा नहीं लगा। वैसे भी अब वह कुरसी का हत्था छोड़कर पीठ के पीछे दोनों हाथ बाँधे टहलने लग गए थे।

और एक बात तुम्हें बताना चाहता हूँ—विशेष। इस सारे संकल्प में तुम भी कहीं हो। तुम्हें न देखता होता तो ऐसा कुछ सोच ही न पाता।"

"मैंऽऽऐं?" मैं आसमान से गिरी थी।

"हाँऽऽ! तुम। तुम मेरे इस घर में रहोगी, देखती-समझती रहोगी। इतनी विद्वान तुम...शायद मुझे विदुषी कहना चाहिए था, नहीं?" एक अकृत्रिम-सा हास्य उनके चेहरे को छू गया, जो इन सब दिनों में चिपकी रहती मुस्कान के नकलीपन से बरी था।

कहना तो चाहती थी—मैं अन्ततः कहाँ रहूँगी वह मुझे भी क्या पता है, पर ऐसा कहना? उनके सपने को घायल करना मैंने नहीं चाहा।

"खाना खाया?" अब उन्होंने अपनी टाई की नॉट ढीली करनी शुरू की।

"नहीं, थोड़ी देर बाद खाऊँगी।" मैंने पर्स से अपनी चाबी निकालने की चेष्टा की।

तब तक आंटी ने लपककर तीन थालियाँ मेज़ पर रख दीं। अंकल के साथ बैठकर खाने की आज तक कभी कोई स्थिति नहीं रही। एक अटपटा, अकल्पित-जैसा अवसर। विरोध करना चाहती थी पर लगा कुनमुनाना तक ग़लत हो जाएगा।

खाते-खाते अनायास ही मैं कल के उत्सव के बारे में बात करने लगी।

"उत्सव कैसा?" अंकल की आवाज़ में तेज़ी थी। मैं संकुचित हुई। "कल का सारा इन्तज़ाम तुम देख लेना। देवेन भी साथ रहेगा।" उन्होंने एक सपाट स्वर में कहा। उनका चेहरा छूँछा और निर्भाव था।

अगले दिन। बनने वाले स्कूल के अहाते में हलचल। ईंट-गारे के ढूहों के आगे तान दिया गया एक परदे-जैसा शामियाना। उद्घाटन की औपचारिकता उसी लम्बे कक्ष में होने को है।

अभी-अभी लम्बे कक्ष में तैयारी के सभी सोपानों का निरीक्षण करती आई हूँ। भीतर से कहीं हिल गई हूँ। कक्ष की दहलीज़ पर पैर रखते ही सामने दीवार पर दिखा था एक दृश्य—दो बहुत बड़े तैलचित्र। एक अंकल के पिता का है, एक पुत्र का। दो मृतकों के। बीच में दो फ़ीट का अन्तराल छोड़कर दोनों चित्रों को एक समान्तर ऊँचाई पर टाँग दिया गया है। चित्र इतने सजीव कि बोल पड़ेंगे। ज़िन्दगी के मर्म को सँजोए बैठी पुतलियाँ गोलकों से उठकर आएँगी और देखने वाले का कलेजा छेद देंगी। उनमें संचित है एक तीखी प्रहारक मुखरता।

ऐसी अपूर्व कलाकृतियों को देखकर ख़ुश होना चाहिए था, विमूढ़ हो गई। डर गई। ऐसी जीवनहीन सजीवता। झूठ का सच से भी ज़्यादा विश्वसनीय उद्घाटन।

एक अबूझ-सी कातरता मेरे भीतर लड़खड़ाने लगती है। "क्या अंकल ने इन्हें देखा है?" मैं देवेन से पूछती हूँ।

"नहीं, अभी नहीं। अभी-अभी तो अनपैक करवा के टँगवाए हैं। है न लाजवाब?" देवेन एक विजित भाव से उत्तर देता है, "जानती हो, आर्टिस्ट तो इन्हें छोड़ना ही नहीं चाहता था। आख़िर तक उसे कोई-न-कोई दोष नज़र आता रहता है और इधर अब उद्घाटन की तिथि...बड़ी मुश्किल से मंत्री जी से तारीख़ तय हो पाई है।"

"पर मंत्री क्यों?"

"मंत्री क्यों नहीं। ऐसी ही रस्म है। इसी में शोभा है।" देवेन समाधान दे देता है। मेरा मुँह कड़वा जाता है। आएँगे मंत्री। बोलेंगे मंत्री। किसके बारे में? उनके बारे में जिन्हें देखा तक नहीं। उनके पास तो भाव और अभाव नाम की दो स्थूल श्रेणियाँ हैं। जिसकी ज़रूरत हो उसे उठाकर सिर पर रख लो। झुनझुने-सा बजा दो।

लगा, देवेन उत्सवता में है। स्थिर है। वह मुझे और अधिक सूचनाओं से सम्पृक्त करता है। भाभी और बच्चों के चित्र भी बनवाने को दिये हैं। अभी तैयार नहीं और यह देखो पटिया, यह पटिया अंकल ने कब से अपने दफ़्तर में बनवाकर रख छोड़ी थी। इसे भी आज इसी हॉल में टँगवाने की सोच रहे हैं।

मैं धातु की लम्बी पटिया पर खुदा गीता का यह श्लोक पढ़ती हूँ—

न जायते म्रियते वा कदाचिन्नायं भूत्वा भविता वा न भूयः।
अजो नित्यः शाश्वतोऽयं पुराणो न हन्यते हन्यमाने शरीरे।

"अच्छा आइडिया है न?" देवेन मुझसे पूछता है।

मेरे सामने शब्द तैरते हैं—'न हन्यते हन्यमाने शरीरे'। यानी शरीर के नाश होने पर भी इसका नाश नहीं होता। किसका? पर शरीर ही तो था जो अपना था, आत्मीय था, सम्बन्धी था। ब्रह्मांड में उसकी तात्त्विक स्थिति क्या है यह बात किसी संतप्त को कितनी सान्त्वना दे सकती है? नहीं जानती क्या सच है, क्या कुछ भी सच है? ...असल में क्या सच है?

तभी आंटी लपकती-सी अन्दर आई हैं। आते ही एकाएक थम गई हैं। चित्रों को देखते ही औचक विस्मय में ठिठक जाने का उनका पहला आवेग। खुले का खुला रह जाता मुख। फिर लौटना, सिमटना, बोल पड़ना, "क्या कमाल है! बनाने वाले ने क्या चीज़ बनाई है।" फिर एक तृप्ति और प्रशंसा की दीप्ति उनका मुख बुहार गई। उन्हें विमुक्त कर गई।

अगले ही क्षण वह किसी अनिवार्यता के हाथों में थीं। मुझसे बोलीं, "सुनो, यह कपड़ा पकड़ो। इसमें से तीन फ़ीट परदा तुम्हें सीना है, शिलान्यास की तख़्ती का नाप लेना। थोड़े ही टाँके हैं। यह काम तुम्हें ही करना है। पहला तो तुमने किया नहीं। ज़रूरी नहीं समझा। तुम्हारी मरज़ी है।"

उनका एक गर्म-सा उच्छ्वास मुझे छूता निकल गया। कहना चाहती हूँ कि यह नहीं कि मैंने किया नहीं, पर यह कि मुझसे हुआ नहीं; पर नहीं कहती। बसन्ती रेशम का टुकड़ा उनके हाथ से ले लेती हूँ और सीने बैठ जाती हूँ।

जानती हूँ इस काम में पहले-जैसी लाचारी नहीं होगी। सुई जहाँ छेदेगी वहीं सिएगी। भोंकने और सिलने में एक क्रमगत निश्चयात्मक रिश्ता है। बाक़ी सब कुछ क्रमहीन, अनिश्चित है—मृत्यु, घटना, दुर्घटना, रचना।

आंटी की प्रतिक्रिया मुझे राहत से भर गई है। घाव अँकुरा चले हैं, मुझे लगा। आंटी को चित्र चित्र-जैसे लगे हैं। ज़िन्दगी की दौड़ से छिटककर दीवारों की स्थिरता के हवाले हो जाने वाले। क्या वह काली सुरंग में से गुज़र चुकी हैं? घुल-धुल चुकी हैं?

और अंकल?

अंकल शायद एक बन्द किताब हैं जिसके पन्ने कभी दूसरों के सामने नहीं खुलते। एक शौर्यभाव उनके चेहरे पर सतत चिपका हुआ। एक कवच-जैसा मढ़ा हुआ। उनका कौन-सा हिस्सा बेध्य है कोई नहीं जानता। क्या सब कुछ स्वीकार है उन्हें? नियम और क्रम को रौंदती हुई मृत्यु भी?

देवेन से पूछती हूँ तो देवेन होंठ तरेरता है, "मामा तो सदा के ऐसे हैं—बहुत घमंडी। बड़े ख़ुद्दार। हार नहीं मान सकते। क़िस्मत भी छेड़कर देखे तो धता बता

देंगे। उनकी बहुत ऊँची नाक है। कोई ताज्जुब नहीं कि उन्हें इस बात में भी शर्म महसूस होती हो कि नियति ने उन्हें इस तरह उघाड़ दिया है। ऐसा घाव देकर पिछले जन्म का कुकर्मी होने का ठप्पा मार दिया है। सिमटे रहते हैं।"

देवेन के शब्दों में एक घिनौनी-जैसी गंध है, जो मुझे अप्रिय लगती है। मैं उसकी बात को काटती हूँ, "यह तो अच्छा ही है।"

"अच्छा क्या है? इनसान है तो कहीं तो, कभी तो टूटता है?"

"टूटना दिखाना होता है क्या?"

वह सोच में पड़ जाता है। मैं एक आख़िरी जैसी निगाह चारों ओर डालती हूँ। सफ़ाई, टेबल, मेज़पोश, फूलदान, पानी के गिलास, अक्षत, चन्दन, फूल, घी, रुई, माचिस, अगरबत्तियाँ।

"कुछ रह तो नहीं गया?" मैं देवेन से पूछती हूँ।

"दीवट रह गया है, वह मामा लाएँगे और यह रहे हार।" देवेन ने दो बहुत बड़े उन्नाबी गुलाबों के हार मेज़ पर रखे, "मैंने मामा से कह दिया है कि हार तो मंत्री जी के आने से पहले ही पहना देने चाहिए। उस समय कहाँ सीढ़ी रखी जाएगी और तोंदल मंत्री जी ऊँचाई से गिर गए तो? क्या सीन है?" देवेन उस कल्पना से हँसने लगता है।

"वैसे भी ऐसा ही करना अच्छा है। मंत्री को क्या लेना-देना? उनके लिए तो सब कुछ रस्मी है। भाग्य सराहें—चार दिन के राजकाज में शिलालेख पर नाम खुद गया।"

शाम साढ़े पाँच उद्घाटन का समय। चार बज चुके हैं। हवेली के बाहर पड़े कूड़े के ढेर हटवाए जा रहे हैं। नालियों के पास चूना बुरका जा रहा है। सीढ़ियों पर गमलों की क़तारें सजवा रहे हैं अंकल।

निपटे होंगे तो ही ऊपर आए होंगे। मैंने उन्हें अचानक ही कक्ष के द्वार पर उगते देखा—अवसन्न, अवाक्। पैर दहलीज़ के आधे बाहर, आधे अन्दर। हाथ में थमा लम्बा चमचमाता दीवट मैंने उन्हें ज़मीन पर रखते देखा। उनकी आँखें चित्रों पर गड़ी हुई थीं। बाँहें झूल गई थीं।

पता नहीं कब तक यों ही खड़े रहते। भूले रहते। पीछे से दौड़ते आते किसी बच्चे की टक्कर ने उनकी मुद्रा भंग की। मुक्ति दी, या छीन ली कौन जाने। बच्चों के लिए तो सब कुछ खिलवाड़ है।

अपने को ठेलते उन्होंने दीवट उठाया और चित्रों को देखते-देखते मंत्रबिद्ध-से चलते चले आए। चाल ऐसी जैसी गंगातट की मीलों लम्बी थुलथुल रेती पर सदियों से अकेले चल रहे हों। आए तो मेज़ पर दोनों हाथ टिकाकर नीचे की ओर सिर डाले खड़े रहे। कक्ष की हवा में टँगी एक चुप्पी।

"मामा!" देवेन ने धीरे-से आवाज़ लगाई।

मैंने पीछे से देवेन की क़मीज़ पकड़कर उसकी उपस्थिति वहाँ से वापस खींच ली। मुझे लगा, यह हस्तक्षेप अवांछनीय है। उस अचानक चुप पड़ गए अन्तराल में कुछ बह रहा है कहीं-न-कहीं किन्हीं आत्माओं के बीच।

पानी का टब लाए व्यक्ति ने आवाज़ से उनकी मुद्रा भंग की।

"देवेन, हार नहीं लाए?" वह हड़बड़ाए।

"आ चुके हैं मामा।"

देवेन का उत्तर उन्होंने नहीं सुना। बस मुझसे पूछा, "क्या तुम भी ऐसा सोचती हो, हार मुझे ही पहना देना चाहिए, वह भी मंत्री जी के आने से पहले। ...यों देखा जाए तो मंत्री जी को क्या!" एक सूखी झील उनकी आँखों में सिमटकर बैठ गई थी।

उनकी आवाज़ की टूटन से देवेन सहम गया। धीरे से बोला, "मंत्री दीप प्रज्वलित कर देंगे, "बस हो गया।"

"बस हो गया।" अंकल के होंठों में दोहराए जाते अस्फुट स्वर। फिर फूलों की पंखुड़ियों को चुटकी में दबाना और छोड़ देना। दबाना, छोड़ देना।

अंकल किस निर्वाक् भाषा से पकड़ में आ रहे थे।

देवेन ने आगे बढ़कर चित्रों के नीचे अल्युमिनियम की चौकी वाली सीढ़ी खोल दी। उन्होंने नहीं देखा। कुछ भी नहीं देखा। वह देख ही नहीं रहे थे। क्या कर रहे थे, कैसे पता। एक सघन जैसी थिरता। अचानक ही आंटी उधर आन निकलीं। इस हड़बड़ाए प्रवेश से वह एकाएक सँभल गए। दूर जाती पगडंडियों पर से लौट आए। खखारते आंटी से बोले—

"तुम बाहर का काम पूरा करवाओ। मैं अभी आता हूँ।"

आंटी ने नहीं माना। उन्हीं की बग़ल में आकर खड़ी हो गईं, "क्यों, मैं तुम सबके बीच क्या खड़ी नहीं हो सकती?"

उन्होंने एक घायल निगाह पत्नी पर फेंकी फिर कड़वाहट से बोले, "कौन यहाँ लड्डू बँट रहे हैं?"

वह हमेशा की तरह झट आहत हुईं। फिसफिसाने को हो आईं—"लड्डू क्या बँटेंगे अब। इस जनम में तो कभी नहीं।"

मैं उन्हें कन्धों से घेरकर बाहर ले गई। काम में उलझाने की व्यस्तता में पड़ गई। शिलान्यास की पटिया के दोनों ओर कीलें लग चुकी थीं। परदा थमाया। लगाने में उलझाया।

लौटी तो सामने था—एक थमा हुआ चित्र। आंटी की इस छोटी-सी अनुपस्थिति में अंकल सीढ़ी पर चढ़कर दोनों चित्रों पर मालाएँ चढ़ा चुके थे और ख़ुद?

अब उनका माथा उन दो चित्रों के बीच के कोरे अन्तराल पर टिका हुआ था।

एक बाँह पिता के, दूसरी पुत्र के चित्र पर फैली हुई। पीछे से दिखाई देती उनकी पीठ हिल रही थी, बेतहाशा। बेहिसाब।

दृश्य थमा हुआ था।

क्रॉस! स्मृति ने चट इतिहास के झोले में हाथ डाल दिया। स्तब्ध कर दिया।

कैसे आगे और पीछे की दोनों पीढ़ियों ने उन्हें सलीब पर टाँग दिया है। निर्वासित कर दिया है। दोनों बाँहें काटकर ज़िन्दगी के दर्दों के बीच उन्हें अकेला करके फेंक दिया है। और तो और पनपने को प्रतिबद्ध तीसरी पीढ़ी भी इस साजिश में शामिल है। एक बंजर भविष्य की सौगात देकर गई है।

यह तो अंकल का जीवट है कि नियति के आदेशों को वह अपनी सज्जित मुस्कानों से परे ठेल रहे हैं। स्कूल का निर्माण करवा रहे हैं। कितने ही बच्चों के भविष्य को सम्मान से जीने की ज़मीन दे रहे हैं। खोकर भी दे रहे हैं अंकल। दुख की आत्यन्तिकता उनके पुरुषार्थ की भट्ठी में पिघलकर सार्वजनिक हो जाना चाहती है।

बाहर...उठता-सा शोर, बढ़ती आती पद-चापें, आवाज़ें। एक घबराहट मेरे भीतर सघन होने लगती है।

ज़रा ही देर में परिदृश्य बदल जाएगा। लोग जमा हो जाएँगे—अंकल के परिचित, मित्र, सम्बन्धी, सहकर्मी।

अब डायस पर लगी इन कुरसियों में से बीच की किसी कुरसी पर अंकल को स्थापित हो जाना होगा। फिर बयानबाज़ी शुरू होगी। बीती बातों को दोहराया जाएगा। खुरंड खुरचे जाएँगे। फिर स्थिति और नियति की मार से बिलबिलाते किसी एक अभागे की तरह उन्हें आभूषित किया जाएगा। अपनी गठरियों में जितनी दया और करुणा भरकर लाए हैं लोग, उन्हें उन पर ढुरका दिया जाएगा।

कैसे सह पाएँगे अंकल। कितना लज्जित होंगे। उन्होंने अपना आवरण अपनी पत्नी तक के सामने नहीं खोला। उन-जैसे व्यक्ति का इस तरह सरेआम अभिषेक। एक निजी दुख का इतना बीभत्स समाहार।

मैं उद्विग्न हूँ। यहाँ से भाग जाना चाहती हूँ। उस परिदृश्य में हिस्सा लेना नहीं चाहती। मैं अपने भीतर आरक्षित रखना चाहती हूँ अंकल की आन्तरिकता।

मेरे भीतर झर-झर-झर कुछ झर रहा है। मुखर होना चाहता है। कहना चाहता है इस सारे आडम्बर के विरुद्ध उस अकेले सिपाही की गाथा जो नियति की विराट विमुखता के सम्मुख खड़ा है—अकेला। साबूत। ज़िन्दगी को अपना सब कुछ दे देने को उत्सुक। इतना प्रस्तुत।

"मामा...मामा नीचे आइए, लोग आने लगे हैं, नीचे तो आइए न मामा।"

देवेन रुआँसा हुआ जा रहा है। क्या देवेन की ऐसी आवाज़ से इतना तीव्रतर हो गया अंकल का रोना, सिसकना, हिचकियाँ लेना।

अब...एकाएक...

एक तेज़, गूँजती हुई हूक उन्होंने कन्धे सिकोड़कर अपने शरीर में दबोची। फिर सामने मुँह घुमाए बिना ही नीचे की सीढ़ी पर दायाँ पैर रखा। फिर अगली नीची पर बायाँ। फिर दायाँ...

देवेन जानता है। मैं जानती हूँ कि अंकल नहीं चाहते आँसुओं से तर-बतर उनका ऐसा चेहरा कोई देखे। देखना ही हो तो सामने से देखे—जहाँ स्कूल है। समारोह है। निर्माण है।

सदियों से

एक बार, सिर्फ़ एक बार वह क्षण भर को ठिठकी थी, फिर उसने सारा पुलिंदा आग के हवाले कर दिया था। बेहिचक। असल में यही वह बला थी जिससे उसे पार पाना था। कितनी-कितनी बार वह इसी फ़ैसले के छोर तक पहुँची है पर निर्णय को मुट्ठी में पूरी तरह भरते हाथ काँप गया है। पुलिंदा थामे फिर भीतर चली गई है।

कहाँ रखे? सन्दूक़ के तले में? अलमारी के पिछले कोने में? निचली दराज़ में? गर्म कपड़ों के सन्दूक़ में? स्टोर के अंगड़-खंगड़ में? क्षण भर सोचने के बाद हर कोना उसे असुरक्षित और स्व-प्रकाशित लगने लगता है जैसे कि पास से किसी छाया तक के गुज़रने से अपने आप बोलने लगेगा। उसकी चुगली खाएगा और वह कहीं भी बैठी अनावृत्त हो जाएगी।

तसले में उगी लपट पुलिंदे के पक्केपन को हड़प ले इसलिए उसने मिट्टी का तेल डाला था। काग़ज़ों को मिट्टी के तेल की ज़रूरत नहीं, फिर भी डाला था। गड्डियाँ बँधी हुई थीं—समय के एहसास को सैंडविच के भीतरी भराव की तरह अपने से चिपकाए। कौन जाने यह नन्ही-सी लपट उस जुड़ाव को चीर ही न पाए। धुआँसती रहे। धुआँ बग़ल वाले घर तैर जाए और पड़ोसी समझें कि उसके घर में कोई दुर्घटना घट रही है। आपद्धर्म के लिए वहाँ जाना चाहिए।

गैस का चूल्हा इस अवसर से पहले उसे कभी इतना असुविधाजनक नहीं लगा था। बस्ती में बसी बड़ी मौसी से वह सदा इस बात पर झगड़ी है। चूल्हे का फैलाया कूड़ा-कचरा मौसी को ख़ूब-ख़ूब स्निग्ध लगता है। चूल्हे के पाँव पर पसरे अंगारों पर रोटी के कुप्पा हो जाने के कौशल को वह ख़ूब विभोर होकर बखानती हैं। उनका चौखूँटा-सा तर्क, "इन नासपीटों ने चूल्हा तोड़कर तो घर ही तोड़ दिया। गरमाई के लिए न कोई पास बैठे-बतियाए, पवित्तर आग की ललाई न चेहरे दहकाए, न दूध काढ़ने को गरम भभूत नसीब हो, न ऐसी साफ़-सुथरी राख बर्तन चमकाने को मिले। यह क्या कि जूते पहने पटपट चलते चले आओ, मुझे तो पलटन जैसी घुसती लगे है रसोई में।"

कितने ही दिन तो इस बात ने उद्विग्न रखा कि इस एकलपटी गैस के रहते वह कैसे क्या करे, जो केवल अपनी लपलपाती सीध को ही झेल सकती है। अग्नि जैसा परोपकारी पेट उसका नहीं है जिसमें नया-पुराना, मरा-जिया, अच्छा-बुरा सब कुछ हविष्य बन सकता हो।

बहुत दिन सोचते रहकर यह तरकीब सूझी थी। सूझने पर भी शीघ्र कार्यान्वित नहीं कर सकी थी। पसारा चाहिए था—मानसिकता, एकान्त, सुविधा, समेटन। बाक़ी जो कुछ भी था उसे वह इस निर्णय की हिस्सेदारी से बाहर पटकने की चेष्टा करती रही थी। गोपनीयता और एकान्त की ज़रूरत ही थी जो प्राथमिक लग रही थी।

ऐसा छिपाव-दुराव किसलिए? बार-बार मन में आता है कि नरेन से कह दे कि उसके पास पत्रों का एक पुलिंदा रखा है, जिसे वह सुरक्षित रखना चाहती है। वैसे ही जैसे घर की और कितनी ही मूल्यवान चीज़ें।

पर अपने शब्द अपने ही गले में घिघियाने लगते हैं। नरेन की प्रश्नाहत आँखें चेहरे पर चुभने लगती हैं। वह वाक्यों की संरचना बदलने की चेष्टा करती है। अपनी मंशा को कुछ परे से छू पाने की निरीहता में टहल आना चाहती है, "नरेन सुनो! इनसान की ज़िन्दगी काठ का कोई शहतीर तो नहीं होती कि घटना-घटना आरी से काट दी जाए और टुकड़ों से मनमाना काम ले लिया जाए।"

"क्या मतलब?" नरेन उठकर बैठ जाता है। गहरा-गहरा घूरने लगता है। वह टाल जाती है। डर जाती है। यह डर कहाँ से आता है? कौन से अपराधबोध से उपजता है। अपराध उसका क्या है? क्या था?

ऐसे दृश्य इतनी...इतनी बार उसके मन में से हो गुज़रते हैं कि वास्तविकता तक ले जाने की उसकी चेष्टा की फूँक ही निकल जाती है। एक खिसियाया रोष हाथ लगता है। दाम्पत्य ख़ूब चतुर-चालाक है। अपनी सत्ता को तो आगत की अन्तिम सरहदों तक तानकर रखता है। बीते की तनिक-सी भी भागीदारी सहन नहीं करता। जो कुछ होता है, वह किसी और के साथ होता है कि भाप बन जाए?

इन सब बातों के बारे में नरेन क्या सोचता है, वह नहीं जान पाती। क्यों उसके मनोभाव को छू नहीं पाती? वह क्यों इतना निरावेग-निर्प्रश्न है? उसके साथ वह ऐसे रहता है जैसे वह सदा से यहीं रहती आई हो। इसी घर की धुरी में से उपजी हो। भूले से भी वह कभी उन बातों की चर्चा नहीं करता जिनसे उन हादसों की गंध आती हो। इसे वह पीड़ा माने या सावधानी? दुख कहे या अदुख। कौन-सी प्रतिक्रिया उसके मन के निकटतम रही होगी।

वह अच्छी तरह जानता है कि उसका हेमंत से प्रगाढ़ लगाव रहा। उसे यह भी जानकारी है कि यह लगाव विवाह में परिणति हो जाने वाला था। विवाह का आश्वासन प्रेम को किस अकुंठ आप्लावन में टेर सकता होगा, क्या वह नहीं जानता होगा।

उसका संयत-सा दिखता चेहरा वह फाड़ डालना चाहती है। पर्त-पर्त के स्वभाव को जान लेने को कसमसाती है। पता तो लगे कि ऐसी मीनल को जो किसी एक दिन अपने इतिहास की गठरी लादे लहूलुहान मन से उसके आँगन में आ खड़ी हुई थी, उसका यहाँ क्या स्थान है? वह उसके साथ जीता है या उसे झेलता भर है।

"तुम्हें मेरे साथ रहते अधूरा-अधूरा जैसा लगता है न?" ऐसा कोई वाक्य उस पर चस्पाँ करते ही वह ठट्ठा मारकर हँसने लगता है।

"यह अधूरा-अधूरा जैसा क्या होता है? मालूम है, अपंग लोगों को लोग अधूरा कहते हैं, क्या तुम मुझे वह समझती हो?"

उसका पहले से इतना व्यक्त चेहरा और भी प्रमुदित लगने लगता है। ऊँचा माथा। कोरों तक हँसती आँखें। निष्कवच पर निगूढ़। चेहरे पर गड्डमड्ड इन दो प्रबलताओं को वह अक्सर चकित होकर देखती है।

नरेन क्या समझता है कि अनुपस्थित हो जाने से हेमंत मिट गया? स्मृतिहत हो गया? हेमंत उसके जीवन का नहीं उसके मन का क़ैदी है। और मन के माध्यम से किसी को छूने की चेष्टा पहले तो अपने को बाँधती है। वह ऐसा न भी चाहे तो भी क्या रोक पाती है? हेमंत ने कितनी जगह ख़ाली की है इसे हेमंत से परे जाकर जाना है। जब वह ख़ुद कहीं नहीं था। स्मृतियाँ थीं। पत्र थे। एक गुड़ गूँगा स्वाद जिसमें से बार-बार गुज़रा जा सकता था। रात-बे-रात, आगे-पीछे, देशकाल की सीमाओं को अँगूठा दिखाकर। यह सुख अभी भी, कभी-कभी...या जब कभी नरेन घर में नहीं होता...या उदासी का कोई चिथड़ा उसे अपनी फड़फड़ाहट में बाँध देता है। घर में रहते एक प्रवासी की मनोदशा? इस एक अनुभव से वह गाहे-बगाहे गुज़रती है। तब पत्रों के माध्यम से अक्सर अपनी निजता को लौटती है।

इन पत्रों में एक जकड़ीली टेर है। एक आमंत्रण। स्थिति की भँवर में थिर थरथराती कोई-न-कोई स्मृति। इनके सान्निध्य में अकेले जा बैठने का लालच मन में लपलपाया करता है। इन्हें प्यास का पर्याय मानकर लिखा गया था। दुलराते-मनुहारते हुए। टेरते-सहराते हुए। एक अदीन कामना का उत्ताप। एक सिंकी-सी आश्वस्ति कि जो कुछ इनमें शब्दबद्ध है वह सब उसी को सम्बोधित है। एक उस अकेली के मन की सुन्दरता पर आसक्त है।

पढ़ते समय एक दर्पण-सा मन में जगमगाता रहता है। वह एक दूसरा संसार है जो तरल होकर उसके बन्द दरवाज़ों की दरारों के नीचे से घर में घुस पड़ता है, और नरेन के सजे-धजे घर को गीला-सीला कर देता है। इनमें से गुज़रती वह पस्त-ध्वस्त-सी हो जाती है। चाहने लगती है क्यों नरेन हेमंत नहीं हो जाता। उसकी भी तो वैसी ही सम्बन्धात्मक भूमिका उसके जीवन में है।

इन तीन वर्षों में उसने जाना है नरेन हेमंत नहीं हो सकता। कोई भी एक कोई दूसरा नहीं हो सकता। एक में दूसरे की अभीप्सा मन को रंक बना देती है। एक का उपजाया सुख-दुख दूसरे के लिए बेमानी है। जीने को छूने के लिए एकरस, एकतार हो जाना पड़ता है, तब कहीं छोटा-बड़ा कुछ सधता है। नरेन को साधना, एक सरल-सी दिखती ऊँचाई की साध, हेमंत का सान्निध्य एक अविरल प्यास... इन दोनों के आधारों में कोई रिश्ता ही नहीं।

उसके मन में बैठ गया है कि उसकी असली मुक्ति इन पत्रों में बन्द है। यही वह जिंस है जो उसके हर एकान्त को एक अभिमंत्रित पुकार द्वारा अपने घनेरे कोटर में खींच लेती है। वहाँ रहते वह भूल जाती है नरेन से विवाह। रजत का जन्म। दूसरे औचित्य। मन वह देहरियाँ लाँघता चला जाता है जो उसे नहीं लाँघना चाहिए। चाहिए के चतुर्दिक तनाव के बावजूद।

इनके रहते एक गुप्त-सा सिलसिला मन में जारी रहता है। एक गोपनीय-सी बांधविता, जो उसके और नरेन के दाम्पत्य को निर्दोष नहीं रहने देती। अनचाहे भी कितना बड़ा 'बीचोबीच' रच देती है। अपराधभाव की कीच में लसेड़ देती है, क्योंकि नरेन का वरण उसने स्वेच्छा से किया था। जानते-समझते। इस चुनाव में कोई विवशता नहीं थी। दर्द की धरती से परे चले आने के सुयोग की ओर ध्यान ज़रूर था। इतना बस्स।

नरेन को क्या पता वह क्या-क्या सोचा करती है। इस निर्विकारता के लिए किन-किन अग्नि-कुंडों में से गुज़रती है। मन के दर्पण को साफ़-सुथरा रखना चाहती है। इस पुलिंदे के उद्घाटन ने किसी दिन ठग ही लिया तो उसकी मंशा की पवित्रता को कौन मानेगा।

परसों ही कितना बाल-बाल बची थी। पासबुक की तलाश का साझा अभियान एक धुकधुकाती पीड़ा बन गई थी। नरेन इन्हें पा जाता तो कौन जाने उसके भीतर से भी एक अदद खूँखार पति निकल आता जो निर्मोह होकर पत्रों को आग के हवाले कर देता। सह सकेगी क्या? वह परेपन मन में नहीं है जो पत्रों को काग़ज़ों में तब्दील कर देता है।

नरेन द्वारा किए इस विनाश की कल्पना से वह काँप-हाँफ जाती है। छूटते शब्दों की लय उसके पोरों में थरथराने लग जाती है। इससे अच्छा है वह ख़ुद ही इन्हें फूँक आए। अपने आत्मीयों को लोग स्वयं जलाने जाते हैं। कन्धों पर लादकर ले जाते हैं फिर भी फूँक आते हैं। देह फूँक देते हैं। मोह-ममता पास रख लेते हैं। नष्ट हो जाना चीज़ों की देह का धर्म है, मन का तो क़तई नहीं।

साहस का एक क्षण उसके हाथ आ ही गया है तो उसने फ़ैसला कर लिया है। यह वैसा ही फ़ैसला है जैसा हेमंत के साथ जीवन को बरतरफ़ करने का फ़ैसला। उससे जुड़ी चीज़ें उसी की नियति पा जाने को अभिशप्त हैं। व्याप्त। असमाप्त।

तसले के तले में उसने रेत डाली है। लकड़ी की चिप्पियों और काग़ज़ों से एक लौ उगाई है। मिट्टी का तेल डाला है और पुलिंदा लौ के हवाले कर दिया है।

लपट सुनहली है पर क्रूर है। दृष्टिहीन। सर्वग्रासी! यह तक नहीं जानती कि वह क्या कर रही है। उसके लिए तो सब कुछ चारा है—सारे आवेग और अनुभूतियाँ। सारे पड़ाव और स्मृतियाँ। उसे नहीं पता वह क्या नष्ट कर रही है—किसी की सारी-की-सारी सम्पदा, सारे का सारा संचयन!

बाहर घंटी बजी है। वह हड़बड़ा गई है। डर गई है। कौन होगा? इस समय? बीच दोपहर। जो कोई भी वह हो, अन्दर आ गया तो उलझन होगी। क्या कहेगी कि वह क्या कर रही थी। पकड़ी जाएगी। काग़ज़ों का जलना पता लगा तो दाम्पत्य की धवलता पर आँच आएगी। हो सकता है वह 'कोई' नरेन से चर्चा ही कर बैठे। नरेन को सीधे पता लगना एक बात है। दूसरे से जान पाना बिलकुल दूसरी। इसमें चोरी-चोरी-सी लगती है।

चोरी तो वह कर ही रही है। नरेन की पीठ के पीछे। यह कर्म यदि इतना ही निरीह-निरापद है तो नरेन के सामने क्यों नहीं किया जा सका? क्यों बीच कहीं एक परदा-सा तना है? जैसे कि आँख बचाकर सारी स्लेट साफ़ करके पति के सामने ले जाना अच्छा है। जैसे कि विवाह एक साझेदारी नहीं सच्चे-झूठे को सिद्ध करने का इम्तिहान है। जैसे कि सारी ख़ुशी का आधार इस बात पर है कि कोई दूसरे के सामने अपने को कैसे प्रस्तुत कर पाता है। असली बात तो हुई सिद्ध कर पाना। प्रस्तुत कर पाना।

घंटी ने फिर उसकी तन्द्रा तोड़ी है। उसने जो सोचा था दरवाज़ा न खोले और आने वाला उन्हें अनुपस्थित समझकर टल जाए, सम्भव नहीं लगता। इस शोर-शराबे से तो उलटे रजत जाग जाएगा।

कोर्टयार्ड से लगती रसोई का भीतरी दरवाज़ा बाहर से बन्द कर वह बाहरी दरवाज़े की ओर लपकी। दरवाज़े में 'आई-होल' होता तो कितना अच्छा रहता। आगे ऐसी व्यवस्था करवाएगी।

बाहर गेट पर डाकिया रजिस्टर्ड-पत्र लिये खड़ा है। उसने राहत की साँस ली। नरेन की एवज़ हस्ताक्षर करके लिफ़ाफ़े को बिना उलटे-पलटे एक किनारे रख दिया। इस समय किसी दूसरे पत्र के लिए जिज्ञासा-उत्सुकता उसके मन में नहीं है।

बाहर का दरवाज़ा इस उतावली में बन्द करना भूल न गई हो। इस आशंका का निवारण करने के लिए वह दुबारा दरवाज़े की चटखनी देखने गई।

तसले में जलते काग़ज़ अब काली भभूत के चीथड़े जैसे दीखने लगे थे और ऐंठते से तसले के छोरों पर पसरने लगे थे। पास रखी झाड़ू उसने उठाई और उसकी मूठ से उस छोटे से अलाव को छेड़ दिया। एक छोर से एक गाढ़ी-सी

धुआँस उठी और लपट बनने को लपकने लगी। मोटे काग़ज़ का कोई टुकड़ा रहा होगा। शायद कोई कार्ड। उसके जन्मदिन या नये वर्ष या ऐसे ही किसी विशिष्ट अवसर का उद्वेलन...

पीछे के कितने ही सोपानों में भटकता एक रुआँसा-सा स्मित उसके भीतर घुमड़ आया। अन्त की आत्यंतिकता में भी विशिष्ट सामान्य होकर अपने को गँवा देना नहीं चाहता। अपनी सत्ता क़ायम रखना चाहता है। पर अग्नि के लिए तो सब कुछ हविष्य है—सामान्य-विशिष्ट! काला-धवल। सारी सरहदें। विवाह के लिए भी सब कुछ एकरूप, एक भाव है—अतीत, भविष्य, वर्तमान!

काले-काले चीथड़े विच्छिन्न होने लगे थे और नन्ही हल्की-फुल्की चिंदियों में टूटकर इधर-उधर उड़ने लगे थे। चिंदियाँ आसपास के फ़र्श पर, दीवारों पर बैठने लगीं। वह घबरा गई। इन उड़ते चिह्नों को वह कैसे समेट पाएगी।

घबराकर उसने तसले में पानी छिड़क दिया। ऐंठे चीथड़े तुरन्त दुबक गए। उनका शमित सीजापन उसे इतना विरूपित जैसा लगा कि हाथ में पकड़े मग का सारा पानी उसने तसले में उड़ेल दिया।

तसला उसने हटाने की चेष्टा की। गरम था। प्रतीक्षा-प्रबल देरी उसे असह्य लगी। जल्दी उसके मन में है। चीज़ें अपना समय लेती हैं। वही एक है जो समय को दबोचकर अपना अनुगामी बना लेने को उतारू है।

धीरज मन में नहीं है। तीन बजे हैं। रजत जागने वाला है। छोटा है तो क्या देख-सुन तो सकता है। पापा की उँगली पकड़कर ठुमकता-ठुनकता यहाँ तक ला भी सकता है। बाक़ी सब कुछ नरेन ख़ुद देख लेगा। वह कितना नंगा-नंगा-सा महसूस करेगी।

तौलिया लेकर तसले की परिधि को दो छोरों से थाम लिया है और उसके भीतर की कीच को हिलाते-डुलाते नाली के हवाले कर दिया है।

काला गाढ़ा लिसलिसा घोल...उसका पूरा इतिहास।

सब कुछ चुक गया तो अवाक् हो रही। धम्म से वहीं बैठ गई। आँगन और रसोई के बीच उठी संक्षिप्त-सी ऊँचाई पर। चेहरा हथेलियों के सम्पुट में बाँधे। भीतर कुछ किरकिरा रहा है—चिर, चिर, चिर! कुछ दहक रहा है—चिट, चिट, चिट!

घोल ही बन गया तो बह भी जाएगा, पर बहने से क्या सध जाएगा। जो कुछ है वह तो चेतना की दीवारों पर दर्ज है। वह सब अचल है, अडिग है, अनित्य है, क्योंकि अनापूर्त है। सम्भावना की भँवर में 'टिका' हुआ है। हेमंत के साथ जीवन हो गुज़रता तभी तो कुछ बिसरता। नये आवृत्त बनते। एक अनुभव का मुखड़ा दूसरे अनुभव से ढका जाता। अभी तो सब कुछ यथावत् है। देश-काल की उन्हीं-उन्हीं चौखटों पर चिपका बैठा।

तो फिर उसने नष्ट क्या किया? किस चीज़ को फूँका? काग़ज़? इतिहास? प्रमाण? संवेदनाएँ? संग्रह? संचय? स्मरण? कौन-सी प्रतिक्रिया उसके मन के निकटतम है, नहीं जानती!

राहत को आना था पस्ती मन में आई। थकान! जैसे मीलों थुलथुल रेत में पैदल चलकर आई हो। आकाश आच्छन्न है, मटमैला। मन ऐसा, जैसे मरघट से अकेली लौटी हो।

रजत के रोने ने लौटाया है। वह सब कुछ जहाँ का तहाँ छोड़कर भीतर भागी है। उसने चाहा है कि रजत के पास तक पहुँचने से पहले उसकी आवाज़, रजत तक पहुँच जाए। "आई! बेटा आई," के बोल उसके भीतर से उमड़े तो थे पर गले के तंतुओं में कहीं घुटकर रह गए।

रजत बिस्तर पर बैठा मुँह फाड़े रो रहा है। आँसुओं से भीगे उसके गाल दहक रहे हैं। उसके कपड़े तर-बतर हैं। वैसे ही गीला-सीला उसने रजत को सीने से चिपटा लिया। अपनी दोनों बाँहें उसकी पीठ के पीछे घुमाकर उसी के कन्धों पर टिका ली हैं। एक भरपूर पहुँचता हुआ स्पर्श, भीतर तक। भीतर के भी भीतर तक। हिल गई है, खुल गई है, झर रही है। कमरे में नंगे पाँव चल रही है। घुमेरियाँ ले रही है और रो रही है। रजत चुप है और वह रो रही है।

रजत ने एकाएक विद्रोह कर दिया है। वह फिर चीख़ने लगा है। गीले और गरम के ऐसे बीहड़ टिकाव से शायद घबरा गया है...चंचल, खिलंदड़ा शिशु।...क्या शिशु?

इससे आगे वह रजत की इच्छा के विरुद्ध नहीं जा सकती। रजत की माँग ही इस समय मुख्य और महाकार है। रजत का नैपकिन बदलकर उसने फीडिंग बोतल उबाली। उसका बिस्तर तरोताज़ा किया। दूध की बोतल देकर लिटाया। ओढ़ाया। चूमा। मुड़-मुड़कर वह पीछे निहारती बाहर निकल गई।

नरेन जब तक आए उसे अपने आपे में होना है।

रात सिर पर है और वह इतनी अनमनी है। यही चिन्ता मन में घनी है। पत्नी के लिए रात एक जवाबदेही है...एक सलीब, जिस पर टँगकर उसका सारा कार्य-व्यवहार तौले जाना है। जो जीवन की सामान्यता को नापने का एक अकेला मापदंड है। उससे च्युत होकर पत्नी नाम की संज्ञा के प्रांगण में, काँटे-ही-काँटे हैं।

रात होते ही मन का उद्वेग द्रवणशील हो जाता है और शिराओं में धप-धप चलने लगता है। नरेन की जगह कोई और होता तो और भी मुश्किल होती। नरेन संवेदनशील है। सूँघ लेता है। जाँच लेता है। अपने मन को व्यस्त-निवृत्त कर लेता है। प्रतीक्षा का अर्थ जानता है। यह अनूठा और अनाक्रामक है, यह भार भी कुछ कम तो नहीं उसके लिए।

एकाधिकार की ज़मीन से स्वेच्छा से परे टहल जाने वाले आदमी को सहना?

नरेन क्या कभी-कभी जान पाता होगा कि उसके तईं तो संवेदना का केवल अपना छोर है। रास्ते की माप तो अपने ही छोर से होती है। अधिकार प्रयोग में जो एक बिनभोगी परिणति है, वह मन को बुत की तरह कोने में खड़ा कर देती है। जो ज़बरदस्त है वह तृप्त होता है, मनोमुखी अपनी देह के नीचे पिसता हुआ भी बच जाता है। यह दुर्घटना दाम्पत्य में रोज़ घटती है। कूल-किनारे तो कभी-कभार ही मझधार में आ पाते हैं। डूबना तो मझधार में ही हो सकता है। वह भी दूसरे के उत्तेजक उद्यम से। सतह पर तो अपनी ऊब-डूब ही फ़ेन की तरह मथी जाती है।

इसीलिए रात आती है तो डर व्यापता है। डर कितना सर्वग्रासी आवेग है। उघड़ने का डर। पकड़े जाने का डर। अधूरे समर्पण का डर। शरीर के शरीर न होने का डर। मन के बेमन होने का डर। जो कुछ हो चुका उसके रिस आने का डर। जो-जो कुछ होना चाहिए वैसा न हो पाने का डर। यह जवाबदेही बाक़ी सब छोरों पर कितना पंगु करके फेंक देती है। एक स्त्री को कितना प्रतिबन्धित करती है। क्या पुरुष को भी?

कमरे में कपड़े बदलता नरेन ऑफ़िस में जनरल मैनेजर के अचानक आ जाने से पैदा हुए तनाव की तफ़सील दे रहा है और वह टेबललैंप की छाया में पलंग की कोर पर बैठी रजत को थपथपा रही है।

"लगता है, तुम सुन नहीं रहीं?"

"सुन रही हूँ। जानबूझकर बोल नहीं रही। रजत के कारण!"

"आज रजत को इतनी लगन से सुलाया क्यों जा रहा है?" नरेन के मुख पर एक शरारती मुस्कान देखकर वह सिहर गई है। पैर से अँगूठे तक।

नहीं, नरेन नहीं। एकदम नहीं। होल्ड ऑन! यू आर सो अंडरस्टैंडिंग। आज मन में मसिया जैसा बज रहा है। सोचा नहीं था ऐसा होगा, पर हो रहा है। एक आग-सी जाग रही है। धधक रही है। बुझ रही है। चीथड़े हो रही है। घोल बन गई है। बह रही है। वह भी नालियों में। कीट, कृमि, कीटाणुओं के गह्वर में। अलमारी से सीधे नाली में। मन से सीधे खोह में। जीवन से शून्य में। मेरा मन अभी ख़ाली नहीं है नरेन, तुम अभी वहाँ कहीं नहीं हो। काले चीथड़े जैसे हवा में फड़फड़ा रहे हैं।

पर मुँह से एक भी बोल न फूटा। उफ़! ऐसी किसी निखालिस बात के लिए कितनी अनुपयुक्त होती है ज़िन्दगी। कितनी कच्ची, कितनी असहयोगी।

रजत सो गया है पर वह रजत को अभी भी थपथपाती वैसी की वैसी बैठी है। नीचे देखते होने से वह नरेन के क्रियाकलापों को देख पा रही है। वह कमरे में। चल-फिर रहा है।

"तुम बहुत देर लगा रही हो मिन्नी, मैं सो भी जाऊँगा। रजत को उसकी कॉट पर सुलाओ, जल्दी आओ!"

ट्यूब बुझाकर उसने सिरहाने का लैंप जला दिया है और अपने ही बिस्तर पर उसके लिए तीन-चौथाई जगह छोड़कर पसर गया है।

आज की रात उसके लिए बचाव का एक अभियान बनकर रहेगी उसने जान लिया है। मन में तनिक-सी भी तत्परता नहीं है। सामने से चलते आए आवेग को सहने तक का माद्दा नहीं है। एक अवाक् सीजापन इस छोर से उस छोर तक फैलता।

हेमंत कहाँ होगा इस समय! शायद न्यूयार्क! दीप्ति ने ऐसा ही बताया था। तुम्हारे बारे में पूछता था। तुमने क्या कहा? मैंने बता दिया था सब कुछ। वह 'सब कुछ' क्या है जो बताया, वह खोद-खोदकर दीप्ति से पूछना चाहती रही। उस सूचना से बनी हेमंत की दृष्टि से अपने को देखना चाहती रही। पर दीप्ति के लिए 'सब कुछ' तो मात्र इतना कुछ है—विवाह, संतान समाप्ति। और भी कुछ पूछा? उसने ललककर कहा। हाँ! पूछा; तुम्हारा पति कैसा है। कहने लगा, सुना है कोई बिग शाट है। और कुछ? नहीं! बस और तो कुछ नहीं। ख़ुश था? उसने डरते-डरते पूछा था। हाँ, कम-से-कम मुझे तो ऐसा ही लगा।

सूचना के इस छोटे से टुकड़े को वह कई दिन तक ओढ़ती-बिछाती आई थी। विदेशी मुद्रा और पत्नी। विदेश में प्रोफ़ेशनल्स की श्रेणी। सब कुछ मनचीता उसे उपलब्ध है। हेमंत की चाँदी-ही-चाँदी है। जो कुछ चाहा पा गया। क्या सच में उसके मन में सब कुछ पा जाने की प्रतीति होगी? क्या वह कभी उस उत्तानता के बारे में सोचता होगा जिसकी वही एक अकेली हिस्सेदार थी?

क्या वह जान पाया होगा कि शब्दों के पुल विनाश की कालिमा में अन्तर्धान हो गए। कहने को वह अपने को बड़ा इंटीयूटिव बताता था। "डॉक्टरी का धन्धा और इंटीयूशन! सच बताऊँ मिन्नी! अंगों की चीर-फाड़ करते कभी-कभी तो इमोशंस की बात एकाएक फालतू लगने लगती है। चीरते जाओ, काटते जाओ और हाथ लगेगा एक डिजीज्ड लिंब...किसी व्याधि की, रेशेदार जड़। मुझे तो लगता है ऐसा ही चलता रहा तो किसी दिन इनसान की संवेदना से हाथ धो बैठूँगा और..."

"तुम्हें भी नहीं पहचानूँगा।" यही कहने जा रहे थे न तुम? वह वाक्य मिन्नी ने पूरा किया था। वह घड़ी कितनी जल्दी आ गई, बिना किसी मोड़ की चेतावनी के। हेमंत चाहता तो इस आने को रोक सकता था। नहीं रोका। उसकी भी क्या कोई लाचारी रही होगी। वह उसके जीवन में थी तो थी। महत्त्वाकांक्षा उसके जीवन में है तो है। मिन्नी की समझ और पहुँच के आगे भी उसकी इच्छाओं-आकांक्षाओं का अस्तित्व रहा होगा। ज़रूरी तो नहीं कि पुरुषार्थ की सात्त्विकता वैसी ही उसके मन में हो जैसी उसके अपने मन का जुनून है।

अब यह जुगाली और पछतावे...इनका लाभ? प्रेम और महत्त्वाकांक्षा के बीच अड़ा ही ली ज़िन्दगी तो ऐसा कुछ होना ही था।

उसके आने तक तो नरेन सो गया है। लैंप बुझाकर वह बग़ल में लेट गई है। झूठे ही रजत को सुलाती-थपथपाती रही। कपड़े बदलने और निवृत्त होने को लजाती रही। नरेन तो जाने कब का सो गया है। क्या वह नरेन को छल रही है? झाँसा दे रही है?

रो सी आई। हेमंत के कारण नरेन से छल और नरेन के कारण हेमंत की दुविधा। जीवन को क्या अपराधभाव की शृंखला ही होकर रहना है? जीने को क्या ऐसे ही सहना है? लिसलिसाते हुए। उन अपराधों की कीच में जो उसने कभी नहीं किए। उससे कभी नहीं हुए।

स्त्री होने की क्या यही परिणति है? अपने से लड़ना। जूझना! अपनी निष्ठा को साध्वी सिद्ध करने के लिए हर पल, हर घड़ी पंजों पर उठुंग खड़े रहना। वह नरेन से कह सकती थी न कि आज वह अस्वस्थ है। आज उसका मन विपन्न-आच्छन्न है। हेमंत से विदाई के एक व्यक्त अनुष्ठान में से वह गुज़रकर आई है। पस्त हो गई है। आज उससे नहीं सध सकता कोई भी स्वीकार, कोई साझेदारी। आज उसका तंतु-तंतु झनझनाया हुआ है।

क्यों ज़रूरी था बहाने बनाकर बचना। एक कुंड से निकलकर दूसरे में लिथड़ने लगना। उसे विश्वास है नरेन समझ जाता। वैसे भी हेमंत जैसे सम्बन्ध से विदाई किसी भी पति को अच्छी लगती। नरेन को भी। कुछ अच्छा न भी लगता तो भी वह सह जाता। चुप रहता। अंधड़ के थम जाने की प्रतीक्षा करता। इतना सौमनस्य तो उसमें है।

तो फिर? तो...तो फिर? वह किसके हिस्से का भोग भोग रही थी?

कुछ तो हुआ है कि वह झटके से उठकर बैठ गई है। घनघोर अँधेरे में आँखें फाड़े देखती।

तो फिर वह कौन है जो सतत इस जवाबदेही की सूली पर टँगी है? सदियों से इसी तरह, इन्हीं अदालतों के बीच उघड़ी खड़ी है? सभी प्रश्नों के जवाब उसे ही क्यों देने हैं? और भी तो अभियुक्त रहे होंगे इन बहुपरती मुक़दमों के? कुछ और भी बयानात ज़रूरी होंगे इस घटते क्रम के? एक उसी के सिर पर औंधा होकर आकाश क्यों खड़ा है?

मिन्नी जान लेना चाहती है वह स्त्री कौन है? उसका आवास-प्रवास कहाँ है? क्यों मिन्नी उसे अपने से अलग नहीं कर पा रही? क्यों मिन्नी उसी के अन्त:करण में से हो गुज़रने को अभिशप्त है।

इतना तो मिन्नी जान पा रही है कि वह स्त्री मिन्नी नहीं है। मिन्नी जो है वह नरेन से कह सकती है कि वह अभी तक हेमंत को प्रतिश्रुत है। पत्रों को फूँक देने के बाद भी उसके मन को मुक्ति नहीं मिल पाई है। मिन्नी जो है वह प्रीतिपूर्वक नरेन के साथ रहना चाहती है। वह रजत को ख़ूब प्यार करती है, और नरेन का आदर भी उसके मन में विपुल है।

वह स्त्री मिन्नी नहीं तो फिर कौन है? कौन थी जो जूझ रही थी? फूँक रही थी, दाम्पत्य की धवलता को सिद्ध करने के लिए सूली पर टँगी थी?

अपने दायरे

चिता की राख भी ठंडी हो गई। नौकरों के दबे-सहमे पाँवों में कुछ गति आई। घड़ियाँ फिर से समय आँकने लगीं। पूरा घर दिनचर्या में लौटने लगा।

माँ अतीत हो चुकी थीं। पापा पहले तो अत्यन्त रुआँसे से रहे, फिर मौन हुए, फिर धीरे-धीरे असाधारण रूप से गम्भीर होते गए।

माँ की वस्तुएँ घर के हर कोने में बिखरी थीं—मुखर, आँखें खोले, माँ की सदा के लिए बन्द हो गई आँखों से अधिक चौकन्नी। राह चलते बार-बार चेतना पर ऐसी टंकार देती थीं कि अवहेलना कर पाना कठिन हो जाता था। कच्चा घाव बार-बार दुख जाता था।

पापा माँ के विषय में कोई बात नहीं करते थे। नौकरों से भरे दो प्राणियों के उस घर में माँ की बात न होने पर कोई और बात करने को रह ही नहीं जाती थी। माँ दिलो-दिमाग़ के सब कपाट खोलकर भीतर अवस्थित थीं, फिर भी बातचीत का हर सूत्र उनके आसपास भटककर लौट जाता था।

पापा शायद सोचते थे कि वह मुझे चोटीले प्रसंग से बचा रहे हैं और मैं सोचता था, मैं उन्हें। अत: मन को जो कुछ हर समय आक्रान्त किए रहता था, राह नहीं पाता था। माँ का प्रसंग चलने से अवश्य बच पाता था, परन्तु सोच नहीं चुकती थी।

घुमा-फिराकर पापा को उसी स्थल पर लौटा लाना चाहता हूँ। कहता हूँ, "पापा, हॉस्टल जाने से पहले माँ की सारी चीज़ें स्टडी में रख जाऊँ?"

पापा एक गुरु-गम्भीर-सी 'हूँ' करके चुप हो जाते हैं या कभी 'जैसा चाहो बेटा' के अस्फुट स्वर उनके होंठों में बुदबुदाते रहते हैं।

मैं सोचता हूँ पापा कुछ आग्रह से कहें, या ऐसा करने की अनिवार्यता समझें, या साथ बैठने की हामी भरें तो मैं ऐसा कर सकूँ, परन्तु पापा हैं कि...।

दुख की ऐसी अभिव्यक्ति पापा के व्यक्तित्व से कहीं मेल नहीं खाती। वह वस्तुओं और स्थितियों को कुछ दूसरी तरह से देखने के आदी हैं। दुख के बारे में

भी उनका एक अपना दृष्टिकोण है, "नो बॉडी हैज द पॉवर टू मेक यू अनहैप्पी अनलेस यू युअरसेल्फ़ वांट इट" (यानी किसी अन्य व्यक्ति में आपको दुखी करने की ताक़त नहीं है जब तक आप ख़ुद ऐसा नहीं चाहते) उनका निश्चित विचार है। दुख या दुख के महसूस करने की तीव्रता को वह एक अस्वाभाविक मन:स्थिति मानते हैं और इस स्थिति के प्रति बहुत सहानुभूतिपूर्ण रवैया भी नहीं रख पाते।

यह सब फिर क्या है? उनका घंटों इधर-से-उधर चहलक़दमी करना या कुर्सी पर चुपचाप पड़े रहना, डरते-डरते कमरों में घुसना, संवाद की ज़रूरत महसूस न करना...और अस्वाभाविक कही जाने वाली मन:स्थिति को एक चादर की तरह ओढ़कर, दुबककर यहाँ-वहाँ बैठे होना।

मुझे घर आए पन्द्रह दिन हो गए हैं। अब तो हॉस्टल लौट जाने का समय भी आ गया। एक घबराहट-सी मन को घेर रही है। मैं पापा को बार-बार उकसाता हूँ कि वह समय की नोक पर अटके, मेरे जाने के क्षण के दबाव को पहचानकर कुछ तो कहें, कुछ तो बाँटें, परन्तु पापा जिस सागर के किनारे बैठे हैं वह ठंड के आधिक्य से पूरी तरह जम गया है, उसमें कोई लहर नहीं उठती।

पूरी तत्परता से पापा मेरा ध्यान रखने का यत्न करते हैं। ऐसी तत्परता जिसके पीछे झाँकती हुई मेहनत उनके यत्न को कृत्रिम बना देने का भ्रम पैदा करने लगती है।

इधर-से-उधर टहलते खोए हुए से अचानक वह वही प्रश्न बार-बार पूछते हैं, "तूने लांड्री से कपड़े तो मँगा लिये हैं न? मंगल ने तेरे साथ के लिए नाश्ता बना दिया है या नहीं? तेरी माँ ने कोट सिलवाकर रखा था, निकलवा लिया क्या? लेते जाओ, अब अप्रैल से पहले तो क्या आ पाओगे?" लेकिन उनका हर प्रश्न आवाज़ की उद्विग्न फुसफुसाहट बनकर रह जाता है, वास्तविक चिन्ता का रूप नहीं ले पाता।

मैं जानता हूँ। मैं पापा की मुश्किलें समझता हूँ।

कल सुबह जाना है। मैं सोचता हूँ यह काम यों ही छोड़ दिया जाए। पापा मन से कुछ स्वस्थ होंगे तो स्वयं कर लेंगे। परन्तु पापा का स्वभाव और उनकी इस तरह की उखड़ी हुई मन:स्थिति देखते हुए लगता है कि उनमें वैसा लचीलापन नहीं है जो ऐसे किसी दबाव को बर्दाश्त कर सकें, या तो वह एकदम तने लगते हैं या एकदम टूटे, यह बात अलग है कि यह टूटन चाहे पहली बार देखी गई हो।

रात का खाना समाप्त हो चुका है। सोने के कमरे के बाहर, दालान में आरामकुर्सी पर मुँह में सिगार दबाए पापा चुपचाप जा बैठे हैं। मैं साथ वाले कमरे की बत्ती जला देता हूँ और जानबूझकर खटपट करता हूँ। पहले तो पापा सुनते रहते हैं, फिर "कुछ चाहिए, बेटा?" फुसफुसाते हैं।

मैं अवसर खोना नहीं चाहता। कहता हूँ, "पापा, माँ का सामान बटोरकर स्टडी में रख देता हूँ। कल सुबह जाना है न?"

एक अटूट ख़ामोशी। मैं प्रतीक्षा करता हूँ पर पापा कुछ भी नहीं कहते।

मैं माँ की ड्रेसिंग टेबल पर रखे सामान को कुछ अतिरिक्त आवाज़ से बक्से में डालता हूँ।

पापा की ओर से उठने का कोई उपक्रम नहीं होता। मैं एक के बाद एक चीज़ उठाता जाता हूँ और पैक करने लगता हूँ, परन्तु पापा नहीं हिलते।

मुझे आश्चर्य होता है कि क्यों उस क्षण मैं माँ के बारे में कम और पापा के बारे में अधिक सोच रहा हूँ। जो कुछ भी मैं छू रहा हूँ, उसे महसूस नहीं कर पा रहा। क्यों वह दृश्य मुझ पर अधिक दबाव डाल रहा है जो अधमुँदी आँखों के पीछे सजग व्यथा-सा सिगार की राह सुलग रहा है? मैं चाहने पर भी दरवाज़े के बाहर बैठे पापा की उपस्थिति के एहसास से मुक्त नहीं हो पाता, शायद इसीलिए मैं माँ का सब कुछ एक निर्वैयक्तिक तरीक़े से सहेज रहा हूँ।

लगभग सब कुछ सिमट चुका है। माँ के पलंग से गद्दा ज्योंही लपेटने को होता हूँ (माँ जब से मरी हैं, पापा ड्राइंगरूम के दीवान पर सोते हैं) कि पलंग पर ख़ूब पतली-सी एक बुकलेट दिखाई देती है। उठाकर देखता हूँ, यह किसी बड़ी डायरी से संलग्न छोटी टेलीफ़ोन पुस्तिका है जो साल पूरा होने पर फेंक दी गई थी। पढ़ने का उपक्रम किए बिना मैं उसके पन्ने पलटता हूँ। कुछ पुराने टेलीफ़ोन नम्बर—जब पापा नागपुर में थे, तब के—छिटपुट लिखे हैं और शेष माँ की लिखावट में भरे हुए कुछ पन्ने हैं।

हाथ में पकड़े-पकड़े मैं सोचने लगता हूँ कि इसे पढ़ने का मेरा कोई अधिकार नहीं। इस पर मात्र पापा का अधिकार है। पढ़ते समय किसी प्रिय, अप्रिय, अतिप्रिय, गोपनीय, अतिवैयक्तिक सन्दर्भ की सम्भावना से कुछ उद्विग्न-सा भी होता हूँ।

इस विचार से पुस्तिका को एक ओर रख देता हूँ। गद्दा उठाता हूँ, पलंग सरकाता हूँ, चादरें बटोरता हूँ, परन्तु मेरी एकाग्रता जैसे भंग हो गई है। एक लड़ाई भीतर छिड़ गई है। ध्यान बार-बार वहीं जाता है।

डायरी पर पापा के पूर्ण अधिकार के प्रति आश्वस्त होते हुए भी माँ को इस माध्यम से जान पाने का लोभ संवरण नहीं कर पाता।

मैं सोचना चाहता हूँ कि माँ मात्र पापा की ही थीं, उनकी हर वस्तु पर पापा का ही अधिकार है, पर इस विचार की मानसिक संगति नहीं बिठा पाता। मुझे सदा लगता रहता था, माँ में ऐसा बहुत कुछ था जो किसी का भी नहीं था। स्नेह के आधिक्य में भी वह सदा दूर की चीज़ लगा करती थीं।

चार वर्ष पहले इंजीनियरिंग में एडमिशन मिल जाने की सूचना जब आई थी तो वह एकाएक रो दी थीं। वश के बाहर का उनका रोना उस दिन के अतिरिक्त

किसी और दिन नहीं देखा मैंने। इससे पहले कि इस सम्बन्ध के स्वाभाविक क्रम को लाँघकर मन में अचानक उग आई तरलता से भीगकर मैं उन्हें सांत्वना दे सकूँ उन्होंने अपने को एक कमरे में बन्द कर लिया था। जब वह बाहर आई थीं तो एकदम निरुद्वेग और शान्त थीं—एक ऐसी दूरी क़ायम कर चुकी थीं जिसे लाँघ पाने की किसी में क्षमता नहीं होती।

ठीक जाने के दिन पापा तो थोड़े से अव्यवस्थित लगते भी थे, परन्तु वह एकदम स्थिर थीं। उनकी इस समय की मुद्रा को देखकर मैं उस दिन के उनके रोने के तर्क को नहीं समझ सका था। बल्कि उस दिन के बाद से मुझे लगता रहा था कि वह मेरे जाने के दिन बहुत रोएँगी। वास्तव में मन-ही-मन उस क्षण का सामना करने से मैं डर भी रहा था, परन्तु स्टेशन पर विदा देते समय उनकी आँखें छलछलाई-भर थीं। जब मैं उनके पैर छूने बढ़ा तो मेरे दोनों कन्धे पकड़कर केवल इतना बोलीं, "बी, व्हाट यू वांट टू बी।"

खिंचाव से मुक्त हो चुके स्प्रिंग के तार की तरह आशीष में झनझनाता हुआ दर्द देर तक मेरे साथ चलता रहा था।

माँ में वह अनकहा, अनजाना क्या था, मैं कभी नहीं समझ पाया...परन्तु समझना अवश्य चाहता हूँ अत: वह पुस्तिका जेब में खिसका लेता हूँ। कहीं चुभता तो है कि पापा के प्रति अपराध कर रहा हूँ, परन्तु उस क्षण अपनी जिज्ञासा को ही मैं अधिक महत्त्व देता हूँ। वैसी तटस्थता में पापा से प्रतिरोध की कोई आशंका भी नहीं है, यह विचार मुझे और भी आश्वस्त कर देता है।

मेरे पैरों में अचानक फुर्ती आ गई है। माँ का बचा-खुचा सामान मैं और भी तटस्थ होकर रख रहा हूँ। मेरी उत्सुकता उन्हीं पन्नों में कहीं लिपटी पड़ी है।

मैं अन्दर के दरवाज़े की चटखनी खोलकर ही अपने कमरे में जाने का यत्न करता हूँ। दालान से होकर जाने की बात नहीं सोच पाता, शायद पापा...।

कमरे में आकर डायरी को उलट-पलटकर देखता हूँ। इच्छा से लिखे हुए मनोद्गारों का दस्तावेज़ वह नहीं लगती मुझे, क्योंकि कुछ ही पन्ने छिटपुट तरीक़े से लिखे गए हैं। हाथ में आते-आते कुछ छिटपुट जाने और ठगे जाने की खिसियाहट मुझे घेर लेती है, मैं अकारण उदास होने लगता हूँ।

माँ कभी भी स्वभाव से अधिक मुखर नहीं रहीं, परन्तु अपने साथ होने वाले क्षणों में भी?

पहले के कुछ पन्ने नितान्त ख़ाली हैं। आगे चलकर एक पन्ने पर केवल दिनांक लिखा हुआ है—4-1-71 और उसे एक वृत्त में घेर दिया है। उससे आगे के पन्ने पर बीचोबीच केवल एक ही शब्द है—आज। उससे अगले पन्ने पर भी

केवल एक ही शब्द—कल। तीसरे पर—'आज' और 'कल' और इनके बीच एक बड़ा-सा प्रश्नचिह्न।

पूरे पृष्ठ पर केवल एक-एक शब्द लिखकर माँ ने जैसे 'आज' और 'कल' के पूरे समयवृत्त को जीवन के एक कोरे पृष्ठ पर अडिग बैठा दिया है—मील नापने वाले पत्थर की तरह। मैं शब्द की क्षमता के बारे में सोचता रह जाता हूँ।

11 जनवरी : धन-सम्पत्ति का ढेर सुख नहीं है, धन का अभाव भी सुख का अभाव नहीं है। जीवन की पूर्णता सुख है। उसकी अपनी परिभाषा है।

3 मार्च : किसी को पाना उसकी भीतरी यथार्थता को पाना है, उसके देह-समूह को पाना नहीं। हड़प लेने से कोई वस्तु हमारी नहीं हो जाती। पाना किसी व्यक्ति या वस्तु का भाग बनना है।

9 मार्च : उन सपनों को बार-बार याद करने से लाभ, जिन्हें न कभी खिलना है, न खुलना है, न किसी भटकन में जागना है, न किसी बेसुध घड़ी सोना है।

17 मई : आँधी, तूफान, बाढ़, वर्षा के थम जाने के बाद तट अवश्य दीखेंगे, यह कहना एक आस्था का प्रश्न है, एक ऐसी अभौतिक आशा का जिसे छोड़कर किसी का भी जीवित रहना कठिन है, परन्तु उस मानसिक मृत्यु का क्या नाम है जो तटों पर प्रतीक्षित खड़े रहकर ही हो जाती है। क्या डूबना ही मात्र दुर्घटना है?

4 जून : नहीं, नहीं, नहीं, अधिकार-प्रयोग उत्तर नहीं हो सकता, किसी बात का, स्नेह से भरी मनुहार हो सकता है। सत्ता केवल अधिकार का होना जानती है, पाना नहीं।

7 जून : यह शरीर और शरीर के सारे दुख-दर्द तुम्हारे लिए मात्र 'मेडिकल' और 'क्लिनिकल' प्रश्न हैं। पर मेरे लिए? मेरे लिए चुकते जाना, क्षण-क्षण कुंठित होना, अपने मरने को तिल-तिल जीना।

अब तो कष्ट भी कष्टदायक नहीं लगता। चाहूँ तो इन फ़ैसलों के विरुद्ध लड़ सकती हूँ, सफल-असफल लड़ाई भी लड़ सकती हूँ, पर इस निरन्तरता को बनाए रखने का कोई उत्साह नहीं, कोई इच्छा नहीं।

याद आता है माँ का ऑपरेशन के लिए कठिनाई से तैयार होना। डॉक्टर कहता था, इस ऑपरेशन के लिए स्पाइनल एनीस्थीसिया काफ़ी है, परन्तु माँ का एक ही हठ कि वह पूरी बेहोशी चाहती हैं, मौत जैसी ठंडी और बेदर्द। पापा बार-बार क्रोधित होते थे परन्तु माँ अडिग थीं। कहती थीं, इस शर्त के बिना अस्पताल नहीं जाएँगी। पापा डॉक्टर से जनरल एनीस्थीसिया के प्रभाव की बात समझते रहे थे परन्तु डॉक्टर ने माँ की मानसिक अवस्था को ध्यान में रखकर ऑपरेशन जनरल एनीस्थीसिया में ही किया। ऑपरेशन के बाद रक्त की आवश्यकता पड़ी थी। नानी, नाना, गौतम अंकल, मैं, केशो मामा—किसी का रक्त मैच नहीं हो सका। केवल

पापा का रक्त ही मैचिंग निकला। पापा अक्सर इस बात को अतिरिक्त उलाहने से कहते थे कि आख़िर मैं ही काम आया। माँ कभी कोई उत्तर नहीं देती थीं।

15 जनवरी, 1972 : यह क़लम तुम्हारे विरुद्ध उठे, ऐसा मैंने कभी नहीं चाहा था...परन्तु आक्रोश, क्षोभ और विरोध का एक बवंडर मेरे मन में हर घड़ी मँडराता है। तुम्हारी कटुता, क्रूरता, अविश्वास और सन्देह के विरुद्ध। उसे पार किए बिना सहज नहीं हुआ जा सकता। इससे मुक्ति पाए बिना सुन्दर नहीं कहा जा सकता, सुन्दर नहीं हुआ जा सकता। कोई शुरुआत नहीं की जा सकती। किसी अन्त को एक सिरे से दूसरे सिरे तक खींचा जा सकता है बस।

26 फरवरी, 1972 : एक कठघरे में खड़ा कर दिया जाना असह्य लगता है और अपनी सफ़ाई देना उससे अधिक घृणित। गौतम तुम्हारे लिए एक व्यक्ति हो सकता है—एक तीसरा व्यक्ति, परन्तु मेरे लिए वह एक एक्सटेंशन है। विस्तार है व्यक्तित्व का। मेरे अन्तर्मन को समझकर वह अपने आप, अनजाने मुझ तक पहुँच जाता है।

शरीर नहीं दिया है उसे, यह मात्र तुम्हारे संतोष के लिए कहती हूँ। दे सकती तो शायद सम्पूर्णता और समग्रता में जी सकती। इस अधूरे जीने से मुक्ति मिलती।

मैंने तुमसे कहा था, मुझे पूरा लो या पूरा जाने दो। स्वस्थ अधिकार दो या स्वस्थ मुक्ति, परन्तु तुमने सम्बन्ध को एक सामाजिक समझौते की तरह जीते रहने की रुग्ण चॉयस दी है, पूरा मरना भी नहीं, पूरा जीना भी नहीं।

अपनी शक्तियों को पहचानती नारी बहुत मधुर नहीं लगती शायद।

8 अप्रैल : सड़ा-गला उपेक्षित अंग बनकर जीना नहीं चाहती, दुर्गंध से घृणा है। स्वस्थ मुक्ति या स्वस्थ अधिकार। दूसरों की शर्तों पर ही जीना हो तो मरने की अपनी शर्तें क्या बुरी हैं?

11 मई : संवेदनाएँ धीरे-धीरे जड़ होती जा रही हैं। अच्छा है, जीने का ढब आ गया है। जहाँ एहसास है वहाँ दर्द है, जहाँ एहसास ही नहीं वहाँ दर्द भी नहीं।

दर्द को स्वीकारने की कोई क्षोभविहीन स्थिति है क्या?

1 जुलाई : शारीरिक क्लान्ति में मन पत्ते की तरह काँपता है। धरती पर पड़ी पिन को जैसे चुम्बक का टुकड़ा दिखाकर यकायक उठा ले, ऐसा ही लगता है यह जीवन का क्रम। चाहे-अनचाहे किसी अज्ञात घड़ी उठा लिया जाएगा यह अस्तित्व। वह क्षण हमारा चुना हुआ नहीं होगा। उस घड़ी पर हमारा कोई अधिकार नहीं होगा।

फिर हर आगत क्षण पर हमारी दृष्टि क्यों है? किसलिए है?

हमारा अन्त निश्चित है, फिर भी हम क्यों घृणा करते हैं? किसलिए प्यार करते हैं? यहीं छूट जाने वाले उद्गारों का बोझ क्यों जीवन-भर ढोते हैं?

3 जुलाई : कितनी ममता उस ममत्वहीनता में है, जो नन्ही-नन्ही आशाओं-अपेक्षाओं को रोज़-रोज़ के जीने-मरने से मुक्ति दिला देती है, एक ही बार में श्मशान का-सा सन्नाटा मन के द्वार पर बाँध जाती है।

17 अगस्त : बहुत, बहुत कुछ कहना चाहती हूँ पर कोई रूपाकार नहीं उभरता। जीने की पीड़ा अव्यक्त की पीड़ा से अधिक बड़ी लगती है। इसीलिए लिखना निरर्थक लगता है, एक खोखला शोर।

4 सितम्बर : किसी मकान के अन्दर घिरी हुई दैनिक जीवन को जीती इकाई का नाम ही तो नहीं है जीवन, यह सब भी तो है जो हमारे स्पंदनों, स्फुरणों, अनुभूतियों और विचारों से बना है।

17 सितम्बर : एक गहरा शून्य, अटूट निस्तब्धता और कभी न समाप्त होनेवाला अकेलापन। न जाने यह अन्धकार कहाँ ले जाएगा। गीले ईंधन-सा भीतर कुछ जलता है। धुआँ-ही-धुआँ देता है, न ज्योति, न उष्णता।

3 अक्टूबर : अभिव्यक्ति के पाँव में बँधी हुई ज़ंजीरों का बोझ और रुदन दोनों मेरे कानों तक पहुँचते हैं और अपने पर दया आती है। अब किसी बात का उत्तर नहीं बन पड़ता।

6 नवम्बर : कितना, कितना, कितना कुछ है जो अन्दर ही रह जाएगा। चिता की राख के साथ भस्मीभूत हो जाएगा। सीने में धधकते लपटों के बवंडर कौन देख पाएगा? एक लपट में सब कुछ जल जाता है। राख हवा में मिल जाती है। राख बीज नहीं है, बीज नहीं है तो फल नहीं, फूल नहीं, सुगंध नहीं। सुगंध के सिवा और कुछ भी अनंत है क्या?

25 दिसम्बर : क्या केवल समय ही बीत रहा है? एक पूरी आयु बीत रही है। साथ ही ढेर-सी आकांक्षाएँ और सपने।

समय के बीतने का एहसास अपने बीतने के एहसास के साथ कितना जुड़ा हुआ है।

काली छायाओं की भीड़ में उलझ गया हूँ बेतहाशा, बेहद थक गया हूँ। यह भी माँ थीं क्या? शान्त-सी दीखने वाली सतह के नीचे इतनी बड़ी हलचल को समेटे। मैं तो बस उसी माँ को जानता रहा हूँ जिसका स्नेहिल हाथ हॉस्टल जाते समय बहुत धीरे से मेरे सिर पर फिसलता था और आँख की पुतली किसी गहरे तालाब में चुपचाप डूब जाती थी।

माँ कभी भी बहुत ख़ुश तो नहीं दीखती थीं, कभी बहुत आनन्दित भी नहीं, परन्तु हम सब इसे उनके स्वभाव की एक मुद्रा ही समझते थे। केशो मामा कभी आते थे तो कैलेंडरों पर पिछले महीनों के न फाड़े जाने वाले वर्कों को देखकर कहते थे, "अरे रानी, तेरे घर में क्या वक़्त हमेशा ठहरा रहता है? क्या बात है, कुछ पढ़ती-लिखती नहीं? कितनी कविताएँ लिख डालीं?" माँ ऐसे में झट सब्ज़ी का डोंगा हाथ में लेकर मामा को परोसती हुई बात पलट जातीं। इसका उत्तर पापा ही देते थे, "शी हैज ट्रिमेंडस पावर टू कीप हरसेल्फ़ अनहैप्पी।"

उस घड़ी माँ का पानी का घूँट गटककर उठ जाना क्यों मन में कोई प्रश्न पैदा नहीं करता था?

क्यों हम सब एक बुझी हुई, निरानन्द और उदास माँ को देखने के आदी हो गए थे? क्यों कोई प्रश्न नहीं करते थे? क्यों मौत के सर्द हाथों से माँ को बचाने का प्रयत्न नहीं करते थे?

क्यों हम सब माँ से सब कुछ चाहते थे और बदले में कुछ भी देने का आश्वासन नहीं देते थे?

मौत के हाथ बहुत लम्बे हैं, वहाँ तक अब कोई नहीं पहुँच सकता। बची हुई राख से कुछ नहीं हो सकता, राख बीज नहीं है, बीज नहीं तो फल नहीं, फूल नहीं, सुगंध नहीं!

एक गहरा संताप मन में भरने लगा है। अभाव की कील बिजली के नंगे तार की तरह सारे अन्त:प्रदेश को छूने लग गई है, "सब कुछ भीतर रह जाएगा, चिता की लपटों के साथ भस्मीभूत हो जाएगा।" वे वाक्य बार-बार मेरे मन पर प्रहार करते हैं।

अपने आपको सच में समूचा ही साथ ले गई हैं माँ, कितना कम छोड़ गई हैं अपने को हमारे साथ। हमारे उनके बीच क्या सदा से एक शून्य ही था और उस शून्य का हमें पता तक नहीं था।

माँ के अचानक मरने के पीछे आख़िर था क्या?...क्या मात्र ऑपरेशन? एक ऑपरेशन के बाद दूसरा ऑपरेशन, और दूसरे के बाद तीसरे की सम्भावना के अनिश्चयकाल में अचानक उनका उठ जाना। "चुम्बक से पिन की तरह उठा लिया जाना।" क्या माँ की जिजीविषा इतनी चुक गई थी या इतने पराये जगत् का वह सामना नहीं करना चाहती थीं?

और पापा...? पापा तब से अब तक क्या सोच रहे हैं? एकाएक चुप कैसे हो गए हैं? वह तो हमेशा अकेले जूझने के समर्थक रहे हैं? पुरुषार्थ, सत्ता और अधिकार-क्षमता को ही जीवन का दूसरा नाम मानते रहे हैं, और जीवन की सबसे बड़ी उपलब्धि 'सक्सेसफुल' होना, सब 'रिसोर्सेज ऑफ़ लाइफ' को अपनी ओर मोड़ सकने का साहस रखना। जीवन के संघर्ष में कभी ऐसी भी आवश्यकता होती है, जब दूसरे का सहारा अपेक्षित हो, ऐसा वह कभी नहीं मानते रहे। पर अब...?

माँ को सितार बजाने, लिखने-पढ़ने और फूलों का बेहद शौक़ था। पापा इन सब बातों को 'शियर सेंटीमेंटेलिटी' कहते थे। ट्रांसफर के समय माँ की पुस्तकों को देखकर हर बार 'गेट रिड ऑफ़ दिस अननेसेसरी लोड', यही कहा करते थे। माँ उस समय जो भी सोचती हों। फूल सजाने की सुरुचि और सितार बजाने के

अलंकरण को तो पापा कुछ हद तक सहन भी कर लेते थे, शेष सबको मैच्योरिटी तक आने से पहले का ज्वार समझते थे।

जीवन को अपनी तरह की गति से बाँधकर रखा है पापा ने सदा और अपने साथ चलने वालों को उसी गति से दौड़ाया है।

इस दौड़ में पहल करने वाले पापा अब एकाएक स्तब्ध कैसे हो गए हैं? किस सोच में डूब गए हैं? क्या साल रहा है उन्हें? दूसरों के कन्धों के सहारे पर विश्वास न रखने वाले पापा शायद न सोच पाते हों कि इन सबके लिए भी, इसे न पाने की पीड़ा में भी, कोई मर सकता है...चुक सकता है। माँ का एक्सटेंशन... पूरा मरना...पूरा जीना क्या कभी पापा की समझ में आया होगा...'व्हेयर इग्नोरेंस इज ब्लिस?'

एक असभ्य आन्तरिक आक्रोश से सब कुछ तोड़-फोड़ डालने की इच्छा होती है। दालान में लगे बल्ब को पास रखे पत्थर से चकनाचूर कर देने की, और पापा को दालान के ठंडे सर्द अँधेरे में अकेला छोड़ देने की...सुलगते सिगार की व्यथा के साथ...एकदम अकेले...माँ की मौत से फैले, सहमे हुए ठंडे आतंक के बीच पूरी तरह जीवित और त्रस्त!...बाहर आकर देखता हूँ पापा कुछ ऊँघ-से गए हैं। ठंड बढ़ गई है। दालान की रोशनी रोती-सी फीकी लग रही है।

मैं थोड़ी देर खड़ा पापा को देखता हूँ...झकझोरकर पूछना चाहता हूँ, "अब आपको कौन नाख़ुश रख रहा है अनलेस यू युअरसेल्फ वांट इट। सत्ता और अधिकार का राजदंड हाथ में पकड़े रहने पर भी आपके सन्तुलन को कौन बिगाड़ रहा है?"

पर देखता हूँ सिगार तो बुझ चुका है और पापा का हाथ आरामकुर्सी पर वैसा-का-वैसा ठहरा हुआ है। सो जाने से एक ओर को झुका हुआ मुँह कुछ अधिक झुर्राया हुआ लग रहा है। बहुत रोते-रोते थककर सोए हुए बच्चे की तरह पापा उस समय बड़े निरीह और निस्सहाय-से लग रहे हैं—अपने अहंकार के लबादे से पूरी तरह मुक्त।

मैं थोड़ी देर खड़ा उन्हें देखता रहता हूँ। आँख हटाने की इच्छा नहीं होती। जगाने की भी नहीं, सामना करने की भी नहीं। मैं धीरे से सिगार उनके हाथ से लेता हूँ और अन्दर से एक दुशाला लाकर उनके पैरों पर डालने को होता हूँ कि वह हड़बड़ाकर जाग उठते हैं और नींद में आँखें मलते हुए पूछते हैं, "तेरी माँ सो गई क्या?"

"हाँ! सो गई हैं, सो गई हैं पापा!" मुझे तन्द्रा में उनके साथ सोए पड़े किसी मीठे कोमल भ्रम की हत्या कर देने की इच्छा नहीं होती, पर अपने मन की आँधी...?

इस वाले पापा को माँ जानती थी क्या?

माँ को क्या पता था कि इस कछुए की-सी त्वचावाले व्यक्ति को तोड़ पाना कितना आसान है, कितना सरल है इन्हें छील पाना, खोल पाना। दीवार की ज़रा सी टेक हटाकर दीवार की-सी निस्पंद ईंट में इन्हें परिवर्तित कर पाना।

जीवन के न्याय से इतनी जल्दी विश्वास क्यों उठा लिया माँ...क्यों उठा लिया?

क्या तुम प्रतीक्षा नहीं कर सकती थीं, माँ? कुड यू नॉट वेट?...कुड यू नॉट?

मार्था का देश

माँ की चिट्ठी अंग्रेज़ी में आती है। कुछ अटपटी सी अंग्रेज़ी, जिसे पढ़ते लगता है कोई अविरल बहती आती नदी झाड़-झंखाड़ में फँसती चली आ रही हो। पानी है तो रुकता नहीं। झाड़-झंखाड़ है तो अपनी धौंस जमाए बिना नहीं रहता।

मैं जानता हूँ, माँ अपनी भाषा में चिट्ठी लिखना चाहती है। चाहती है अपने देश और भाषा की गंध मेरे मन में बनी रहे। ऐसा न होने पर मैं देश और भाषा के स्वाद को भूल भी सकता हूँ। भीतर से यह भी चाहती है कि उसकी चिट्ठी को चेष्टा करके पढ़ने की ललक मेरे मन में जागती रहे। उस असुविधा में से गुज़रते हुए मैं देर तक माँ के साथ बना रहता हूँ।

फिर माँ मुझे अंग्रेज़ी में क्यों चिट्ठी लिखती है? इतना कुछ चाहते हुए भी क्यों उस अजनबी भाषा का इस्तेमाल करती है? मेरी सुविधा-असुविधा को क्यों सर्वोपरि रखती है? शायद उतना सा भी कष्ट देना नहीं चाहती माँ जो मुझे हिन्दी पढ़ते समय होता है। जिसके लिए वह अपना एक अजीब पराया-सा चेहरा बना लेने पर उतारू हो जाती है।

वह चाहे तो मार्था के रहते अपने और मेरे बीच बन सकते भाषा की निजता के पुल को बनाए रख सकती है पर ऐसा नहीं करती।

मैं स्वयं ही क्यों तमककर नहीं कह देता कि ऐसा चाहती हो तो फिर हिन्दी में क्यों नहीं लिखती?

"तुझे अनुकूल जो नहीं पड़ता," उसका यही उत्तर होगा।

"मैंने कभी कहा कि मुझे अनुकूल नहीं पड़ता?" मैं कहूँगा।

"सभी बातें कही जाती हैं क्या?" वह ऐसा कहेगी।

"तो फिर शिकायत कैसी?" मैं कहूँगा।

"शिकायत की है कभी?" कहकर वह चुप हो जाएगी। ऊपर-ऊपर से बात ख़त्म हो जाएगी। अन्दर की बात वहीं की वहीं पड़ी रह जाएगी, गुत्थियाँ नहीं खुलेंगी।

अक्सर मैं ख़ुद ही हिन्दी में चिट्ठी लिखने की पहल में आ जाता हूँ। गरमाई का अहसास देते हुए लगें, ऐसे वाक्यों का चुनाव करने की कोशिश करता हूँ। ऐसे में ज़रूर कुछ अटपटे-बचकाने शब्दों का चुनाव कर बैठा होऊँगा कि माँ ने लिखा—

"ऐसा भी क्या लिखना कि उसमें असली आदमी ही दिखाई न दे। भाषा का क्या है, भाषा कोई भी हो। एक तो वैसे ही दो-तीन महीने के बाद तुम्हारी कोई एकाध चिट्ठी आती है।"

उलाहने की गंध तक पहुँचने के पहले ही माँ बात बदल देती है। फिर अंग्रेज़ी में चिट्ठी आने-जाने लगती है। संवाद की यह कतरन सदा शुभ और मंगल के समाचारों का बयान करती है। सुन्दर कहती है पर सच नहीं बोलती।

पढ़ लेने के बाद मैं पत्र को सोफ़े के साथ वाले स्टूल पर रख देता हूँ ताकि उत्तर की याद बनी रहे। वहाँ पड़ा-पड़ा काग़ज़ का यह अधखुला टुकड़ा इतना परिचित हो जाता है कि दिखाई देना बन्द हो जाता है।

वह फड़फड़ाहट ऐसे की ऐसे रखी रहती है; जब तक किसी रविवार साफ़-सफ़ाई अभियान के चलते मार्था मुझे झिड़क नहीं देती, "यह इंडिया नहीं है कि बीवियाँ चाकरी करती रहें। तुम अपने काग़ज़-पत्र ख़ुद सँभालो।"

कहते-कहते वह पत्र उठाकर मेरे हिस्से की अलमारी के कोने में खिसका देती है, जहाँ जाकर पत्र सो जाता है। पत्र का वहाँ होना, पता नहीं कैसे मेरे ध्यान के घेरे से बाहर छिटक जाता है। पहले रखी चीज़ों पर फिर दूसरी चीज़ें लद जाती हैं। लदती जाती हैं। चीज़ों के मन में स्वयं उठ बैठने की ताक़त नहीं होती। मन की ताक़त का सिरा भी पता नहीं कहाँ गुम हो जाता है। माहौल का तम्बू इतना कस जाता है कि सिर को छूना छोड़ देता है।

फिर किसी एक दिन, पिछले पत्र को जगाने माँ का दूसरा पत्र आ जाता है। इस बार के पत्र में 'ज़रूरी है' की ओर धकेलते हुए कितने मुद्दे हैं—जैसे, अमुक यूनिवर्सिटी का एड्रेस ज़रूरी है। पापा की रिपोर्ट का पर्चा भेजा जा रहा है उसका एनालिसिस ज़रूरी है। ह्यूस्टन कितनी दूर है, जानना ज़रूरी है, किसी आत्मीय ने पुछवाया है।

काश! इन ज़रूरतों से खिंचकर आने का उद्यम मेरे भीतर होता। क्या उत्कंठा है, वे क्या सुनना चाहते हैं, मैं अच्छी तरह जानता हूँ। वह सब कुछ जब कहना ही सम्भव नहीं तो दूसरी बातों की क्या चर्चा! बाक़ी तो सब स्थानीय है। दैनिक है। सुबह से शुरू होकर शाम की ढलान तक रपटती चीज़ें हैं। कसी पेटियाँ हैं। उन बातों को लेकर साझेदारी का उछाह मेरे मन में नहीं बनता।

मैं जिन गलियारों से गुज़र रहा हूँ, उसकी धूल-गर्द मेरे कपड़ों पर चिपकी है। जो कुछ मैं हूँ, होता हूँ, वह केवल यहीं की हवा के अनुकूल है। उन ब्योरों का झरोखा बनाकर उन्हें दे आने की चेष्टा मेरे भीतर नहीं जागती।

मैं शायद यह चाहता हूँ कि जो कुछ भी उन्हें सोचना अच्छा लगे, वे वही सोच लें। ख़ाली ख़ाकों में अपनी पसन्द के रंग भरते रहें। यह अनुत्तरता यहाँ की हवा के अनुकूल है। माहौल और मन का तापमान एक बना रहता है। टूटन से रक्षा हो सकती है। होती है क्या?

यह अनुत्तरता जब ख़ुद को काटने लगती है तो अपने अनचाहे भी सक्रिय हो जाता हूँ। अपने को सोचते हुए पाता हूँ कि कब जन्मे थे पापा। कब भैया-भाभी का ब्याह। कब चिंटू-मिंटू की वर्षगाँठ।

कोई तिथि स्मरण में आ जाती है तो बाज़ार से एक चटक विलासी-सा ग्रीटिंग कार्ड ख़रीद ले आता हूँ। कार्ड पर लिखे बाज़ारू से सन्देश मुझे एकदम चुस्त उपयुक्त लगते हैं। अपने हस्ताक्षर देकर मैं उस उधारी की मनोकामना को हथिया लेता हूँ। कार्ड के बाईं ओर के कोरे काग़ज़ पर घसीटते हुए दर्ज करता हूँ—बहुत जल्दी में हूँ। ज़्यादातर जल्दी में रहता हूँ। फिर कभी एक-एक को, अलग-अलग इत्मीनान से लिखूँगा।

मुक्त हो जाता हूँ। मोहलत माँग लेता हूँ।

भार उतरता ज़रूर है पर मन सँकरा होता जाता है। प्रफुल्लता प्यासी बनी रहती है। ऊपर-ऊपर से सब कुछ सही-सलामत चलता है—काम, उत्पाद, शरीर, समय की पाबन्दी, फ़ासले, अनुशासन, नींद, अपने पर निर्भरता। पर केवल चलता है जैसे बहता हुआ पानी अपने तल की असलियत को पीछे छोड़ता हुआ चलता है।

पूरे तीन साल। इतने ईंट पर ईंट की तरह रखे जाते एक हज़ार पंचानबे दिन। आया था तो इतने दिनों पलटकर न जा पाने की बात सोच भी नहीं सकता था। कोई कहता तो सिर पर पत्थर दे मारता।

नहीं गया। उन लोगों ने भी इस अपेक्षा को मन में रखकर न कुछ कहा, न पूछा। विदेश जैसे स्वर्ग में मेरे रहते होने से सन्तुष्ट हैं या अपने पैरों पर खड़े हो सकने के मेरे पराक्रम से परितुष्ट, मैं नहीं जानता। उनके जानने-समझने के विधान में सेंध लगाना नहीं चाहता।

मुझे इस तरह अचानक आया देखेंगे तो कितने आन्दोलित होंगे। पिटी हुई दैनिकता से एकाएक फूटने लगती सहस्त्रधारा से आनन्दित होंगे। इतना आनन्दित होने की बात मैं यहाँ रह चुकने के बाद भी कैसे मान लेता हूँ पर जानता हूँ। निश्चय ही जानता हूँ मैं।

कल्पना की यह किल्लोल मुझे किस क़दर आन्दोलित करती है। घर को छू लेने के लिए मन को आँखें सौंप देती हैं।

विमान में गोल खिड़की की राह आता आकाश का स्पर्श मुझे रोमांचित करता

है। असीम के संस्पर्श से इतनी जल्दी हो गुज़रूँगा, अविश्वसनीय लगता है। लगा, जैसे बरसों के बाद नहाया।

मैं क्यों चाह रहा हूँ कि वसीम मेरी बग़ल में नहीं, कहीं और बैठा होता। स्मरणों के आने-जाने का रास्ता निर्बाध बना रहता पर वसीम को मैं टाल नहीं सकता। वह आया तो मेरा आना बन गया। न बनता तो पता नहीं कितनी सदियों टलता।

वसीम है कि पल-पल अपनी बातों की रस्सी से मुझे खींच लेता है। नुसरत के बारे में मेरी जानी हुई प्रतिक्रिया को दसवीं बार पूछता है। उसके क़िस्सा-ए-निकाह में मैं कब से उसका राज़दार हूँ।

अब तक आनन्दित था क्योंकि नुसरत को देखा नहीं था। मोहतरमा बात के तय हो जाने पर ख़ुशबू में लिपटे लम्बे-लम्बे ख़त लिखा करती हैं क्योंकि अब उनको उस घर की ज़िन्दगी, जिसमें वह जन्म से अब तक अमन-चैन से रहती रहीं, दूभर लगती है सो प्रिंस मस्ट कम ऑर कॉल द प्रिंसेस। लिखती हैं कि आपके अब्बा ख़्वाहमख़्वाह की सख़्ती बरत रहे हैं कि "आप घर लौटें तो ही निकाह पर अमल हो। यह क्या कि आपसे शादी भी करें और अमेरिका जैसी जन्नत का दीदार भी हासिल न हो। क्या आपकी मर्दानगी को इतना भी हक़ हासिल नहीं कि फ़ैसले में हेर-फेर करें?"

ऐसी चुनौतियाँ वसीम को मुग्ध करती हैं उद्विग्न नहीं करतीं। "साथ रहें तो मर्दानगी की आज़माइश के मौक़े हज़ार होंगे।" उलझन तब पेश आई, जब उन साहिबा की एक बड़ी सी फ़ोटो हासिल हुई। अपने ही चेहरे के फीके से एनलार्जमेंट पर काली स्याही से एक नज़्म लिखी हुई आई थी।

वसीम उखड़ गया। हिज्जों की स्याही को बरतरफ़ करके सोचने पर मोहतरमा उसे बेहद मामूली जैसी लगीं, "देखो ज़रा, आँखों में शरारत का तुपका तक नहीं और बोल ऐसे उतावले हैं कि हर घड़ी आगे-पीछे नाचते रहें।"

मैं उसे समझाने की कोशिश करता हूँ। सूरत और सीरत, ओझल और ज़ाहिर को अलगाने की चेष्टा करता हूँ पर वसीम संतप्त है। नुसरत की अब तक की 'पुर असर मासूमियत' उसे एकाएक बचकानी लगने लगती है।

"नो, नो, नॉट ए पॉइंट मोर—जब तक मैं ख़ुद देख-सुन न लूँ। अब्बा लाख कहें कि ध्यान लगाओ पर यह सब क्या डिस्टर्ब करना नहीं हुआ?"

"आपके अब्बा को क्या मालूम कि आप दोनों उनको लाँघकर नये-नवेले पुल बनाने के काम में कब से मुब्तिला हैं।"

"कुछ भी हो। अच्छा यही था कि पहले ही घर चले जाते। फ़ैसला कर आते। अब तो ऐसा घेराव जैसा लग रहा है कि समझ ही नहीं पा रहा, सबसे कैसे पार पाऊँगा। वहाँ तो सब सेहरा सजाकर बैठे हैं। अच्छा ऐसा करो।" वसीम एकाएक उत्तेजित हो जाता है, "तुम मेरे साथ चलो। कोई तो मेरी तरफ़ रहे।"

‘एक से दो अच्छे’ के तर्क से वसीम मुझे उकसाने की कोशिश करता है पर मैं हूँ कि उकसना नहीं चाहता। कहीं पहुँच गया होता तो तनकर जाता। अब कैसे। क्या मुँह लेकर घर जाऊँ? हथेली पर रखकर कुछ दिखाने को भी तो हो।

मेरी आनाकानी के कारण को वसीम सूँघ लेता है सूँघ सकता है। काल की सुरंग में से हो गुज़रने की उसकी मेरी एक ही राह है। वैसे भी घर से बाहर ढाँपे-नंगे सब बराबर। यहाँ इज़्ज़त-आबरू का हर सवाल पुरखों के छूटों से आज़ाद है।

सब्र, वसीम की सीरत नहीं। तिस पर अपनी ही चमड़ी को चूँटती ऐसी उलझन। ठेलने पर उतर आया।

“इतना सोचो मत। तुम्हारा किराया मैं दूँगा। चाहना तो कभी दे देना या न भी सही। तुम तो नहीं जा रहे थे। मैं ले जा रहा हूँ न! बोनस यह कि सबसे मिल भी लोगे। कब से घर नहीं गए हो।”

“ऐसी रपटन भरी ज़मीन पर मैं पूरमपूर ताक़त के पंजे अड़ाता हूँ। वसीम की दरियादिली को मैं भीख में ले लेना नहीं चाहता। लौटाने की ताक़त के बिना यह सदाशयता मेरे लिए राजा जनक का धनुष सिद्ध हो सकता है।

सुलग उठने को होती चिंगारी पर उदासीनता की राख डालने का यत्न क्या किया कि वसीम बिगड़ गया, “यू आर ए लिमिट। तुम्हारा क़सूर नहीं। हम सब यहाँ रहकर कन्वर्ट हो चुके हैं। हर बात को पैसे के तराजू पर तौलते हैं।”

“वहाँ भी क्या हम ऐसा ही नहीं करते?” मैंने दार्शनिकता का सहारा लिया था। “यह बात अलग है कि सदियों से अपने को ऊँची वैल्यूज़ से जोड़ने की आदत पड़ी है तो असलियत ढकी रहती है। यहाँ लोग मुक्त हैं, खुलकर स्वीकार लेते हैं। हमारे सामने सिचुएशन आ जाए तो हम स्वीकारने की इच्छा और नकारने के दम्भ में ही फँसे रहते हैं। सोचते कुछ हैं, करते कुछ हैं। नतीजा, हमेशा दुविधा।”

इस मूल्य चिन्तन में वसीम की कोई रुचि नहीं। वह अपने आबरूदार अब्बा के क़लग़ीदार फ़ैसले और अपने नतीजे के बीचोबीच भौचक्का जैसा खड़ा है।

मैं दलील का एक दूसरा सिरा वसीम को थमाने की कोशिश करता हूँ, “अव्वल तो तुम्हारी रज़ामन्दी के बिना कुछ हो नहीं सकता और...”

“और यह जो बेमतलब बात इतनी बढ़ रही है सो...” उसने मुझे अधबीच काट दिया। “यहाँ फ़्यूचर ग़र्क होने जा रहा है और तुम...”

“ग़र्क कैसे होगा! हो गया तो बदल लेना। न जँचा तो तलाक़, तलाक़-तलाक़। तुम्हारा मज़हब तो तुम्हें इस बात की पूरी छूट देता है।”

वसीम बुरी तरह तुनक गया, “मुझे दे या न दे, तुम्हें ज़रूर देता है। तुम मार्था के साथ रहते हुए भी हर पल इस छूट का ज़ेहनी इस्तेमाल करते रहते हो। क्या मैं झूठ कह रहा हूँ?”

दोस्त के साथ रिश्ता नंग-धड़ंग होता है। मुझे 'हाँ' कह सकना चाहिए था पर मैं 'हाँ' नहीं कहता। जानता ही नहीं कि मार्था मेरी लाचारी है या उपलब्धि।

घर।

इस छोटी सी दहलीज़ पर कितना बड़ा अटकाव—

एक प्रश्नचिह्न! जो मन में अपने आप उछलने लगता है, जैसे हवाई अड्डे से निकासी का दरवाज़ा पैर का दबाव पड़ते ही अपने आप खुलने लगता है।

पुरुषार्थ के लिए पूत के जो पैर सीमाएँ लाँघकर गए, वे क्या करके आए?

क्या उत्तर दूँगा। उत्तर का दबाव मार्था के देश में नहीं था, यहाँ होगा। यहाँ अपना-अपना, अकेला-अकेला कुछ नहीं होता।

पूछा न गया तो भी उत्तर तो देना ही होगा। प्रवृत्ति जो है वह बहाने गढ़ने की ओर जाएगी। पापा की आँखों के लेंस को यह पैंतरेबाज़ी क्या रास आएगी?

आया था तो वही सबसे बड़े आलोचक बनकर मेरे रास्ते में तनकर खड़े हुए थे। प्रशान्त के बुलावे से मेरी तरह मुग्ध-विमुग्ध नहीं हुए थे। प्रशान्त ने लिखा था, "बस तुम किसी तरह आ जाओ। हेल्पिंग हैंड्स की ज़रूरत है। समझ लो, बाक़ी सब कुछ जमा-जमाया है। दोनों लग लेंगे तो एक्सपोर्ट का धन्धा ख़ूब जमेगा। बस आते समय नमूने के लिए चमड़े की थोड़ी जैकेट्स और दो दर्जन दस्ताने ज़रूर लेते आना।"

"और पढ़ाई?" पापा ने मेरे मन में बनती बहुमंज़िली इमारत ढा दी थी।

"पढ़ाई भी तो इसीलिए होती है...आख़िर। कमाने के लिए।"

"यह तुमसे किसने कहा? अपनी ग्रोथ का कोई मतलब ही नहीं? वह रही होती तो अपना आगा-पीछा समझ पाते। यह नहीं कि दोस्त की दस काली सतरों से ऐसे उखड़ जाते।"

मैंने चतुराई की आड़ ली। "प्रशान्त भी तो पढ़ रहा है। देखिए तो सही। उसने इस बारे में भी लिखा है। यहाँ कंटीन्यूइंग एजुकेशन चलती है। यानी कि पढ़ाई और कमाई साथ-साथ। यह नहीं कि एम.ए. पास करने तक बाप की गोदी में बैठे रहो।"

पापा को निश्चय ही मेरा कथन अविनयी लगा होगा। मुझे जाँचने के लिए ही पूछा होगा, "तुम क्या सोचते हो?"

"सोच नहीं रहा, जा रहा हूँ।" 'जाना चाहता हूँ।' कहने के बजाय मैं ऐसा कह गया था।

"कैसे?" यह एक शब्द था जो उनके और मेरे बीच अचानक तनकर खड़ा हो गया था "तुम क्या चाहते हो, मैं तुम्हारे दूसरे भाई-बहनों का हिस्सा भी काटकर तुम्हें दे दूँ। फ़िलहाल तो यह भी नहीं जानता कि तुम्हारा हिस्सा है कितना।"

"टिकट के अलावा पैसे की बात ही कहाँ उठ रही है?"

"अच्छा है, नहीं उठ रही। जल्दी अपने पैरों पर खड़े होना सीख जाओगे। वैसे मुझसे पूछोगे तो मैं तो यही कहूँगा, बाहर की पूरी से घर की आधी अच्छी। कम से कम यहाँ ठौर-ठिकाना तो है, वहाँ क्या है! सैकड़ों मिसालें हैं। कच्चे-पक्के दिलासों को पकड़कर लोग गए फिर वहीं धँस गए। या तो इतना होता ही नहीं कि वापस जाएँ या इतना होता है कि वापस क्यों जाएँ?"

मेरे उत्साह को पापा की ऐसी बातें बकबकी लग रही थीं। आग्रह, अनुरोध, विरोध की हर चेष्टा जारी रही थी। ठिलते-ठिलते फ़ैसले तक पहुँचा गया था।

"देन गो माई मर्चेंट सन। पुराने ज़मानों में लोग क़िस्मत आजमाने दूर देशों में जाते थे। अच्छा है, आजकल दोस्तों में से ही गॉडफादर निकल आते हैं। पर याद रहे, दोस्त से रिश्ता शुरू से ही बराबर का रखना। मेहनत ही करनी है तो दबना कैसा? एक बार दबे नहीं कि...।"

उन्हें क्या पता कि प्रशान्त किसी कलूटी का पीछा करते-करते कब का शिकागो निकल गया था और अपने अपार्टमेंट का किराया भी मेरे मत्थे मढ़ गया था, जिसे मार्था ने रोते-झींकते चुकाया। मैंने क्यों इसे मार्था की उदारता मान ली थी?

मुझे देखकर वे सब इतने भौचक्के हुए कि सुख की अनुभूति को थामने का सौष्ठव भूल गए।

"बिना किसी ख़बर के कैसे? ऐसे अचानक?"

मुझे लगता है इस बात का उत्तर स्थगित किया जा सकता है। वसीम की ख़ातिर चलकर आने की बात कहते भीतर कुछ अटकता है। इच्छा-अभीप्सा वसीम के पक्ष में जाती दिखाई देती है, जो मैं चाहता नहीं, सच मान ली जाए।

सरहदों के पार से आना इच्छा-अभीप्सा की सुन्दरता तक सीमित नहीं। इच्छा की चलायमानता के मर्म को पाना पड़ता है। फिर उस उद्यम की खूँटी पर अपनी नियति के हर पल को टाँग देना पड़ता है।

"मार्था क्यों नहीं आई?" सब अलग-अलग पूछते हैं। मार्था न आए शायद सब कोई चाहते होंगे। उनके लिए मार्था एक सूचना है, विश्वास नहीं।

मार्था के बिना मैं पूरे का पूरा उनका होता मैं चाहता हूँ, वे ऐसा कुछ सोचें। आगे कभी ऐसा कुछ सम्भव कहाँ होगा!

पत्रों की बात पर पापा एक मर्दाना पर दोस्ताना-सी घुड़की देते हैं, "तुम्हें अपनी माँ का तो ख़याल होना चाहिए। बिचारी तुम्हें चिट्ठियाँ लिखते थकती नहीं। फिर जो चिट्ठी लिखता है उसे जवाब तो मिलना ही चाहिए। मैं तो इसीलिए लिखता ही नहीं। आय कांट बियर निगलेक्ट।"

"निगलेक्ट?...हाट निगलेक्ट?" माँ चट आगे बढ़कर मुझे ढाँप लेती है। "हमारा इससे क्या कोई निगलेक्ट का रिश्ता है? इन छोटी-मोटी बातों से क्या फ़र्क़ पड़ता है?"

कुर्सी पर बैठे, मेरे कन्धों पर माँ हाथ रख लेती है। विंडचीटर के चलते दबाव महसूस होता है, स्पर्श नहीं पहुँचता।

भैया सामने बैठे एक निर्दोष-सी जिज्ञासा में एकचित्त जैसे लगते हैं उनकी मुस्कुराती आँखों में एक नमी भरा ठहराव है। आकर्षक स्थिरता। क्या यह चुपचाप सीढ़ी दर सीढ़ी चढ़ पाने की सुरक्षा का बल है? पुरखे जो दे चुके वह भी अपना। अपना भी अपना।

चिंटू-मिंटू मेरे बक्से को घूरते हैं। भाभी अतिरिक्त उत्साह में ठिठोली करने लगती है, "अब तुम आज ही जी भरकर पूड़ियाँ खा लेना लला। कल मुझे पढ़ाने जाना पड़ेगा।"

"कब से नौकरी कर ली?"

"दो साल हो गए।"

"जब से तुम्हारी माँ रिटायर हुई। कोई घर देखने वाला भी चाहिए। रिटायर हुई तभी तो तुम्हें इतनी चिट्ठियाँ लिखती है, बावरी"—पापा ने फिर चुटकी काटी। उनके हाथ में अभी भी चिट्ठियों के सन्दर्भ की छड़ी है।

माँ के चेहरे को शायद उघड़ना अच्छा नहीं लगा। झुककर साड़ी की निचली कोर पर लटका डोरा अपने दाँतों से काटने लगी।

इतनी सारी आँखों और कानों का मेरे होने में प्रवेश। मैं धीरे-धीरे फूलने लगता हूँ। धमनियों में बरसों से गुमसुम पड़ी हरारत एकाएक फड़कने लगती है। कितना वंचित रहा, यह बात मुझे बेतहाशा उद्वेलित करती है।

मेरे हैंडबैग से निकली चीज़ों को पापा तीखी निगाह से देखते हैं। भैया की जर्सी के पीछे का टिप्पा जाँचते एकाएक कह उठते हैं—"लगता है धन्धा कुछ बढ़िया नहीं चल रहा?"

"नहीं, ऐसा नहीं है। बिलकुल ऐसा नहीं है।"

"आर यू श्योर?"

"श्योर! एक और साल तक बढ़िया हो जाएगा।"

"अभी कितने साल हो गए? दो? ढाई?...नहीं तीन। हैं नऽऽ?"

मुझे लगा तीन वर्ष की अवधि को पापा जानबूझकर उघाड़कर कहते हैं। "हाँऽऽआँ। तीन नहीं, लगभग तीन। क्यों?"

"नहीं, यों ही पूछा। लोग कहते हैं जितना कुछ यहाँ पैंतालीस-पचास की उम्र में नसीब होता है, वहाँ का लौंडा बीस-बाईस की उम्र में पैदा कर लेता है।"

"सच ही होगा। हाँ, सच ही है।" मैं अपने कथन को सँभालने की कोशिश करता हूँ।

"तू कहाँ तक पहुँचा?"

"इकट्ठा बता दूँगा। आप लोगों को सरप्राइज़ दूँगा।"

मैं मन ही मन पापा की सूझ की दाद देता हूँ। सन्दर्भ बदलने के लिए इधर-उधर देखता हूँ।

लाल सलवार पहने एक कम उम्र की लड़की ठीक उसी समय चाय की ट्रे लिये भीतर घुसती है। यह स्थिति मुझे ख़ूब सांत्वनीय लगती है।

"यह कमली है।" भैया परिचय कराते हैं। "कमली, यह फ़ोटो वाले भैया हैं। तुमने पहचाना?"

"अब कहाँ है फ़ोटो?" कहते-कहते कमली भाग खड़ी होती है।

मेरे अन्दर एक जिज्ञासा जैसी सुलग उठती है। कमली ने क्यों कहा कि अब कहाँ है फ़ोटो। मैं टी.वी. की दिशा में निगाह घुमाने को बेचैन हो उठता हूँ। वही मेरी फ़ोटो का अब तक का जाना हुआ ठिकाना है पर टी.वी. पर महाकाय गणेशजी की एक बुटकी-सी मूर्ति दिखाई देती है।

मैं मन ही मन माँ का पीछा करने लगता हूँ। पहली बैठक के बाद माँ व्यस्त-सी इधर-उधर घूम रही है। माँ को अचानक गैस के पास खड़ा देख मैं उस छोटे से एकान्त में घुसपैठ कर लेता हूँ। धर-पकड़कर पूछ लेना चाहता हूँ कि टी.वी. पर जो रखी रहा करती थी, कहाँ गई मेरी वह फ़ोटो।

अपने से जुड़ी बात को दनदनाकर कहने का बल अपने भीतर बटोर नहीं पाता अत: चोर दरवाज़े को पा जाने का इंतज़ार करने लगता हूँ।

माँ काँसे की कड़ाही में धीरे-धीरे सूजी सेंक रही है। हलवा बनाने का उपक्रम कर रही होगी। काँसे की कड़ाही देखते ही अपना अभिषेक करता माँ का कथन याद आने लगता है।

"अच्छा हुआ सहेज ली। आजकल तो लोहे के पत्तुर जैसे बर्तन आते हैं।" दादी के साम्राज्य को अपनी सीमा में लाते हुए माँ कहा करती थी।

थोड़ी देर में माँ के पीछे यों ही खड़ा रहता हूँ। ध्यान ख़ाली नहीं है इसलिए कोई दूसरी बात मन में जगह नहीं ले रही।

कड़ाही में सूजी ने ललाई पकड़ ली है। माँ की कलाई तेज़ी से चलने लगी है। चीनी का बर्तन और पानी उसने परे से अपने पास खींचा है। पकाने की ज़रूरत में अब उसका ध्यान है।

मैं विचार को भीतर से स्थगित कर डालता हूँ और बाहर टहल आता हूँ। आँगन में खुले में सिर के ऊपर आकाश का एक टुकड़ा बन्दी है। नीचे दीवार के साथ लगी हरी-भरी, फली-फूली क्यारियाँ पसरी हैं।

ईंटों से घिरी उस हरियाली पट्टी में से मैं उस बिरवे की तलाश करने लगता

हूँ जो श्यामली की बग़ीची में से एक हरे-भरे सम्बन्ध के आदर में लाकर लगाया गया था।

श्यामली को यह एक बेजोड़ तरकीब लगी थी। उर्वरा के माध्यम से गठजोड़। कितना ही तोड़ो, नहीं टूटेगा। मिट्टी में घुल-मिल जाएगा।

बाद में माँ ने लिखा, श्यामली इसी बात को बीच में रखकर रोती रही थी। कितना क्रूर हूँ न टूटती चीज़ों को तोड़ा, न छूटती को छोड़ा। देश भी। धर्म भी। प्यार भी। माँ इस बात को सदा दबाकर लिखती हैं। बहुत कोंचो तो थोड़ा उगलती हैं। कोंचने के लिए रिश्ता भी कौन-सा माँ। माँ क्या कोई मेरी छोटी बहन है? दीदी से बात चलती तो शायद कुछ लम्बी चल लेती पर दीदी तो दूसरे घर की अमानत है। ऐसा माँ कहती रहती है।

घर में इस समय नितान्त ख़ामोशी है। दोपहर के साढ़े ग्यारह बजे और हो भी क्या सकता है। माँ, छोटी लड़की और छोटी-छोटी खटपट। बीते कल के लबालब उत्साह में से घटते-घटते इस समय इतनी ही चीज़ें बची हैं।

लड़की एक आरामकुर्सी लाती दीखती है। फ़र्श पर रखकर मुझे देखती मेरे कुर्सी पर आसीन होने का इंतज़ार करती है।

"यहाँ आओ," मैं लड़की को इशारे से बुलाता हूँ। "मुझे पता नहीं था तुम यहाँ हो, नहीं तो मैं तुम्हारे लिए भी कुछ लेकर आता।"

"कोई बात नहीं," वह एक सयाना-सा दिलासा देती है और माँ को बड़ा सा कनस्तर लाते देख वापस दौड़ पड़ती है।

"मटर की पछिया भी दे जाना," माँ उसे दूसरा आदेश देती है और दीवार के साथ टिका लकड़ी का बदरंग-सा पाटला मेरी कुर्सी के पास ज़मीन पर रख देती है।

अब एकाएक मैं हूँ और माँ! अकेले। एक-दूसरे के रूबरू। जमी हुई शिकायतों की चीथन के बीचोबीच। पता ही नहीं कहाँ से चलना शुरू होगा—मार्था? चिट्ठी? दूरी?

माँ के मुँह उठाकर देखने से मैं सहम जाता हूँ। अगला पल आए, इससे पहले ही उस पर झपट पड़ता हूँ।

"हाँ, याद आया। कमली कल कह रही थी न, अब नहीं है वहाँ फ़ोटो। सच में कहाँ गई वह फ़ोटो...जो टी.वी. पर रखी रहती थी?"

माँ ऐसे किसी प्रश्न की अपेक्षा में नहीं रही होगी। सरसरा-सा बोली—"तुझे तो वैसे भी कहाँ पसन्द थी वह वाली फ़ोटो!"

"हाँ, नहीं थी..." माँ को मैं कहना नहीं चाहता कि मार्था कहा करती है, "इस फ़ोटो में तुम भोंदू जैसे लगते हो। एकदम अनइंटेलिजेंट।"

कुछ ऐसा बन गया है कि मार्था की टिप्पणी के बिना मैं उस फ़ोटो तक पहुँच

ही नहीं पाता। हरियाली के गझिन विस्तार में ढीले-ढीले कुर्ते में बेध्यान-सा एक नवयुवक। माँ को इस अंकन में क्या मोहक लगता होगा।

मैं माँ की दृष्टि बन जाता हूँ तो और उलझ जाता हूँ। माँ और मार्था की पसन्द के बिन्दुओं से अपने को हटाकर अपना मत स्थिर करना चाहता हूँ तो सच में जड़ हो जाता हूँ—भोंदू! अनइंटेलिजेंट!

फ़ोटो से पलटकर आते अक्स क्या मेरे भीतर प्रवेश कर चुके हैं?

"हाँ। तो फिर क्यों हटाई?" मैं माँ को उकसाने में लग जाता हूँ।

"तुम बताओ अच्छा।"

"तुझे लगा होगा कि गिर जाएगी। टी.वी. सारा दिन चलता जो रहता है।"

मेरे ऐसा कहने पर माँ ठहाका लगाती है। ठहाका लगाने में माँ की आँखें लबालब भरती आती हैं। ऐसा ही सदा होता है जब रोएँ-रोएँ से हँसना चाहती है माँ तो रो ही पड़ती है।

"ऐसा डर हो तो टी.वी. से उठाकर कहीं और नहीं रख सकती मैं?"

मैं झेंप जाता हूँ। "तुम्हीं तो कहा करती थी कि ऐसी जगह रखना चाहती हो जहाँ से चौबीस घंटे देख सको।"

"पर ऐसी तो बहुत सी जगहें हैं।" माँ का स्वर निरावेग है।

"जैसे?"

"जैऽऽसे"—माँ सोचने लग जाती है।

जानने को मैं जानता हूँ कि ऐसी निश्चित ही एक जगह है जहाँ स्त्रियाँ अधिकांश समय बनी रहती हैं पर नहीं कहता। इस कथन के छोर पर सदा एक अंगार जैसा रखा रहता है। आज के ज़माने में। कोई किसी भी स्त्री से निर्द्वंद्व होकर नहीं कह सकता कि उसका आधे से ज़्यादा जीवन रसोईघर में गुज़रता है। विवाद छिड़ जाता है। सभी लोग इस प्रसंग से बचकर निकलते हैं, चाहे बात को कितना भी सच मानते हों।

वहाँ की हवा में रहते-रहते कुछ ज़्यादा सावधान हो गया हूँ। हालाँकि चाहूँ तो मैं माँ से ऐसा कुछ भी कह सकता हूँ। वह क़तई बुरा नहीं मानेगी। विवाद भी नहीं करेगी। कड़वा भी नहीं बोलेगी पर क्या इसीलिए मैं माँ को वह सब कहूँ जो मैं किसी दूसरी स्त्री से नहीं कह सकता या नहीं कहना चाहता।

माँ को तो मैं कितनी-कितनी हार्दिकता देना चाहता हूँ। सराबोर कर देना चाहता हूँ पर मेरे पास ऐसा कुछ करने-धरने के तरीक़े कितने कम हैं!

माँ के पास तो ढेर-ढेर तरीक़े हैं—यह हलवा तेरे लिए। यह चटनी तेरे लिए। यह तेरी पसन्द की चादर। यह तेरे लिए ख़रीदा कैसेट। यह करौंदे का अचार।

मेरे पास क्या है जिससे मैं 'माँ को अच्छा लगे' की अनुभूति को सम्भव बना सकता है। यहाँ कौन-सा छोर है जो नितान्त मेरा अपना है जो इस हार्दिकता की सृष्टि कर सके।

इतने दिनों बाद घर आया हूँ तो लगता है सब कुछ अपनी तर्ज़ और तराजू पर तुलने में लीन है। सभी काम सुचारु रूप से चल रहे हैं मेरे बिना। घर है कि मेरी अनुपस्थिति का अभ्यस्त हो चुका है पूरी तरह। जाने से पहले जो-जो बातें मेरी उपस्थिति की अन्तिम रूप से आश्रित थीं, मेरे बिना भी उतनी ही सम्भव बनी हुई हैं।

मुझे याद है, एक बार भैया ने मुझे दोबारा दौड़ाया था। जाड़े की रात। साढ़े नौ बजे। "मालूम नहीं ब्राउन ब्रेड तुम्हें ही लानी होती है। चिंटू तड़के निकलता है। तब तक तो लाट साहब की नींद ही नहीं खुलती।"

बिजली का बिल, पापा का डॉक्टर, मकान की क़िस्तें, बैंक का हिसाब और अपना कॉलेज।

"वेस्पा क्या ले दिया कि तुम लोगों ने मुझे गधा समझ लिया।" एक दिन के अपने बेतरह के कुढ़ने-चिढ़ने को मैं याद करता हूँ। याद करता हूँ उस दिन कॉलेज में प्रो. शर्मा की धुनाई। ट्यूटोरियल नहीं दे पाया था। प्रो. शर्मा ने अपमानित किया था पूरी कक्षा के सामने। मैं चुपचाप खड़ा रह गया था।

असित ने बाहर निकलकर कहा था, "तुम गधे हो। कौन सुनता है आजकल मास्टरों की...तुम कहो तो इनकी अक्ल ठिकाने लगा दूँ?"

"नहीं भाई। कुसूर मेरा है," वह बड़बड़ाता जा रहा था और मैं खड़ा-खड़ा इस बात पर ताज्जुब कर रहा था कि मैं आख़िर भूल कैसे गया कि मंगल को ट्यूटोरियल देना है। "असल में यार घर में..."

रपटने को चलती बात मेरे मुँह में ठहर गई थी। असित को और यह सब?

उस दिन मुझे कड़वी तरह लगा था कि मुझ पर बहुत बोझ है। घर में किसी को अहसास तक नहीं कि मेरा बी.ए. का तीसरा वर्ष है। वेस्पा का होना ही काफ़ी नहीं है यूनिवर्सिटी पहुँचने का समय बच जाता है पर घर का उतना ही अतिरिक्त काम लदकर आ जाता है। कितना बिगड़ता था कि जो कुछ कराना है, उसकी लिस्ट बनाकर रखो, एक ही चक्कर में करवा लो, पर...

अब अचरज होता है। वे सब खाइयाँ कहाँ गईं जिन्हें ये लोग कहते थे मेरे द्वारा ही पाटे जाना है। वह सब काम, ज़रूरतें, सहारे और सहारों के तर्क। डेढ़ दिन में लगने लगा है कि ख़ास कुछ करने को नहीं है। उपहारों की भेंटा-भेंटी के बाद, प्रफुल्लता प्रकट करने की गहमागहमी के बाद सब अपने-अपने दड़बों में लौट गए हैं। रह गई है केवल माँ लबालब अनुग्रह बरसाती।

पहले के दिन रहे होते तो मैं इसे माँ के माँ-पन का इज़हार समझता। माने बैठा होता कि जो कुछ भी वह मुझे दे रही है, उसे लेता हुआ भी मैं उसे ही अनुगृहीत कर रहा हूँ। उसकी ममता के पानी को बहने देने की जगह बख़्श रहा हूँ।

अब लगता है आपसीपन की यह कितनी भोंड़ी शर्त है। लेना पाना ख़ुद, पर

देने वाले को इच्छुक उत्कंठित समझना। उसके आत्मदान की उदारता को अपना स्थायी अधिकार समझना।

यह बेहूदापन कभी जान ही न पाया होता यदि ले-दे गणित की इतनी सँकरी सुरंग में से टकराता आया न होता। कुछ भी तो मानकर नहीं चल सकते। हर रिश्ते में गणित बराबर रखना पड़ता है। देने को तत्पर हों तो ही लेना चल सकता है। माँ-बाप, भाई-बन्धु, पति-पत्नी जैसे हार्दिक सम्बन्धों में भी हिसाब चलता है। कितना प्यार करते हैं, इसकी माप-तौल को दिखलाते रहना पड़ता है। चूमने-चाटने का क्या इसीलिए कभी अन्त ही नहीं होता।

शुरू-शुरू में इतना अटपटा लगा था कि मार्था से सीधे पूछ बैठा था, "क्या है...यह हर समय का चूमना-चाटना। किसी बात को इतना गाते रहो, तो रिश्ता उथला नहीं पड़ जाता? कानों के पास भिनभिन चलती रहती है, सत्त निकल जाता है।"

"आर यू स्टुपिड ऑर इन्नोसेंट?" मार्था एक आमोदी-विनोदी भाव से मेरे गले में झूल जाती है, "गरमाई मिलती न रहे तो सामने वाला कहीं और न टहल जाए। हर तरफ़ एक से बढ़कर एक फुसलावे हैं।"

खोने का डर। इतना विकट पर इतना लिपा-पुता। मैं दूर कहीं दीवारों के अन्दर चुपचाप रहते और प्यार की पट्टन के बिना जीते-जागते लोगों के बारे में सोचने लगता हूँ।

वह 'कुछ' क्या होता होगा जो हर हाल में उन्हें अडोल रखता होगा।

ध्यान के इस खोएपन को तोड़ने के लिए ही शायद माँ ने इस तेज़ी से कनस्तर खोला होगा। चौखूँटे कनस्तर में कम से कम दस-बारह किलो चावल तो ज़रूर होंगे।

इतना चावल बीनने में खपने वाले समय का हिसाब लगाता मैं माँ को ध्यान से देखता हूँ। मुचड़ी हुई साड़ी। खिचड़ी बाल। होंठों के कोनों से लगी मांस की एक लकीर ढलक आने को तैयार। उँगलियों के पोरों पर एक कटा-पिटा खुरदरापन चीख़ रहा है। कौन कहेगा माँ इतने बड़े कॉलेज के प्रिंसिपल पद से रिटायर हुई थीं। उस पद के कोई निशान?

"क्या देख रहा है?"

"तुमको।" हाथ बढ़ाकर उसके दाएँ हाथ की खुरदरी पोरों को मैं अपनी मुट्ठी में दाब लेता हूँ। माँ को थामे रहने की यह मुद्रा एकदम सहूलियत भरी है। मैं आरामकुर्सी पर बैठा हूँ, माँ पास ही पाटले पर निष्क्रिय बैठी है। उसके पोरों और नाख़ूनों पर मैं धीरे-धीरे अपनी उँगलियाँ फिराता हूँ। उस घड़ी मैं माँ का मुख देखना चाहता हूँ पर हिम्मत नहीं पड़ती। सिर घुमाकर उसकी ओर उन्मुख होने की सुविधा भी महसूस नहीं होती।

इस साझेपन को मैं तोड़ नहीं सकता। माँ है कि एक अदृश्य अकथ तरीक़े से मेरी ओर बह रही है। कितना कुछ कह रही है। अपनी खरखरी चमड़ी के स्पर्श से दूर...कितना दूर ले जाकर।

यह एक बात है जो यहाँ आकर ही समझ में आती है। छूते हुए भी छूने के पार जाना। पार की चीज़ों को पहले छू पाना और उनके हवाले होकर रहना। मार्था इस बात पर कितना कुढ़ती है।

"क्यों एकाएक...यह तुम इस तरह कहाँ चले जाते हो?" वह मेरी जाँघ से चिपके-चिपके मेरी देह पर पसरी अपनी टाँग परे हटा लेती है और मेरी छाती को अपने बाहुबन्ध से मुक्ति दे देती है।

मैं जानता हूँ, मार्था मुझे वापस पाने के लिए ऐसा करती है। धक्का जैसा देती है मार्था। नहीं जानती कि वहाँ अगर होता तो कहीं जाता ही क्यों। यह तो कहो, मार्था कभी भीतर तक तन्मय हुई तो जान लेती है, नहीं तो यहाँ देह के आदान-प्रदान से ही काम चल जाता है। कितना कुछ है जो तलछट की तरह नीचे का नीचे ही जमा रह जाता है—अड़कर। पानी का तेज़ बहाव जमे को निरख लेने की कभी छूट ही नहीं देता। ज़िन्दगी है कि लदने की परिभाषा बनी रहती है।

माँ का हाथ है कि मेरी मुट्ठी में छटपटाया है। क्या माँ मार्था से ज़्यादा संवेदनशील है? मैं लज्जित हो जाता हूँ इसीलिए तुरन्त माँ के हाथ को मुक्त नहीं करता, बल्कि हाथ को और पास खींचकर उसकी पोरों पर एक हल्की सी पुच्च छाप देता हूँ। मुट्ठी खुल जाती है।

अब इस समय मैं माँ से भी परे हूँ। हो गया हूँ अचानक। इसीलिए पलटकर उसे देखना सम्भव हुआ क्या?

घुटने में दबी उसकी चुन्नटों को फड़फड़ाकर कहता हूँ, "नहाई नहीं अभी तक। कहूँ तुम्हें गंदी?"

"नहाना-धोना तो रोज़ चलता है। होता रहेगा। सोचा, तेरे पास बैठ लूँ। तू अभी ख़ाली बैठा है?"

"नहीं, ख़ाली तो नहीं बैठा"—'नहीं' शब्द को मैं जानबूझकर फैलाकर कहता हूँ। "अभी तो अख़बार को हाथ तक नहीं लगाया।" जो कुछ यहाँ हो रहा है उसे मैं भूखे की तरह जान लेना चाहता हूँ। तुलना करने को अकुलाता हूँ।

माँ को मैं कहना नहीं चाहता कि कितने ही सिरे समेटने हैं कि मैं ख़ाली होना चाहता हूँ। बिलकुल रीता। अकेला। इतना अकेला कि बस "मैं रहूँ जो मैं कभी नहीं होता। कभी नहीं होता 'यहाँ' और कभी नहीं हो पाता 'वहाँ'। एक पूरा देश है जो मेरी चेतना में ठुसा-ठुसा रहता है। एक पूरी संस्कृति, एक पूरा समाज, करने-धरने का एक मुकम्मल तौर-तरीक़ा। मार्था के माध्यम से। मार्था है तो उस देश को मेरी

चारदीवारी के भीतर ले आती है। दरवाज़े, खिड़कियाँ, झरोखे बन्द कर लेने से कोई फ़र्क़ नहीं पड़ता। मार्था है तो फिर वह सब है।

माँ चाहे तो इन सब बातों को जान-समझ सकती है। पास के और दूर के अकेलेपन में फ़र्क़ कर सकती है पर करेगी क्या? बात चलाऊँ तो झट कहेगी, "इस अकेलेपन की मार ने ही तो तुम्हें डुबोया।"

डुबोया? यह मापक जैसा शब्द जब कहा गया था तो मुझे ईंट जैसा लगा था। चाहे कहने को 'कुछ' ऐसा ग़लत तो नहीं कहा गया था। अपने बारे में मैं ख़ुद कहने बैठता तो ऐसा ही कुछ कहता पर मेरा अर्थ माँ की तुला के काँटे से परे खड़ा मिलता।

"तुम चाहो तो कमली से अख़बार मँगा लो..." माँ शायद मेरे पिछले कथन का विचार करके कहती है।

"नहीं। रात को पढ़ लूँगा।" कहते-कहते मेरे मन में एक प्रश्न आन छिटका है। प्रश्न के आने की पगडंडी मैं देख रहा हूँ, माँ कैसे देखेगी।

"अच्छा! एक बात बताओ, तुम ख़ालीपन और अकेलेपन में फ़र्क़ कर सकती हो? मेरा मतलब है हौलदिली और अकेलेपन में?"

"क्यों पूछ रहा है?"

"ऐसे ही।"

"क्या बहुत ख़ाली लग रहा है?"

"नहीं। पुरानी बात कर रहा हूँ। शुरू के दिनों की। जब मैं वहाँ गया था।"

संजीदगी का जाला माँ के चेहरे को छेड़ता हुआ निकल जाता है। "तुमने पुरानी बातें कभी बताई कहाँ?"

"वह तो मार्था को भी कहाँ बताई?"

"क्यों नहीं? क्यों पर?" माँ एकाएक चिन्तित हो जाती है। ठहर जाती है। उसके ठहरने में एक इंतज़ार है कि आगे की सूचना स्वतः खिंचती चली आए। उस वृत्त को कोंचकर निकालने की जलालत से उसे गुज़रना न पड़े।

माँ ऐसा क्यों चाहती है, मैं कुछ-कुछ जान पा सकता हूँ। मार्था के साथ का फ़ैसला माँ-बाप को बाहर रखकर किया गया था। किया नहीं था, स्वतः हो गया था।

बाहरी होने की पीड़ा को माँ अभी भी चिपकाए रखना चाहती है।

वह इस रिश्ते का अपना निजी दर्द है, जिसे कोई टूटी हुई किरचों की तरह उठाकर बाहर नहीं फेंक सकता।

मुझे चुप देख माँ ने कनस्तर से एक छोटी ढेरी चावल थाली में लुढ़काए हैं। मैं जानता हूँ, अब वह ख़ूब तत्परता से चावल बीनना शुरू करेगी। हाथ में आए धान के छिलके को फेंकने की बजाय चुटकी में रखकर तोड़ती-मरोड़ती रहेगी। अबोले से छेदेगी।

चुप्पी से चीथने का यह दंड कब ख़त्म होगा। कभी तो कोई पूछता कि कब कोई ऐसा कुछ करता है। यानी कि वही कुछ क्यों नहीं करता जो उससे चाहा जाता है। चाहे गए को कर गुज़रना पराक्रम की बात सही पर न कर सके तो...।

माँ है तो पूछ तो सकती है कि तुमने ऐसा क्यों किया। श्यामली से बनते-बनते रिश्ते को स्लेट पर लिखी इबारत की तरह क्यों पोंछ दिया। ऐसे रिश्तों को पोंछ देने की ताक़त जिस 'होने' में होती है वह कितना दारुण होता होगा। उसकी कोई छोटी-मोटी तफ़सील हो सकती है क्या?

हो सकती होती तो भी...।

घर से कोसों का फ़ासला और हर घड़ी अपने ही लहू में चिपचिप पाँव। रोते-झींकते अक्षरों से यह फ़ासला तय नहीं किया जा सकता था। कभी लिखने की चेष्टा भी की तो पापा का ललकारता हुआ चेहरा ही उभर-उभर आया। कैसे कहता कि हिज़ मर्चेंट सन हैड लॉस्ट द शोर।

दाह एक बार ढाँपी तो फिर ढकी ही रही। कैसे कहता कि किन चीज़ों से टकरा रहा हूँ। अक्सर रात बाहर बितानी पड़ती है। दिन में कैंडी बेचनी पड़ती है। थोड़े से सेंट्स का जुगाड़ करने के लिए कारों में पेट्रोल भरना पड़ता है। होटलों में क्रॉकरी धोनी पड़ती है। फुटपाथ पर कश्मीरी मफ़लर और गुज़रातियों की बनाई हुई कॉस्ट्यूम ज्वैलरी बेचनी पड़ती है। उन सबको सम्मान देने के लिए मेरे पास कुछ नहीं है। कुछ नहीं था।

मैं तो मार्था तक से कह नहीं पाया था कि क्यों मैं उसके पहलू में आकर इस तरह अवसन्न बैठ गया हूँ। उठते-बैठते लगता था, एक खाऊ-सी खोह मेरे पेट के बीचोबीच पसरती चली जा रही है। अपनी चौड़ाई को पाने के लिए मेरे पुट्ठों को बेतहाशा धकिया रही है। इतनी कि अस्थियों को मुचकाकर दम लेगी।

आँख झपकी नहीं कि लगता था घोंट दिया जाऊँगा। चीख़ भी नहीं पाऊँगा। मिमियाता रह जाऊँगा। चीख़ भी लिया तो कौन सुन पाएगा?

कौन जाने मार्था ने मुझे ढूँढ़ा या मैंने मार्था को। मकान के नाम पर उस दड़बे जैसे सेलर में जब वह मुझे छोड़कर गई थी तो दिन के ग्यारह बजे थे।

दरवाज़ा खोलते ही कमरे की ऊँचाई पर बने रोशनदान के पार उसने उँगली दिखाकर कहा था, "वह देखो बर्फ़। यहाँ लेटे-लेटे तुम बर्फ़ भी देख सकते हो।"

उसे क्या पता था कि ऐसी ही नहीं,...कैसी भी सुन्दरता के लिए मैं तैयार नहीं था। कृतज्ञता प्रकट करने को कहा जाता तो शायद मुझसे निभ जाता।

पिछली रात तलमार्ग (सब-वे) से गुज़रते, ख़ूब लम्बे-तगड़े एक काले भुच्च जैसे आदमी ने सामने से आकर मेरी नाक की नोक पर एक ज़बरदस्त घूसा जमाया था। सारे शरीर में दौड़ गए झन्नाटे से मैं अभी उबर ही नहीं पाया कि मेरी आँखों

के सामने तेज़-तेज़ चुटकियाँ बजाते वह चिल्लाया—"टेक आउट व्हाट यू हैव। यू स्वाइन" (निकालो, जो कुछ तुम्हारे पास है, कुत्ते!)

उसकी गुड़ी-मुड़ी भाषा से अधिक यह बात मैं उसकी मुद्रा से समझ पाया था। दीवार के सहारे उठने-उठने के यत्न में ही मैंने अपनी जेबें उलट दीं। सब-वे से निकासी वाला धातु का एक सिक्का खनखनाकर गिरा था। अब उसने हाथ बढ़ाकर कॉलर के कुछ नीचे मेरे विंडचीटर को मुट्ठी में भींच लिया था। अपनी फ़ौलादी बाँह उठाकर उसने मुझे हवा में ताना और उसी ऊँचाई से ज़मीन पर पटक दिया। 'यू ब्लड़ी इंडियन'—कहकर उसने जूते की नोक से मेरे मुँह पर भरपूर ठोकर मारी और आगे निकल गया।

आँख खुलने पर मैंने अपने को 'जेनिथ फ़ोटोग्राफ़र' के यहाँ पाया था। मार्था ने बताया था उसका पार्टनर मुझे पीठ पर लादकर स्टूडियो में लाया। लादकर लाने की बात पर मैं आश्चर्यचकित हुआ था। ऐसा होना मेरे जाने हुए के विरुद्ध पड़ता था। सड़कों पर कुछ भी होता रहे—क़त्ल, हत्या, चोरी, बलात्कार—राहगीर को अपनी राह नापनी है। करुणा? वह भी काली चमड़ी के प्रति! असम्भव!

बाद में कभी मार्था ने बताया था कि जेब एकदम ख़ाली हो तो ऐसी ही पिटाई लगती है। जेब में इसलिए कुछ होना चाहिए सो दैट यू कैन शट दीज़ डॉग्स। पैसे के उपयोग की एक नई जानकारी हाथ लगी थी पर देने के लिए पैसा या जीने के लिए पैसा—वह एक ज़्यादा तीखा सवाल था।

मुझे आँखें खोलते देख काउंटर पर खड़ी मार्था ने हाथ में पकड़े प्रिंट परे सरकाए और झुककर बोली, "आर यू ओ.के. (तुम ठीक हो?)?"

"यस!"

ग्राहक प्रिंट लेने आ गया था। निपटी तो पूछने लगी—"यू हैव वर्क?"

"नो!" उत्तर मैंने सिर हिलाकर देना चाहा था। सिर हिलाने भर से एक झन्नाहट मेरी शिरा-शिरा में उतर आई थी। क्यों मुझे मार्था की उपस्थिति बाधक जैसी लगी थी। मैं बुक्का मारकर रो देना चाहता था। रेशे-रेशे की तल्खी को भिगो लेना चाहता था।

"यू हैव होम?" उसने कोमलता से पूछा था।

"नॉट रियली!"

"कॉफ़ी?"

"यस, इफ़ यू प्लीज़!" इस बार मैंने अपने सूजे होंठों से बोलने का यत्न किया था।

मार्था बाहर के ठेले से ब्लैक कॉफ़ी ले आई थी। उठने में मैंने उसकी सहायता नहीं चाही पर उसने दी।

"आर यू सर्विंग हियर?" मेरी बारी थी।

"नो, फ़िफ़्टी-फ़िफ़्टी पार्टनरशिप। आयम हैफ़ ओनर।"

उसने 'हाफ़' को अमेरिकनों की तरह 'हैफ़' कहा था। इस शब्द का प्रचलन रिश्तों में उठते-बैठते होता है—हैफ़ मदर, हैफ़ फ़ादर, हैफ़ सन या सिस्टर।

"कीप सिटिंग टिल आय फ़िनिश माई वर्क" (बैठो, जब तक मैं काम ख़त्म करती हूँ।) कॉफ़ी पी लेने के बाद उसने मुझे आदेश दिया था।

वह फुर्ती से कभी स्टूडियो, कभी डार्करूम में हिरती-फिरती रही थी। कोई बैठा है, इस असलियत से बेख़बर होकर।

बैठा रहा गुम का गुम। कुछ नहीं था। न भीतर न बाहर। घिरती घेरती एक रिक्ति और बीच में पड़ा एक ढेर—मेरी देह। इसके आगे कोई संवेदन नहीं।

स्टूडियो बन्द करते समय मार्था ने मुझे हिलाया था। कभी बीच में वह मुझे अन्दर फ़ोटो लेने के लिए बनी लम्बी सैटी पर लिटाकर छोड़ गई थी। गहरा सोया होऊँगा। उस दोपहर ग्राहक मार्था ने लौटा दिये थे। बाद में कभी बताया था। काउंटर पर ही काम करती रही थी।

स्टूडियो का शटर गिराते उसने कहा था, "तुम चाहो तो तुम्हें यहीं काम मिल सकता है।"

"कैसे करूँगा? मैं न्यूजर्सी में रहता हूँ। पुल के नीचे, स्लम एरिया में। यहाँ से बहुत दूर पड़ेगा।"

"काम करना चाहोगे तो इधर रहने लगोगे।"

उस रात मैं मार्था के आवास पर सोया था। अगले दिन स्टूडियो जाने से पहले वह मुझे 'एन एबोड विद किचन एंड बाथरूम' में छोड़ गई थी। दोपहर के ग्यारह बजे। रोशनदान के पार उँगली दिखाते हुए, "देखो, यहाँ लेटे-लेटे तुम बर्फ़ भी देख सकते हो।"

मार्था की नज़र बचाकर मैंने 'एन एबोड विद किचन एंड बाथरूम' का जायज़ा लिया।

ख़ूब नीची छत। दाग़दार सिंक के साथ जुड़ा एक छोटा प्लेटफ़ॉर्म। छत को ऊँचाई तक छूते दो शेल्फ़। अंजर-पंजर फ्रिज। गुच्छे के गुच्छे कॉकरोच। कुछ बिखरे बर्तन जिनकी कगारों पर पता नहीं किस-किस की जूठन के निशान। ज़मीन पर बिछा पुराना कार्पेट। हवा में टिकी-सी तले अंडे की पुरानी गंध...

मार्था के जाना चाहने ने यह क्रम तोड़ दिया। वह गई तो मैं धम्म से सोफ़े पर बैठ गया। लगा, खड़ा रहा तो यह सिर को छूती छत दबोच लेगी। पसर जाना मुझे सुविधाजनक लगा।

पसरा नहीं कि लगा जैसे प्लेटफ़ॉर्म छाती पर चढ़ आया है। सोफ़ानुमा खाट का दायाँ हिस्सा उससे भिड़ता हुआ। प्लेटफ़ॉर्म के बाईं ओर एक अदद बॉयलर। दो बड़े-बड़े पाइप जो मेरी छत को फाड़ते हुए मकान के ऊपरी हिस्से में प्रवेश

पाते थे। मकान के असली हिस्से के लिए ताप और गर्म पानी की सुविधा के लिए बनाए गए होंगे।

इस अग्निवाह से इतनी निकटता! पसीना चिपचिपा आया था। सर्दी-बर्फ़ के दिनों में। मार्था की दिखाई बर्फ़ की शीतलता पा लेने की चेष्टा की थी, पर सोफ़े पर लेटे दो कँटीले तारों की लम्बाई आकाश के टुकड़े को काटती नज़र आई थी। दरवाज़े के बाहर इतना खुला मैदान भी है जहाँ सफ़ेद-सफ़ेद फाहेदार बर्फ़ गिरती रहती होगी, इसे सोफ़े पर लेटे देखा-जाना नहीं जा सकता था।

कब सोया, कितना सोया, कुछ पता नहीं। आवाज़ के आघात से ही जागा होऊँगा।

मार्था थी। दूसरी चाबी से दरवाज़े को ढकेलती वह भीतर घुसी थी। ख़ूब सर्द झोंका और सिंदूरी रोशनी की कतरन उस घुप्प अँधेरे में उसके साथ ही भीतर दाख़िल हुई थी।

खट! आते ही उसने रोशनी कर दी और ओवरकोट उतारकर कुर्सी की पीठ पर फेंक दिया। ठंडी गैस पर केतली रखी हुई थी। तभी याद आया, थोड़ी देर पहले उठने की चेष्टा में मैं केतली में पानी भरकर गैस पर रख आया था और लाइटर न ढूँढ़ पाने के कारण दोबारा पड़कर सो गया था।

मार्था के रोशनी करने का अर्थ था—उठो। पर ऐसा बन नहीं पाया था। रगों में रेंगती सी चींटियाँ। सिर ऐसा जड़ ठूँठ कि लगे बैठ गया तो कन्धों पर कैसे टिक पाएगा।

"यू लेज़ी लम्प! स्टिल स्लीपिंग?" अपने कन्धे पर का बैग फेंककर मार्था ने मुझे सोफ़े के गड्ढे से बाहर खींचने की कोशिश की थी।

कोशिश निष्फल गई तो वह सिमटकर मेरे ही पास सोफ़े पर बैठ गई और मेरी भौंहों पर उँगलियाँ फिराने लगी।

मैं खटाक से उठ बैठा। लगा, मैं मार्था के भीतर के किसी गोपनीय हिस्से को अनचाहे भी देख पा रहा हूँ।

मेरे उठते ही वह भी उठ खड़ी हुई। बैग से बटुआ निकालकर बोली, "यह लो अपने 40 डॉलर। एक जैकेट बेच दी है।"

"किसे दी?"

"हाउ इट मैटर्स। चाहोगे तो बाक़ी की भी स्टूडियो में रख लेंगे। बिक जाएँगी।" उसके कथन में एक समापन का भाव था।

अब वह पर्स से ब्रुश निकालकर जल्दी-जल्दी अपने बालों को सुलझा रही थी। फिर बाएँ हाथ में छोटे-से हैंडल वाला शीशा और होंठों पर दोहराई जाती लिपस्टिक। फिर एक स्कार्फ खींचकर सिर पर बाँधने का उपक्रम। यह बाहर की बर्फ़ीली हवा से भिड़ने की तैयारी थी।

मैं उद्विग्न हो आया। लगा मार्था जाने वाली है। मार्था चली जाएगी। रह जाऊँगा मैं। यहाँ। नीची छतों और तपते पाइप की प्रबलताओं में घुटता हुआ।

"कहीं चलोगी? बाहर...लेट अस सेलीब्रेट...एटलीस्ट टुडे," मैंने धीरे से उसे पूछा। सोफ़े पर पड़े काग़ज़ के हरे टुकड़े मैंने उसकी ओर सरकाए थे। रुकने के लिए चारा न डालना होता तो इन्हें मुट्ठी में भींचकर छाती की पॉकेट में रखता।

"नऽऽहीं। आज नहीं।" वह अटकती-सी बोली, "सम वन इज़ वेटिंग, मुझे घर पहुँचना है।"

नन्हा-सा घूँसा। छाती में। उसके जाने पर नहीं। अपने वहीं छूट जाने पर। अमंगल की अदृश्य हवा में। अछोर। अकेला। दहशत जाग गई।

बैठे ही बैठे, उसकी स्कर्ट की निचली कोर मैंने उँगलियों की चुटकी से पकड़ी। खींची। क्षीण-सा आग्रह। मुँह से भी दोहराया, "ज़रा देर तो बैठो, फिर चली जाना।"

वह पलटी—"यू डोंट हैव एनी वन?" तुम्हारा कोई नहीं है?

"नन" कहते-कहते मेरे गले में बगूला जैसा उचक आया था।

वह बैठ तो गई पर मन में खड़ी रही। एक उठुंग ओढ़ा हुआ भद्राचार। दहशत लौट आई थी। नसों में रेंगती जर्जर-सी कँपकँपी एक उतावला-सा प्रश्न मेरे मुँह में छोड़ गई थी।

"...सुनो, क्या तुम कभी अपना देश छोड़कर कहीं गई हो?"

"हमें अपना देश छोड़कर कहीं जाना नहीं पड़ता। दूसरे आते हैं। इतना बड़ा जो है।"

बाँहें फैलाकर 'इतना बड़ा' बताने में उसकी कट स्लीव के नीचे से भूरे बालों के दो गुच्छे झाँकने लगते हैं, जो उस समय मुझे अप्रसन्न करते हैं।

"तब फिर तुम कैसे जान सकती हो...कैसा-कैसा लगता है?"

"कैसा?" वह मेरी देह को अपनी बाँहों की कुंडली में लपेटने की कोशिश करती है।

मैं झटके से उसके चंगुल से बाहर आ जाता हूँ। उसे क्या पता मेरे भीतर एक तुला जैसी लटकी है। तुला की एक डंडी सात समन्दर पार की किसी अपेक्षा से बँधी है। दूसरी डंडी पर मैं। भूगोल। खोह। अँधेरा। और अब मार्था। तुला के न्याय पर विश्वास करने बैठूँगा तो भारी को समर्पित हो जाएगी। स्थूलता जीतेगी।

लगा, मार्था ने जाने का इरादा बदल दिया है। वह अब मुझे चूमने-चाटने लगी है। मैं उस सोफ़ानुमा पलंग से कूदकर दीवार के सहारे ज़मीन पर बैठ जाता हूँ। उफ़ कमरा कितना गर्म है, दीवार कितनी ठंडी।

"सो यू आर रियली सीरियस...एंड सिक।"

"कहा था न तुम इन बातों को नहीं जान सकती।"

"चलो, जान लेती हूँ।" वह मेरे सामने बैठी हथेलियों में अपने गालों को बाँधे मुझे एकटक देखने लगती है। उसकी आँखों में अब एक लपट जैसी सुलग रही है।

"नहीं, एकदम नहीं जान सकती तुम। कितनी छोटी-छोटी बातों के लिए भूखा

हो जाता है मन। अपनी पहचान की चीज़ें ढूँढ़ता है—दुकानें, साइनबोर्ड, रास्ते, आकाश का रंग, आवाज़ें, बच्चे-बूढ़े, चेहरे का रंग। सब कुछ मिस करता है।... ऑलमोस्ट एवरीथिंग। पर जानती हो क्या मिलता है चारों ओर। सब कुछ एकदम अलग...डिफ़रेंट। थोड़े दिन तो कुछ इंटरेस्टिंग लगता है, फिर ख़ालीपन दबोचने लगता है। हर पल लगता है—मैं कहीं और हूँ, कहीं बाहर...और अकेला।"

"ओह! यह तुम क्या बक रहे हो। मुझे लगा, तुम अपने पेरेंट्स और ग्रैनी की बात करोगे।"

"मैंने कहा था न, नहीं समझ पाओगी तुम। फ़ासला समझती हो, फ़ासला। डिस्टेंस। हाउ इज़ इट टु फ़ील द डिस्टेंस इन युअर रिब्बस। लगता है आवाज़ दी, तो देर से सुनी जाएगी। चलने लगूँ तो देर से घर पहुँचूँगा, चिट्ठी चली तो देर से आएगी, कब-कब क्या-क्या हो जाएगा, पता नहीं। मैं रास्ते में ही अटका रह जाऊँगा। जो कुछ भी मैं यहाँ रहते हुए देखता हूँ—अमीरी-ग़रीबी, ठाट-बाट, झगड़े-दोस्त कुछ भी असर नहीं करता। कुछ अपना नहीं लगता।"

वह ऊबती-सी कहती है—मैं क्रेज़ी हूँ। सेंटिमेंटल फ़ूल। बहकने को तैयार बैठा रहता हूँ। फिर ठुनठुनाते हुए कहती है, क्योंकि मैं किसी को प्यार नहीं करता। करता होता तो यह बकवास न करता...

आँखें तरेरते हुए वह मेरी बग़लों के नीचे अपने हाथ घोंप देती है। धीरे-धीरे मुझे फ़र्श पर घसीटकर अपनी लम्बाई से ढाँप देती है।

फिर से सब कुछ ढक जाता है। भीतर वही सीढ़ियाँ दिखाई देने लग जाती हैं जो सदा अलग-अलग मालों पर ले जाती हैं। बाहर शरीर काम करने लग जाता है।

मार्था तृप्त होती है तो कॉफ़ी बनाने लगती है। केतली ऑन करके वह बाथरूम में दाख़िल होती है। केतली की गुड़गुड़ाहट मेरे पेट में भी बजने लगती है। कॉफ़ी बनाकर वह पहले मेरे मुँह से लगाती है।

"तुम्हारा मग कहाँ है?"

"मेरा?" वह चंचलता से हँसती है और उसी मग में से ख़ुद घूँट भरती हुई मुझे दे देती है। कभी वह। कभी मैं। बीच में भारी तल्ले वाला एक बड़ा चित्तीदार मग।

एक असात्त्विक-सी उदासी मेरे भीतर सीढ़ियाँ उतरने लगती है। मैं उसे चिल्लाकर कह देना चाहता हूँ—"यू आर नॉट माई आंसर मार्था"—तुम मेरा समाधान नहीं हो। तुम किसी पेड़ की फुनगी पर हवा से आन लटका एक पत्ता हो, जो मेरी झोली में गिर रहा है...

पर नहीं कहता। जानेगी कि मैं क्यों उसके कन्धों पर झुका हूँ तो कथरी उठाकर चल देगी। शायद ऐसा न भी करे। कोई उपयोगी है, यह अहसास अच्छा लग सकता है। यहाँ के चलन के तो एकदम अनुकूल पड़ता है।

स्टूडियो में अब मैं, रॉबर्ट्स और मार्था। यहाँ एक प्रकट हायरारिकी है। रॉबर्ट्स मालिक और मैनेजर दोनों है। अलग से ऊँचाई पर रखी एक कुर्सी पर बैठता है। कैश सँभालता है।

मार्था स्टूडियो के अन्दर के और बाहर के सभी काम देखती है। मैं ज़्यादातर डार्करूम में काम करने के लिए रखा गया हूँ।

रॉबर्ट्स ने मुझे हफ़्ते के 110 डॉलर्स देने को कहे थे। मैं कुनमुनाया था। मार्था ने मेरे पैर का अँगूठा दाबते हुए 20 और बढ़ा दिये। मैं चुप हो गया। मार्था के संकेत के खुलने का इंतज़ार करता रहा। मेरी कठिनाइयाँ मार्था जानती है। अभी तो प्रशान्त के फ़्लैट के किराए की दो क़िस्तें बाक़ी हैं।

रॉबर्ट्स चला गया तो मार्था ने समझाया, "दूसरों को तुम्हारी समस्याओं से क्या लेना-देना! ज़्यादा पैसे तुम्हें कोई कैसे दे देगा। तुम्हारे पास ग्रीन कार्ड नहीं है। किसी भी मालिक को लग सकता है, तुम्हें काम सिखाने पर पैसा भी लगाए और तुम कभी भी, हाथ झाड़कर चल दो।"

मार्था नहीं जानती, चल देने की ओर ठेलने को कितनी ही चीज़ें हैं पर मैं चल नहीं देता। रास्ते खुले हुए हैं पर पैर किस क़दर जमे हैं।

जानता हूँ ग्रीन कार्ड सिकंदर कार्ड है। जब तक मिल नहीं जाता मेरे मत्थे पर 'चीप लेबर' का ठप्पा लगा रहेगा। आत्मसम्मान कहीं बचा होगा तो धुलता रहेगा।

मार्था ने मुँह उतरा देखा तो दिलासा दिया। चिन्ता न करूँ, थोड़े दिनों बाद वह 50 डॉलर और बढ़वा देगी और फ़िलहाल दोनों क़िस्तें भी निपटा देगी। बाद में कभी मुझसे ले लेगी। मुझे समझ लेना चाहिए था, वसूल लेगी।

आगे के किसी एक दिन।

हाइपो के घोल में भीगते चित्रों को उकेरते मार्था ने पानी की ट्रे में ही मेरे हाथों को थाम लिया था और कान के पास फुसफुसाई थी, "आय लाइक इंडियंस। दे आर सो फ़ेथफुल।"

एकाएक कोई उत्तर मुझसे नहीं बन पड़ा था। वह कोई, जो उस दिन मार्था का इंतज़ार कर रहा था...क्या चला गया? यानी छोड़ गया?

मैंने उसे भेदने की कोशिश की। डार्करूम की ललियाई मद्धम रोशनी में उसका चेहरा देखा नहीं जा सकता था। ठंडे पानी में भी चपलचित्त उसके हाथों को महसूस किया जा सकता था, बस।

तभी अपने पंजों को तनिक उचकाकर उसने मेरे बाएँ कान के नीचे का हिस्सा चूमा था। दो पंखुरी जितनी त्वचा एकाएक सुलग उठी थी। पर अपने पैरों को वहीं का वहीं गड़ाए रखने का मैंने प्राणपण निर्णय-सा लिया।

वह क्यों हतोत्साहित नहीं हुई, नहीं जानता। पीछे से आकर अपनी दोनों बाँहें मेरी बग़लों के नीचे से लाकर उसने मेरे सीने पर बाँधी। भींची। फिर लपककर स्टूडियो से बाहर निकल गई। अच्छा था, निकल गई। मेरी पीठ पर दो बल्ब जैसे जल उठे थे। उसके चले जाने से तनाव शिथिल हो गया था।

चित्रों को छोड़कर मैं दीवार के साथ लगे ऊँचे स्टूल पर जा बैठा। दीवार से टिककर आँखें मूँदे। हवा के कोटर में मैंने दोनों हाथ लम्बा लिए थे।

स्टूडियो के परिदृश्य से परे पहुँच जाने की मैंने भरसक चेष्टा की थी। कहीं परे। बहुत परे जहाँ झंकार का झाला झमझम बजता है।

वहाँ सब सुन्न था। या मेरा ही एंटीना कमज़ोर हो रहा था। याकि मैं हड़बड़ाया हुआ था?

क्यों मेरा आह्वान स्वीकार नहीं हुआ था?

तभी मार्था डार्करूम में घुसी थी। डार्करूम का दरवाज़ा उसने ठोकर मारकर खोला होगा। उसके बाएँ हाथ में एक बड़ा पैकेट और दाएँ में चॉकलेट बार की दो लम्बी पट्टियाँ थीं।

भीतर कुछ खनखनाकर टूटा था। यह भी पता नहीं क्या।

गरमागरम हैमबर्गर की गंध भूरे पैकेट को लाँघकर निकल भाग रही थी। केबिन के छोटेपन को हथिया रही थी। मैकडोनल्ड्स का हैमबर्गर—बीफ़ का होगा। बीफ़ यानी गौमांस। गौमांस को 'बीफ़' कह देने से गौमांस जैसा नहीं लगता। झटका नहीं लगता।

दीवार के सहारे टिके मेरे सिर को छेड़े बिना मार्था ने रैपर खोलकर आइसक्रीम मेरे मुँह में ठूसी। जाँघ पर पड़े मेरे हाथ को उठाकर डंडी थमाई।

"पहले आइसक्रीम खा लेते हैं, पिघल जाएगी।" उसने खुलासा किया। दूसरा रैपर खोलकर अपने को दूसरे स्टूल पर आसीन किया और पैर हिलाती आइसक्रीम खाती रही। ख़ूब चपल चहकती-सी मुद्रा।

तब से एक क्रिया थी जो मुझ पर क्रियान्वित होने लगी थी। लगा, चुने बिना ही मैं एकाएक चुन लिया गया हूँ। झेलने लगा हूँ।

मैं मार्था से क्यों नहीं कह पाया कि मुझे यह सब नहीं चाहिए। याकि मुझे सच में यह सब चाहिए था?

"कहाँ हो तुम? जब तक यहाँ हो तब तक तो यहाँ रहो।"

माँ की आवाज़ में तुर्शी की गंध है। हो सकता है पिछली बात के चलते। पुरानी बातों के न बताने पर वह दुखी हो रही थी।

पहले के दिन होते तो वह कभी भी बोलने की पहल न करती। उत्तर के लिए रुकी रहती। ऐसा अनथक धीरज माँ की आदत में शुमार है। अब पिघली-

पिघली सी रहती है। मेरे यहाँ होने का क़तरा-क़तरा बीन लेने को ललसाई जैसी लगती है।

यह प्यास भी शायद माँ के छोर तक बची होगी और सबके लिए। तो सम्बन्ध कपड़ों की तरह सूखकर अलमारियों में पहुँच गए।

"तुम ठीक कहती हो। डाँट दिया करो।"

"थे कहाँ तुम? वहाँ? पीछे?" माँ मार्था के नाम से बचकर निकली है।

"और कहाँ। इतनी छोटी सी तो दुनिया है।"

"छोटी सी दुनिया और तेरी?"

"तो तुम भी? हाँ, तुम भी वहाँ के चौधरापे का बखान शुरू करो। जैसे मैं कोई एक आदमी नहीं, पूरा अमेरिका हूँ। हर हाल में चुस्त-दुरुस्त...गुड, बेटर, बेस्ट।"

आगे की ढलान इतनी रपटीली है कि मेरे लिए पलट आना ज़रूरी है। मैं झट से पुराने प्रसंग के थैले में हाथ डाल लेता हूँ—

"अच्छा यह तो फिर भी बताया नहीं कि क्यों हटाई तुमने फ़ोटो?"

"ओऽऽ हो! तू एक ही बात के पीछे क्यों पड़ा है?"

माँ को क्या पता मुझे कहाँ गड़ रहा है। औरों ने तो जो किया सो किया...माँ ने भी? मुझे मैली चादर की तरह लपेटकर किसी कोने में ठूस दिया।

"बताओ न!" बात का सिरा अपने से जुड़ा है तो वैसा ज़ोर देकर पूछ भी नहीं सकता। फिर आग्रह करता हूँ तो माँ हँसने लगती है। बादलों के छँटने की यह फ़िज़ा मुझे मोहक लगती है।

माँ के हँसने में फिर से वही आँसुओं की बाढ़। सराबोर। "बूझो अच्छा" वह आँखें पोंछती हुई कहती है।

मैं बूझने का नाटक करने लगता हूँ। शायद चाहता हूँ, माँ उसी भरी-पूरी बाढ़ वाली मेंड़ पर खड़ी रहे। अपने सामने दिखती धुरी पर घूमती रहे—उतनी छोटी सी पर उतनी बड़ी लगती माँ।

कितनी अनहोनी बात है। घर में सब हैं—पापा हैं, भैया हैं, भाभी हैं, बच्चे हैं पर अधिकार का छोर खिसकते-खिसकते माँ की मुट्ठी में संचित हो गया है या यह केवल मेरा वहम है।

छोटा था तो अच्छा था। माँ से लाड़-लिबाड़ सम्भव था। अब तो ख़ुद के बड़े हो जाने की दूरी। अपनी माँ और अपने बीच उठ चुकी अपनी ही देह की दीवार।

अब देह की बात उठती है तो केवल मार्था को लेकर उठती है। मेरी देह पर मार्था के हक़ वाली तख़्ती चिपकी है। बड़ा हो जाते ही देह पर नाम और काम दाग़ दिये जाते हैं, फिर कभी वहाँ से वापसी नहीं होती। शिशु से आदमी बन सकता है, आदमी से शिशु बन जाने की कोई जुगत नहीं बनती। एक माँ ही ऐसी होगी जो अपनी धुरी पर सदा से क़ायम रहती होगी—अकाल अनंत तक।

मार्था का पार्टनर रॉबर्ट्स। कुछ ऐसी ही बात पर मेरी उससे झड़प जैसी हुई थी। उस दिन चलते-चलते माँ का लम्बा सा पत्र आया था। पढ़ते-पढ़ते मन कच्चा सा हो आया था। जाने कैसे कह बैठा, "संसार की ऐसी कोई किताब नहीं होगी जहाँ माँ दर्ज न हुई हो। क्योंकि माँ व्यक्ति नहीं, सनातनता है, शी इज़ ए टाइमलेस कॉन्सेप्ट। तभी तो वह सबको ऐसी ही लगती है। एक जैसी। शी एक्साइट्स द सेम फ़ीलिंग्स एवरीव्हेयर।"

रॉबर्ट्स अपनी वही ठीं ठीं करती हँसी हँसा था—"तुम इंडियंस हर बात को कुछ ज़्यादा ही रोमांटिसाइज़ करते हो। ठीक है, माँ बचपन में गाइडिंग स्टार होती है पर देखा नहीं, हमारे यहाँ लोग कितनी जल्दी एडल्ट हो जाते हैं। माँ की गोद से छूट भागने को उतावले रहते हैं।"

यह क्यों नहीं कहते, हर चौथे साल माँ बदल जाती है, जीभ की नोक पर आ चुकने के बाद भी मैं अपना वाक्य निगल लेना ठीक समझता हूँ। आग भड़की तो अपने ही दामन को झुलसाने आएगी। वैसे भी रॉबर्ट्स बेढंगी जैसी चीज़ है। अमेरिकन होने की श्रेष्ठता को विंडचीटर की तरह ओढ़े घूमता है।

"हमारे यहाँ ऐसा कुछ नहीं कहा जा सकता।" मैं यथासम्भव शान्त रहकर कहता हूँ। "वैसे भी, दूसरा छोर जब देखा ही नहीं तो तुलना कैसे हो सकती है।"

"तुलना तो वैसे भी नहीं हो सकती, साधुओं और साँपों के देश से।" वह सन्दर्भ फैला लेता है।

"हाँ, नहीं हो सकती।" तपिश को दबाने की कोशिश में मैं झुलसा जा रहा हूँ। "क्योंकि तुलना के लिए किसी देश की अन्दरूनी बातों को जानना पड़ता है। ऐसा न होता तो यहाँ के लोग उधर क्यों भागे जाते।"

"आय वुड करेक्ट यू सर। हम लोग नहीं, तुम लोग भागे आते हो। एविडेंस सामने है।" वह मेरी ओर धृष्टता से उँगली दर्शाते हुए कहता है। "कुछ तो ऐसी ख़ूबियाँ होंगी यहाँ।"

मैं झेंप जाता हूँ पर मात नहीं खाना चाहता। "ख़ूबियाँ तो हर कहीं होती हैं, पर अक्लमन्द वह, जो ख़ूबियों का इस्तेमाल करना जाने। यहाँ के लोग तो अपने बारे में भी पूरी तरह नहीं जानते।"

"कौन कहता है?"

"यह कहता है।" 'न्यूयॉर्क टाइम्स' का कॉलम मैं उसके सामने बिछा देता हूँ। अख़बार में पिछले दो महीने से किए जाते अमेरिकन बच्चों के सामान्य ज्ञान के सर्वे की रिपोर्ट आई है। निष्कर्ष है—दूसरे देशों के बारे में उनका ज्ञान बहुत ही कम बताया गया था। प्रवक्ता ने उनके ज्ञान को "पुअर...वेरी-वेरी पुअर" की श्रेणी दी थी।

"इन बच्चों को यह सब जानने की ज़रूरत क्या है?"

"आप जानें।" मैं पेप्सी का कैन डस्टबिन में फेंक देता हूँ और लॉन में

निकलकर लम्बी साँसें लेने लगता हूँ। अभी पन्द्रह मिनट बाद स्टूडियो में इसी दुष्ट से भिड़ते हुए समय गुज़ारना पड़ेगा।

रॉबर्ट्स और मार्था के रवैये में मुझे कोई ख़ास दूरी नहीं लगती।

रॉबर्ट्स और मार्था।

मार्था और रॉबर्ट्स।

अक्सर यह मुझे एक ही पंक्ति में गुँथे हुए शब्दों की तहरीर लगती है। एक भाषा, एक देश, एक रंग, एक से विचार। जाने किस करतब से जानता हूँ कि रॉबर्ट्स के मन में मेरे और मार्था के जुड़ाव का दंश है। मार्था को मौक़े-बेमौक़े कोंचता रहता है, पर वह मार्था का छोर है, मैं उसे हाथ में लेने की चेष्टा नहीं करता। रॉबर्ट्स को आधे मालिक का दर्जा देता हूँ। अपने काम से काम रखना एक अच्छा गुर है। यह गुर यहाँ हर हाल में सीखना पड़ता है। न कर संकें, तो फिंक जाने के लिए तैयार रहना पड़ता है। लिहाज़ मुरव्वत का यहाँ कोई काम नहीं। सारा श्रम, सबका श्रम अपने आपसे बटोरकर दे देना पड़ता है, फिर उस देश की समृद्धि का इतिहास बनता है।

माँ कुछ पल तो मेरी चुप्पी को मान लेती है फिर उद्विग्न होने लगती है। मेरे समय पर राशन है, यह बात वह कभी भूल नहीं पाती।

"तू लगातार पत्र क्यों नहीं लिखता रे, मैं तेरे पापा के सामने बात टाल जाती हूँ, इसका यह मतलब तो नहीं..."

"ऐसे ही बस..."

"मार्था मना करती होगी," माँ ने आगे उकसाया है।

मार्था! मार्था की क्या औक़ात कि मना करे। अभी तो यह भी पता नहीं कि वह मेरी ज़िन्दगी में कितने दिनों का मौसम है पर अपना मनोभाव मैं माँ से नहीं कहता। जो कहता हूँ—

"नहीं, मना क्यों करेगी। वहाँ कोई किसी की बात में दख़ल नहीं देता। मरो या जियो, आपकी अपनी ज़िन्दगी है।"

"तो फिर क्या है?"

एक ऐसी ढलान। माँ को नहीं पता, रपटन वाले खंडों पर खड़े होकर किसी सच का आख्यान नहीं हो सकता। इतनी लम्बी और इतनी छोटी बात का दो अक्षरों में उत्तर भी नहीं दिया जा सकता।

क्या वह जान सकती है कि किसी परिधि के न होने से कैसे कोई अपनी नोक भर धुरी में धँसता चला जाता है। अपने पैरों के नीचे की कीच में लिसलिसाता रहता है। यह सारे दृश्य इतने सुन्दर तो नहीं कि बयान का उद्यम करूँ।

"बताया नहीं तुमने?"

"क्या बताऊँ...अक्सर फ़ोन तो करता हूँ," मैंने टालने की कोशिश की।

"यह जाने कहाँ का चलन है। फ़ोन में क्या पैसे नहीं लगते?"

"उतने नहीं अखरते...कुछ घंटों की कमाई है।"

"फ़ोन कौन सा घर में आता है। दफ़्तर में आता है। तुम्हारे पापा जितना चाहे बता देते हैं।"

"क्यों नहीं बताते होंगे।"

"अब दो-तीन मिनट की बात को जितना चाहो निचोड़ते रहो।"

"तुम ठीक कहती हो। अबकी ध्यान रखूँगा," माँ पर दया जैसी आने लगती है। अपने पर फैलती यह परछाईं माँ के पल्लू पर सरक जाती है। मैं फिर से माँ का हाथ पकड़ लेना चाहता हूँ पर ऐसा करने से कतराता हूँ। इस समय उसके हाथ थाली में पड़ी चावल की छोटी सी ढेरी पर शिथिल रखे हैं और आँखें हैं कि मुझ पर टिकी हैं।

दृष्टि का यह सामना माँ को एकाएक विचलित कर देता है, "चल, छोड़... मैंने तो सोच लिया कि तू गया सो गया।"

माँ की आवाज़ में एक लहर काँप जाती है।

बाहर से घंटी की आवाज़ आती है। माँ लपककर दरवाज़ा खोलने जाती है। कमली जाती ही, फिर माँ क्यों गई। क्या अपनी ओट के लिए?

माली आया है। बाहर की छोटी सी बग़ीची के अतिरिक्त अन्दर के आँगन में दीवार से लगी दो छोटी-छोटी क्यारियाँ हैं। एक तो पुदीने के हरियाए झबरेपन से पटी पड़ी है। दूसरी ऊपर चढ़ती बेलों के पैरों की आधार बनकर लेटी है।

मुझे देखते ही माली फूलकर गुब्बारा हो जाता है, "ओह, तो कुँवर साब आए हुए हैं।"

"कौन कुँवर?"

"तुम्हें कह रहा है," माँ उत्तर देती है।

"मुझे? मुझे क्यों?" अपने पर गिरे इस शब्द को मैं बिच्छू की तरह झटककर फेंक देना चाहता हूँ।

"माली राजस्थान का है, इसलिए तुम्हें कुँवर जी कहता है।"

माली तीखा प्रतिवाद करता है, "इसमें राजस्थानी होने की क्या बात है। दादा साब रहे होते तो आप गली-गली कुँवर कहलाते।"

कुँवर की कलगी अपनी कंगाली को कुछ भारी जैसी लगती है। ऐसी कंगाली में भी यहाँ का लौंडा कुँवर बनकर बैठा रह सकता है। बाबा और बाप के जड़ाए मुकुट से अपने सिर का सिंगार कर सकता है। सिफर अपने पास हो फिर भी एक और जोड़कर दस बन सकते हैं—यहाँ। पर वहाँ? हर कोई अपने पैरों की सीध में खड़ा, एक अकेला कामगार।

"सलाम कुँवर साब!" माली माथे तक हाथ ले जाता है फिर क्यारी में खुरपी चलाने को तत्पर हो जाता है।

मेरे अन्दर एक तपिश जैसी सघन होने लगती है...कहाँ...? किस कण में? ओह तुम श्यामली। यह खुरपी कौन-कौन सी जड़ों को ठेल रही होगी। काट-पीट कर कितनी ही परतों को निर्गुण कर देगी।

माली के हाथ जल्दी-जल्दी मिट्टी उकेर रहे हैं। खुरपी की धार से क्या पौधे आहत हो रहे हैं?

मुझे अनायास हयामा मोशिको की कहानी 'एक ख़त' याद आने लगती है। सीमेंट के कारख़ाने में काम करने वाली लड़की के क़द के बराबर अपने को नापने में लज्जा भी उतनी ही आती है।

"क्यारियों में यह जो मिट्टी है वह तो बनी रहती होगी?" मैं माली से प्रश्न करने लगता हूँ।

"नहीं, कुँवर साब! छह-छह महीने बाद मिट्टी और खाद बदल देनी पड़ती है। खोखली हो जाती है। बहू जी, अबकी नई मिट्टी मँगानी पड़ेगी, खाद भी।"

"हाँ, अगले महीने," माँ शान्त भाव से उत्तर देती है।

मैं सागर भर काँप जाता हूँ।

मुझे लगा, मैं एकाएक थक जैसा गया हूँ। क्योंकि माँ से ऐसा कुछ कह डालने में प्रवृत्त हूँ—

"तुम कहो तो मैं थोड़ी देर बाहर एक चक्कर लगाकर आऊँ?" मन में वसीम के बुलावे का अनिश्चय भरा इंतज़ार है। वह जब चाहेगा, चल देना होगा। वह बात मैंने अब तक ज़ाहिर तक नहीं की। ज़ाहिर कर देने की सुविधा से, न जाने क्यों आँख मूँद ली।

जाने को कहने पर माँ का सिर, हाथ, कन्धे सब एक साथ 'न' की मुद्रा में हिले हैं। अपने समय में कटौती की सम्भावना से वह शायद कातर हो आई है।

"अभी थोड़ी देर में तेरी भाभी और बच्चे आ जाएँगे तब..."

मैं कुर्सी से उठता-उठता फिर बैठ जाता हूँ। महत्त्व के अहसास से अपने को गरमाने की कोशिश करता हूँ।

"लो, नहीं जाता। अब बताओ, क्या कह रही हो?"

इतनी मुखर जैसी माँग को सामने देख माँ सकपका गई। कुछ परे सा जाते कहती है—

"नहीं, तुम्हें जाना है तो जाओ। मैं तब तक कुछ और कर लेती हूँ। सच तो यह है कि तेरे आने पर किसी काम में चित्त ही नहीं लगता। पूजा तक में नहीं। आज, सुबह..."

"न सही थोड़े दिन काम," मैं माँ को आड़ में लेने की कोशिश करता हूँ पर

ख़ुद काम की रफ़्तार के उन्हीं अनवरत चक्कों को नापने निकल जाता हूँ, जिन्हें पीछे छोड़कर आया हूँ—पिसना। घिसना। जुटना। खटना। युवापन में बने रहने का यही एक लक्षण है। बुढ़ापा उन सरहदों पर बेहद निर्मम और दुर्गम है। ज़िन्दगी की इतनी तेज़ रफ़्तार बूढ़ों को धकेलते हुए चलती है। उनके अनुभव की रोशनी को 'ओल्ड होम्स' की दीवारों में क़ैद कर देती है।

माँ बचपन में एक कहानी सुनाया करती थी कि कैसे एक बरात में बूढ़ों के आने पर रोक लगा दी गई थी तो गाँव के लोग अपने बुज़ुर्ग को एक ख़ूब बड़े ढोल में बन्द करके ले गए। चिन्ता यह कि बुज़ुर्ग साथ न हुए तो अचानक आन पड़ी विपदा का निस्तार कैसे होगा।

मैं एकाएक उस बन आई विपदा को जान लेना चाहता हूँ, "माँ वह तुम ढोल में बुज़ुर्गों को बरात में ले जाने वाली कौन सी कहानी सुनाया करती थी?"

माँ मुझे मुँह बाए देखती है, "यह तू कहाँ-कहाँ की बातें खोद-खोद कर निकाल लाता है?"

"यहाँ के पानी का असर होगा। आते ही बाप-दादे, कथा-कहानियाँ याद आने लगती हैं। बड़ा-बड़ा सा हो जाता है सब कुछ।"

एक टिकी हुई दृष्टि से माँ मुझे घूरती है, "क्या तू ख़ुश नहीं रे वहाँ?"

"नहीं। ख़ुश क्यों नहीं।"

"ऐसी मरी-मरी सी आवाज़ में ख़ुशी जताई जाती है। क्या मार्था को लेकर कोई बात है?"

मैं उत्तर नहीं देता पर मेरा माथा जलने लगता है।

"मैंने कुछ पूछा है न तुमसे?" माँ मुझे ठेलती है।

"नहीं, एकदम कोई बात नहीं," इस बात को ख़ूब ज़ोर देकर कहना मुझे ज़रूरी लगता है। भूलना नहीं चाहता, मार्था मुझ अकेले की ज़िम्मेदारी है। उसे एक सन्दर्भ से ज़्यादा यहाँ फैलाया नहीं जा सकता।

"लगता है तेरा वहाँ दिल नहीं लगता। पल-पल ध्यान भटकता है," माँ मुझे ठेलने में लगी है।

"ध्यान को भटकने की मोहलत कहाँ होती है? जुते रहना पड़ता है। जुतने की ख़ूबियाँ तुम नहीं जानती। दौड़ते, भागते रहो, मन चाहे कंगाल बना रहे।"

माँ मुझे एकटक देखती है फिर हिचकिचाते हुए पूछती है, "कभी पछतावा होता है?"

"नऽऽहीं," इस एक शब्द को पाने के लिए मैं अपने आपे की पूरी शक्ति को बटोर लेना चाहता हूँ।

कितनी अटपटी-सी चुप्पी। मन की कंगाली की बात क्या माँ को किसी भँवर में फेंक गई...।

"तुम दोनों ने क्या दो ही रहने का फ़ैसला कर रखा है?" वह सोचते-सोचते धीरे-धीरे अपना प्रश्न पूरा करती है।

यह कौन से प्रश्न का पहाड़। ठीक आँख के सामने। इस प्रश्न को लेकर मुझे पहले से तैयार रहना चाहिए था। एक लहर के भीतर से निकलती दूसरी लहर। गिरा देने वाले डंठल पर फिर से फूटता एक पत्ता। पिता-पन और माँ-पन में से उभरता एक बचपन...माँ तो उसी वास्तविकता को सहज मानेगी। यहाँ हो या वहाँ, पीढ़ी दर पीढ़ी के तर्क को स्थिर और स्थायी जानेगी। उसके लिए तो वही अटल है—जुड़ने की पवित्रता और जन्मने की अनिवार्यता।

उसे क्या पता नियम पिघल चुके हैं। मनुष्यों के हाथों की स्वच्छंद डोरियों में फ़ैसले उलझ चुके हैं। जिन बातों को वह स्थिर मानती होगी, वह सबसे अधिक काँच हैं।

सुन लेती कि मार्था से शादी ही नहीं हुई तो आघात में आ जाती। फेरों वाली शादी नहीं, कैसी भी शादी। इस अनुष्ठान के होने न होने का उस समाज में क्या कुछ फ़र्क़ पड़ेगा? मैं जानता तक नहीं कि मार्था का परिवार कौन सा है। उसके मन में क्या कोई ऐसा खंड नहीं कि संवाद में निथरकर आए। मार्था एक है। अकेली एक। हरदम एक। एक बिन्दु जिसकी कोई परिधि नहीं।

मैं एक हूँ। अछोर आकाश के नीचे एक। जीने में मुब्तिला। क्या हूँ, क्या नहीं, क्या हो सकता हूँ, किसी की कोई दिलचस्पी नहीं।

जीने का गुरुमंत्र अब तो जानने लगा हूँ। ज़िदगी को उस ओर सरकाने में लगा हूँ। कुछ पाने की एक माप—धन। कुछ होने की एक माप—सफलता। नहीं तो आप कुत्ते हैं। बिल्ली भी नहीं। बिल्लियाँ तो वहाँ प्यार-दुलार से पाली जाती हैं। विशेष रूप से तो स्यामी बिल्लियाँ। बर्फ़ से ढके सफ़ेद झक्क मैदानों पर वे सारी रात पूँछ उठाकर घूमती हैं। जाने किस करतब से रात का आकाश सिन्दूरी जैसा रहता है। बर्फ़, बिल्लियाँ और सिन्दूरी आकाश।

"बच्चों के होने से नये पुल बनते हैं। प्यार गाढ़ा होता है। तुम्हें सोचना चाहिए।" माँ उसी भँवर में गोल-गोल घूम रही है।

"अभी तो हमने कुछ और फ़ैसला कर रखा है।" मैं माँ को चुप कराने की नीयत से कहता हूँ। बात और नीयत के फैलाव को समेट चुकने के बावजूद मेरा माथा चटकने लगता है। शायद छिपने के लिए ही मैंने मटर की पछिया उठाई होगी। फलियाँ हाथ में आते ही मैं मटर छीलने लगता हूँ।

"छोड़ उसे। वहीं जाकर करना।" माँ मुझे डपटते हुए पछिया वापस ले लेती है। हथेली में रुक गए नरम मीठे हरे दाने मैं मुँह के हवाले कर लेता हूँ पर कड़ुआहट नहीं जाती।

मेरे चलने से लगभग आठ दिन पहले मार्था ने अबॉर्शन करवाया था। स्टूडियो में पहुँचते ही मुझे रॉबर्ट्स ने कहा, "जाओ, तुम्हें वह 'वुडहैवन नर्सिंग होम' में बुला रही है।"

लेबर रूम से निपट चुकने के बाद वह लाउंज के सोफ़े पर सिर टिकाए अधलेटी सी बैठी थी। चेहरा पीला पिच्च। आँखें राहत में। होंठों में एक कराह दबी सी।

पहुँचते ही उसने मुझे टैक्सी लाने का आदेश दिया था और ज़रूरत की सघनता के पल भी मुझे मुक्त कर दिया था—मेरी इच्छा हो तो मैं उसके साथ घर चलूँ; नहीं तो स्टूडियो भी जा सकता हूँ।

मैं पहले ही ग़ुस्से से थरथरा रहा था। ऐसा यह निर्णय—इतना असंगत, एकांगी और गोपनीय।

उस दिन तो मैं ज़रूर चुप रहा। अगले दिन जवाब-तलब किया तो मार्था ने पछाड़कर फेंक दिया, "यह तुम क्या बक रहे हो? यह मेरी देह है। मेरा निजी मामला। मेरा ही परमाधिकार।"

मैं सकते में। पैर टिकाने के लिए शायद मैं ख़ुद ही औचित्य की ज़मीन का कोई बित्ता तलाश रहा होऊँगा कि ऐसा कुछ पूछ बैठा, "कहीं ऐसा तो नहीं... विवाह का अभाव...या समाज का दबाव...मेरा मतलब है यह ढीले-ढाले तम्बू ही तो कहीं इस छुटकारे का कारण नहीं?"

मार्था फिद्द से हँसी थी। मेरी आँखों में नीली पुतलियों की कीलें धँसाती हुई बोली, "किसे पड़ी है? सुनो, तुम्हें एक बात बताऊँ। यह जो तुम्हारे सेलर के दो पाइप हैं न। यह ऊपर वालों के पाइप हैं। उन्हें गर्मी देते हैं। उनका पानी गर्म करते हैं। तुम्हें नहीं, उन्हें झुलसन से परे रखते हैं। झुलसते तुम हो दिन-रात, पर तुम्हें किसी ने पूछा कि तुम क्या बला हो? तुमने तो उन्हें ईंधन डालते भी नहीं देखा होगा। वह भी दीवार के बाहर का वेंट खोलकर डाला जाता है। यू आर टेकिंग देयर शिट ऑलराइट बट विदाउट देयर एक्नॉलेजमेंट...कैन यू सी दैट?"

पता नहीं कितने बरसों की मार्था। उन्नीस, बीस, इक्कीस, बाईस, तेईस, चौबीस़... पता नहीं कितनी। एक थिरता उसकी काया से छिटककर उसके चेहरे पर जमी बैठी रहती है। सदा वही और वैसी। चेहरा बदलता है जब आवेग बदल जाता है।

इतना सब...और आगे वह कैसे सोच पाती है? क्या यह अठारह बरस की उम्र में ज़िन्दगी के ललकार दिये जाने की वयस्कता है? स्मरण का एक टुकड़ा मुझ पर लदता चला आता है।

मुझे लेकर दिलेरी दिखाते दिनों में मैंने मार्था से कहा था, "हमारे यहाँ ऐसा नहीं होता। लड़कियाँ तो ख़ूब ही जेंटल होती हैं क्योंकि प्रोटेक्टेड रहती हैं।"

मार्था मेरी बग़ल में लेटी थी, तड़पकर उठ बैठी। उस उमसाए हुए दड़बे में

मेरे साथ सो जाना उसे इतना भयावह नहीं लगा था जितना ऐसे शब्दों का इस्तेमाल।

"यह 'प्रोटेक्टेड' की बात तुमने किसे लेकर कही? स्त्रियों को? उन्हें भी इसी तरह अठारह साल की उम्र के बाद रोटी कमानी पड़ती है। घर ढूँढ़ना पड़ता है। साथ रहने को आदमी तलाशना पड़ता है और यह सब क्या माँ की गोद में बैठे-बैठे हो जाता है? अठारहवाँ बीतते-बीतते तो दूसरे अबॉर्शन की नौबत आ जाती है। यह बताओ प्रोटेक्टेड क्यों और कैसे रहना चाहेंगी स्त्रियाँ?"

मैं सहम गया था। ढूँढ़ना क्या शरीर के माध्यम से भी होता है? क्या इसीलिए...।

"एक और बात तो अभी तुम्हें बताई ही नहीं।" मार्था ने अपनी देह पर अपने परमाधिकार के विस्तार में कहा था। उसके चेहरे पर इस बार एक खिलंदड़ा विनोदी भाव था, "मैं अमिनोसेंटेसिस के लिए गई थी। पता लगा, लड़का है। तब तो और भी आसान हो गया मेरे लिए फ़ैसला। भला मैं क्यों उनकी नस्ल को बढ़ाना चाहूँगी—दीज़ ब्रूट्स। इन्होंने सदियों से हमें कुचलकर रखा है।"

"ठीक है, नस्ल मिटाओ पर हर कर्म-कुकर्म के लिए जब इसी नस्ल की ज़रूरत पेश आती है सो?"

सिर झनझना रहा था। यह पराकाष्ठा थी। मेरे लिए अनजानी। अवसर की उत्सवता को रौंदकर फेंक दिया था मार्था ने।

मैं चाहता तो घर के मोर्चे पर इस अवसर को किसी प्राप्ति की तरह इस्तेमाल कर सकता था चाहे कितनी दरिद्र थी यह आकांक्षा। तब तो नहीं मुझे बाद में लगा।

"यू ऑलवेज़ थिंक इन सर्कल्स।" मार्था ने मेरी बात का यही उत्तर दिया था और उलाहना भी दिया कि ऐसा सोचना उसे क़तई अच्छा नहीं लगता। पोर भर गहरी बात के लिए मार्था का हाजमा कितना कमज़ोर है, क्या मुझे नहीं पता।

सीढ़ी चढ़कर आते ही वह बैठक की लम्बी कुर्सी पर धम्म से बैठ गई थी। बैठने की कोशिश में एक कराह जैसी उसने अपने भीतर दाबी थी। दाह को, कराह को दूसरे तक ले जाने की इच्छा...या अपेक्षा या सहानुभूति का सुख—ऐसी बातों में ये सब लोग क्यों और कैसे इतने मुक्त हैं? कैसे इतने अभ्यस्त? पर मुझे लेकर भी मार्था ऐसी...? कैसे? मैं जान नहीं पाता कि मेरा बाहरीपन कोई लक्ष्मण रेखा है या स्वाश्रित होने का सदा ऐसा ही मुख है?

उस दिन मैंने उसके अपार्टमेंट पर थोड़ा ध्यान दिया था। अच्छा-ख़ासा एक ही लम्बा कमरा। लम्बी खिड़कियाँ। नीचे फिसलती कारें—आदमियों से अधिक। सड़क के दोनों ओर की ऊँची बिल्डिंगों के बीच आकाश नीली-पतली पगडंडी जैसा दिखता था। उसी कमरे में बिस्तर, वही सोफ़ा, वही फ्रिज, वही सब कुछ।

पर्दों का चुनाव इतना भड़कीला कि चुभ रहा था। अपना मत व्यक्त किया तो बोली, "मेरी मर्ज़ी है। टु मी दे लुक चियरफुल।"

रुचियों पर टिप्पणी! इस मोर्चे पर भी कितना सावधान होना है, मुझे उसी समय

पता लगा। निजता की रक्षा मुझे लगा उतनी ही अहम सीमा रेखा है।

चाय? कॉफ़ी? बियर? रम? एनीथिंग या कोई और सहायता? मैंने मार्था को ऑफ़र किया था। उसने हर कुछ को 'न' कह दिया था और ऐसी हालत में भी उठकर खिड़की के साथ जा लगी।

पीछे से देखने पर उसकी नाटी सी काया ख़ूब हल्की-फुल्की, पर दो भागों में बँटी हुई लगी। काली स्कर्ट और स्लेटी टॉप। खिड़की के काँच पर माथा टिकाए रखने के कारण आगे को झुका हुआ उसका सिर लम्बाई की तीसरी माप बन गया था।

पता ही नहीं ऐसा कैसे हुआ। एक लम्बी-छरहरी आकृति का साया पर्दों के गुच्छे से सरकता खिड़की से आ लगा। मार्था को काट गया। मार्था के तीनों टुकड़ों को काट गई एक ही रंग की पीठ ढकी उनाबी साड़ी, पीली कोर।

मैं हिल गया। मनुष्य की नियति क्या इतनी फिसलनी, इतनी विकल्प भरी होती है कि इधर भी हो सकती है, उधर भी। नियति के हाथ में क्या अपनी कोई तुला नहीं होती? कहने को इतनी बड़ी है तो उसे बताना नहीं होता कि किधर झुकना चाहिए था। क्यों वह सदा अदृश्य की आड़ में खड़ी रहती है?

माँ को पूछा होता तो तुरन्त बता देती कि मुझे किधर झुकना चाहिए था; क्या इसीलिए मैंने माँ से नहीं पूछा। मार्था से विवाह की सूचना भर दी। बाक़ी कुछ टाल गया।

ठीक इसी पल। माँ ने पूछा, "श्यामली ने कभी तुम्हें कुछ लिखा? उस समय पता तो ले गई थी। तब तो प्रशान्त का ही पता मेरे पास था। क्यों रे, वह तुम्हें याद आती है कभी?"

मैं काँप गया। माँ ने यह क्या किया। पहले से हिली हुई डाली का पत्ता-पत्ता झिंझोड़ दिया।

कोई और क्षण होता तो मैं प्राणपण से कह देता, "न, नहीं" गुज़र गए को ढाँपता पर इस पल पटुता पिघल रही थी। ढील गया। अनचाहे उन्मुख हो गया, "जानती हो, एक बार तो...।"

माँ का चेहरा उत्कंठा से दमक गया। यहाँ रहता होता तो माँ से ऐसे निजी संवादों का क्या कोई बनाव बनता? इस समय तो वह सूचना की हर क़तरन को हथियाने को हड़बड़ाई रहती है।

माँ इंतज़ार कर रही है।

मैं झिझक रहा हूँ कि क्या मैं सच में कहना चाहता हूँ कि कैसे एक बार मार्था मुझे बेंच पर बिठाकर गिरजे चली गई थी और डेढ़ घंटे बाद लौटी थी।

"तुझे बिठाकर? तू बच्चा है क्या?"

"यह नहीं। मुझे तेज़ बुख़ार था। कँपकँपी लग रही थी और जैकेट...? जानती हो जैकेट जो थी वह मार्था को चाहिए थी।"

माँ मुँह उठाए सुनती रही, "पर जैकेट एक ही क्यों थी?"

"वह जाने दो। तब मैं कच्ची धूप और तीखी हवा में बैठा सारा समय यही सोचता रहा कि श्यामली होती तो क्या करती?"

"तुम्हारे ख़याल से क्या करती?"

"मन्दिर न जाती या हम दोनों जाते।"

"ज़रूरी नहीं, ऐसा ही होता। अब तो यहाँ भी सब कुछ बदलता जा रहा है।"

"मुझे मत बताओ यह सब।" मैं जाने क्यों तनतना जाता हूँ। "मैंने भी सुन रखी है ऐसी बकवास, पर मैं कुछ जानना नहीं चाहता।"

"जहाँ थे वहीं के वहीं बने रहना चाहते हो?"

"वही सही। ऐसा कोई अंधेर नहीं आ जाएगा मेरे मानने न मानने से।"

"वक़्त से पीछे नहीं रह जाओगे? ऐसे एडवांस देश में ऐसे पिछड़े हुए।" माँ एक वक्र रेखा जैसी हँसी हँसी है, जो मुझे बेतरह चुभी है।

"तू भी क्या गिरजे जाता है?"

"जाऊँ न जाऊँ, मेरी मर्ज़ी है।"

"तू भी तो अपने को बचाकर रखता है। पूरा मिले कैसे?"

"क्या मतलब?"

"सोचना," वह उठ खड़ी होती है। क्या करने गई होगी, मैं नहीं जानता पर धधकता हुआ एक प्रश्न मेरे सामने छोड़ गई है।

पूरा मिले कैसे? कैसे?

माँ ने क्यों कहा, सोचना।

माँ क्या ऐसा मान रही है कि पूरा नहीं मिल रहा है? माँ को यह सब कैसे पता?

क्या वह यह कह रही है कि पूरा दिया नहीं तो पूरा मिले कैसे?

बात को बात की तरह जान सकता हूँ, रास्ते को नहीं जानता। रास्ता पाना चाहता हूँ तो मार्था को और ज़ोर से थाम लेता हूँ। मेरी पकड़ में जितनी चाह है, मार्था उससे ज़्यादा उमग आती है। मुझे भीतर पाने के लिए मछली की तरह छटपटाती है। वह मुझे डुबोने की कोशिश करती है। मैं निर्विरोध डूब जाता हूँ फिर अकुलाता हूँ—डूबा क्यों? घबराकर अपने से पूछता हूँ, मुझे इस डूबने से बचना क्यों है? किसलिए...किसके लिए? पीछे खींचने को जैसे कोई खूँटा गड़ा हो। क्या है पीछे? क्या था पीछे? मेरा देश?

देश माने क्या? कोई एक नाम? कोई भूखंड? एक गूँज? पहचाने जाते लोग? छतें, रास्ते, दुकानें, धुनें?...क्या?

डूबने की बात करूँ तो यह सब बाहरी जैसी चीज़ें हैं। अमूर्त और ऊपरी। ऐसी जैसे गाने की गूँज...छत पर आकाश...पानी में शीतलता। सब हैं। पर सब नहीं हैं। मुट्ठी में नहीं।

तो क्या देश माने श्यामली? देश माने माँ? देश माने घर? देश माने किसी न किसी छोर का मुट्ठी में महसूस होना। महसूस होते रहना।

पर मुट्ठी तो जीवन में केवल मार्था की है। वह भी मार्था के देश में। बाक़ी सबको तो मैं फूँक आया। छोड़ आया। "न छूटती को छोड़ा, न टूटती को तोड़ा।" श्यामली माँ से कहती है।

मुट्ठी चाहिए तो मार्था को समर्पित हो जाना चाहिए। दे देना चाहिए। पा लेना चाहिए। पूरा मिल जाना चाहिए।

पर मार्था मार्था है। मेरे छोर को थामने वाली कोई एक मुट्ठी नहीं। मैं मार्था की उँगलियों में उलझ गया हूँ। जलवायु में नया। ऋतुओं, व्यक्तियों, दिशाओं का अनभ्यस्त। मार्था मुझे सब-वे से उठवाती है। मकान दिलवाती है। नौकरी देती है। जैकेट्स बिकवाती है पर मार्था मुझे त्याग भी सकती है। मुट्ठी खोल सकती है मार्था। साझे सपनों की दलील, यहाँ कहाँ?

मुझे क्यों लग रहा है मुट्ठी खुल रही है। मार्था और रॉबर्ट्स। वही देश, वही भेष, वही रंग-ढंग। पार्टनर...असल के पार्टनर। जगह-जगह भिड़ते हुए। काउंटर, डार्करूम, पर्दों के पीछे। बिना बात क़हक़हे फूटते रहते हैं। यह स्रोतस्विनी किसी साझे उद्यम से चली होगी, तभी तो इतना बोल रही है।

कमज़ोरी के दो दिन बिस्तर में काटकर आई मार्था, तो हाथ का काम छुड़ाकर बोली, 'हैपी गारमेंट स्टोर' में तुम्हारी नौकरी पक्की कर रही हूँ। लौटकर आओगे तो वहीं काम करोगे। वहाँ पैसे अच्छे मिलेंगे। यहाँ 1000 मिलते हैं अब। वहाँ 1200 मिलेंगे। 200 का इज़ाफ़ा तुम्हारे लिए कुछ कम तो नहीं। यहाँ तो पार्ट टाइम भी कर सकते हो अगर रॉबर्ट्स को ठीक लगे।"

सुझाव सादा सदाशयी भी हो सकता था, पर मुझे नहीं लगा। यह अपनी डगमगाहट थी या मेरे ही भीतर कोई संशयी छुपकर बैठा था।

छुट्टी के बावजूद मार्था स्टूडियो गई थी। सुनहरी गोट वाली काली झक्क ड्रेस उसने अपने पर रीझते हुए पहनी थी। होंठों पर वही गाजरी लाल लिपस्टिक। अपनी चमड़ी पर बिखरे इन दो पंखुड़ियों के निशानों को मैं कब से बाहर दौड़ते देख रहा हूँ।

रविवार की दोपहर। निश्चिन्त मिल सकता एक दिन। मार्था के जाने की तत्परता पर मान भरा उज्र किया तो बिगड़ गई, "आयम नॉट युअर प्रॉपर्टी मिस्टर। डिडंट आय डू इनफ़?"

मैं भौचक्का रह गया था। फ़ेथफुल होना क्या इंडियंस की सूली है।

अच्छी धूप चढ़ आई है।

माँ अभी आँगन में वापस लौटी नहीं है। कमली कपड़ों से भरी बाल्टी उठाकर

कपड़े सुखाने आई है। उसकी सलवार के पाँयचे घुटनों तक गीले हैं।

लोहे की खिंची तार को कपड़े से पोंछते हुए वह मेरी ओर देखती है, जैसे आज्ञा माँग रही हो कि क्या कपड़े सुखा दिये जाएँ, आँगन में? मेरे बैठने की जगह पर। आँखों के आकाश को घेरते हुए।

अनुकूलता की परवाह? इतनी? मेरे लिए इतनी अजानी? मैं कमली के प्रति दुलार से सीज उठता हूँ।

वह एक हाथ से तार पकड़े मेरे आदेश का इंतज़ार कर रही है, "अम्मा जी ने कहा है, पूछकर फैलाना।"

"मैं 'न' कह दूँ तो?" मैं उसे छेड़ता हूँ।

"रखे रहेंगे। आप सोने जाएँगे तो फैल जाएँगे।"

यह नोक भर घटना मुझे सराबोर कर देती है। आराम देती है। कुर्सी की लम्बी पीठ पर मैं सिर डाल देता हूँ। आँख बन्द कर लेने से बिखरी हुई स्निग्धता एकदम पास आ जाती है।

घर में आहट होने से लगा भाभी लौट आई हैं। होंगी। भाभी का चेहरा नरम है पर आवाज़ कुछ तीखी। ध्वनियों के तेज़ धीमे टुकड़े। खटपट। लंच की तैयारी। मेरा मन शान्त निरावेग है।

खाने के लिए पुकार। जानता हूँ आएगी। भैया और पापा को आना नहीं है। चिंटू के अलावा बाक़ी सब उपस्थित हैं।

भाभी के साथ बैठने से लगा कि माँ और मेरे बीच का आकाश कितना सँकरा हो जाता है। दोनों को अपनी-अपनी तरह अड़ने लगता है। माँ काया को फाड़कर भीतर जाना चाहती है। सुख-दुख के असली रंगों को अपनी पोरों से छूना चाहती है पर ऐसा हो सकता है क्या?

"पहले पता होता, तुम आ रहे हो तो शिखा को लिख देते। तुम्हें देख जाती। हम लोगों से भी मिल लेती।" भाभी ने कढ़ी का डोंगा मेरी ओर बढ़ाया है।

"मुझे ख़ुद भी पता नहीं था, मैं आ पाऊँगा।"

"यह तो सुना था, वहाँ छुट्टी आसानी से नहीं मिलती।"

"ठीक सुना था।"

"फिर भी टिकट लेने और चलने में कुछ तो फ़ासला होगा। तभी लिख देते।"

"लिख सकता था पर मुझे कभी लगता ही नहीं कि चिट्ठी जल्दी से घर पहुँच जाएगी। जाने क्या मन में बैठ गया है।"

"क्यों, चिट्ठी क्या पैदल चलकर आती है?"

सब हँस पड़ते हैं। हँसना अब तक कितना अनुपस्थित था, यह हँसने से पता चला।

"मैं बताऊँ। तुम एक दिन को बनारस हो आओ। एक रात का तो रास्ता है। निहाल हो जाएगी शिखा।" भाभी कहती हैं।

समय की सीमा और वसीम के कार्यक्रम पर आश्रय। दो परिसीमाओं में घुटते मेरे मुँह से एकाएक 'न' निकल जाती है।

इस 'न' को सामने बैठी माँ आहत होकर देखती है, "रहने दो, नहीं जाना चाहता तो। उसे लिख दो, आना चाहेगी तो आ जाएगी। पहले भी रहती ही है इसके बिना।"

यह चोट! क्या देखने की चेष्टा है कि स्प्रिंग पर पैर रखें तो कितना उछल सकता है। कोई अगर अपना है तो किस दूरी तक आहत हो सकता है।

"असल में, मुझे एक और भी काम है। मेरठ जाना है।" वसीम का काम बताता हूँ तो सहानुभूति सूख जाती है।

"इतने से समय में इतनी बड़ी कटौती। दोस्त को ख़ुद सोचना चाहिए था। कह नहीं सकते थे कि तुम घर जा रहे हो इतने बरसों बाद। तुम उसके कोई ज़र-ख़रीद ग़ुलाम तो नहीं।"

"हाँ, नहीं।" मैं ढक्कन ढाँप देता हूँ। मन ही मन दोहराता हूँ—ज़र-ख़रीद ग़ुलाम ही तो हूँ। मैं दूसरी ज़मीन पर टहल जाना चाहता हूँ। दीदी का सामने खुला पड़ा खाता फैला लेता हूँ, "कब से नहीं आई दीदी?"

"उसे भी दो साल हो गए।"

"मुझे तीन हुए तो क्या। पापा उस दिन कैसे खिंचाई कर रहे थे।"

"पापा को तो अभी भी तुम्हारा वहाँ रहना नहीं जमता। आज पलट आओ तो ख़ुश हो जाएँगे।"

"पलट आऊँ? और यह जो तीन साल खपाए हैं सो?" क्या महत्त्व का आसन पा लेने के लिए मैं ऐसा कह जाता हूँ।

"उसका क्या रोना!" माँ थी, "वहाँ हवा में तीन साल खपाए। यहाँ तो सब जमा-जमाया है।"

सम्भावना की इतनी तेज़ उछाल। मैं लड़खड़ा जाता हूँ। अचानक से जान पाता हूँ इमारतों में सीमेंट की लिपाई के बाद भी छिपे रास्तों से कैसे पानी रिस पाता है।

मुझे दुविधा में धँसा समझ भाभी सदय हो आती है, "अभी तो ख़ूब काम फैला रखा होगा। अम्मा असल में चाहती हैं कि तुम आ जाओ पर मन की बात घुमाकर कहती हैं। क्यों अम्मा जी, ठीक है न!" माँ को प्रसन्न करने के लिए भाभी झुककर उनका मुखड़ा देखने लगती हैं।

"तू क्या मेरे पेट के अन्दर पहुँची हुई है," मुस्कुराकर माँ उत्तर देती है।

भाभी और माँ के बीच की यह पारस्परिकता मुझे बेहद मार्मिक लगती है। इस जगह पर बैठी मार्था की मूर्ति मुझे सिलबिल्ली दिखाई पड़ती है।

वसीम से ऐसा ही तय था कि घर पहुँचने के दो-तीन दिन बाद उसे फ़ोन करूँगा, फिर मेरठ के लिए रवाना होऊँगा।

फ़ोन करने गया तो उसकी आनाकानी से उलझ गया। वसीम ने उधर से कहा—मैं अभी ठहर जाऊँ। "यहाँ पर अभी सब कुछ अधबना-सा है...अधबना उतना नहीं जितना...असल में मुझे ही सोचना है। उसी में थोड़ा समय लग रहा है।"

जानता था, जानता हूँ वसीम को मेरी ज़रूरत दैहिक उतनी नहीं, नैतिक अधिक है। दिलासा चाहिए कि बग़ल में कोई है यदि पूरे का पूरा कुटुम्ब फ़ैसले के लिए उस पर टूट पड़े। सतह पर दीखती चीज़ों के अलावा भी कोई परे की दृष्टि से देख सके।

"रखता हूँ फिर फ़ोन।"

उसने 'हाँ' नहीं कहा। उसी रौ में बहता रहा, "अभी तो पॉज़िटिव की तरफ़ ही सारी बात चल रही है।"

"और तुम्हारा जो इंप्रेशन था, शक्ल-सूरत के बारे में? वह क्या ठीक था?"

"हाँ, वह सब कुछ तो वही है, पर यह बात मुझे अब इतनी अहम नहीं लग रही। सच में। सब बातों को देखते।"

"मतलब दिक़्क़त तुम्हारे साथ थी, उनके साथ नहीं।"

"जो भी समझो, उनकी बात में दम है—दे रियली हैव ए पॉइंट।"

"पर ऐसे उन्हें तुम्हारी ग़ैर-हाज़िरी में तय करने की जल्दी क्या पड़ी थी?"

"उन लोगों का वह सब सोचना भी ग़लत नहीं था। देयर ऑल्सो दे हैव ए पॉइंट। मैं समझ सकता हूँ। तुम्हारी ज़िन्दगी मेरे सामने है।"

"अच्छा फिर," मैंने फ़ोन रख दिया। रखने से पहले वसीम को अपने पड़ोस का फ़ोन नम्बर दे दिया। ताकीद कि यहीं करना। मैसेज छोड़ देना। मैं ख़ुद कर लूँगा। पापा के दफ़्तर का नंबर देना क्यों बचाया? सोचा तो लगा, क्यों सरहद के उस पार...वसीम द्वारा दी सूचनाओं की खिड़की...बीच कहीं मैं असफल ग़लीज़ और बोदा।

वसीम की बात से लगा, वहाँ अब किसी बात की खटपट या अरजेंसी नहीं है। घरेलू चौखटें, बैठकें और जमकर कहे-सुने जाते दुख-सुख।

घर लौटने के लिए पैरों में जान नहीं। वसीम के शब्दों का धुआँ मेरे साथ चल रहा है। मेरे सिर के ऐन ऊपर घुमड़ रहा है। "उनकी बात में दम है।" वसीम ने कहा था। जल्दी तय करने की बात सोचना भी कुछ ऐसा ग़लत नहीं था। "...देयर ऑल्सो दे हैव ए पॉइंट...तुम्हारी ज़िन्दगी मेरे सामने है।"

नक़्शा साफ़ है। उनकी बात में दम है। क्योंकि घर अच्छा है। खाते-पीते हैं। ख़ानदानी हैं। बोरा भर शराफ़त है। शिक्षित हैं। खुला दिमाग़ है। समाज में हैसियत है। नामी हैं। नफ़ासत है। तहज़ीब है। घर में एकता है। मज़हबी संस्कार हैं और क्या चाहिए। रिश्ते रिश्ते नहीं बाँहें होती हैं। एक ही टुकड़े पर खड़े पैरों की गिनती करने से पता लगता है किसी के पास कितना रसूख़ और कितनी ज़मीन है। एक कहाँ, कितने तो पॉइंट हैं।

इतनी ख़ूबियों के सामने नाक या कान या आँख ज़रा सी कुछ टेढ़ी या रंग कुछ साँवला या देह कुछ कम सुडौल हुई तो क्या फ़र्क़ पड़ेगा। मियाँ-बीवी का रिश्ता तो अन्दरूनी पुलों पर बनेगा। समझे कि नहीं मियाँ मैं।

"देन देयर ऑल्सो दे हैव ए पॉइंट" वसीम ने कहा था। इस पॉइंट के नीचे नुकीला वज़न है। सरहद के पार कोई एक भूखंड है। रास्ता आकाश को चीरकर जाता है। सात समन्दर पार का फ़ासला है। सब कुछ अनदेखा है। भरकम आड़ है। बेगाने लोग हैं। पैसा प्रमुख है। अपनी तहज़ीब के विरुद्ध चाल-चलन है। लालच फिसलन है। निष्ठा खोखली है। झपटा-झपटी है। सो लाड़लों को लगाम क्यों न दी जाए। चांस क्यों छोड़ें। धुरी तय कर दें। तयशुदा निगाह अपनी धुरी पर घूमती है। यह नहीं कि घेरे पर पड़ी किरचों को टटोलते रहें और लहूलुहान हों।

सो धुरी दे दी गई। आश्वासन। हाथ में झुनझुना। हर पल रुनझुन। कौन जाने नुसरत को ख़तो-ख़िताबत की इतनी खुली छूट संरक्षकों ने दी हो। काम से लदे रहो और मानसिकता व्यस्त रहे। सैटेलाइट टेक्नीक। मैं वसीम की सब बात समझता हूँ। मेरे माता-पिता तो झुनझुना देने के बावजूद भी अभागे ही रहे।

और मैं? वसीम के समझने को दी जाती एक मिसाल, महज़ मिसाल। साथ हूँ। सामने हूँ। ओछा वज़न है। प्रशान्त की आवाज़ से उड़ जाने वाला पत्ता हूँ। हब्शी के हाथ की हिंसा हूँ। मार्था का खिलौना हूँ। वसीम का अवलम्ब भी हूँ। यह तो उसने नहीं सोचा।

धुरी थी मेरी। मिल रही थी, निष्प्रयास। श्यामली दे रही थी। था आधार—दे रही थी माँ। और पिता। और भैया, हवा, रंग-ऋतुएँ। थी पहचान—दे रहे थे माली, धोबी, गली-कूचे, क्यारियाँ, सोंधी गंध के पकवान, बाज़ार तक सब तरफ़ फैला सब कुछ। हर कुछ।

अपनी दहलीज़ से बाहर पैर किया नहीं कि उन सबका हो लिया। सबका। तब क्यों किसी ने नहीं देखा। नहीं मिलाई मिसाल। तब मैं भी सब था। एक नहीं। माथा का एक नहीं।

चूक गया। इतना चूका कि एक व्यक्ति भी नहीं रहा। मिसाल हुआ जिसे ज़मीन पर बिछाकर नवयुवकों के भविष्य का फ़ैसला किया जाता रहेगा।

लगा, चलता रहा तो ज़रूर गिर जाऊँगा। इतना थोड़ा सा फ़ासला!—एस. टी.डी. के बूथ से घर तक। पैर पत्थर हैं क्या इसलिए नहीं उठते?

गली के प्रवेश पर पुलिया की छोटी सी ऊँचाई। मिल गई तो धम्म से बैठ गया। बैठा रहा। पापा अभी घर होंगे। बृहस्पतिवार को घर में ही बारह बजे तक वह अपने चैंबर में बैठते हैं। भैया जाने के उपक्रम में। भाभी चली गई होंगी।

लगा घर जाए बिना रह सकता हूँ।

आगे टहल आया। दाएँ सौम्य चटर्जी का लाल ईंटों का मकान। कहाँ होगा

सोमू और उसकी चपटी नाक एवं सुरीले गले वाली बहन। बाईं ओर बाज़ार है—चौखूँटा। चौखूँटे की सीढ़ियाँ। सीढ़ियों के पैर के पास एक मोची। एक ठेलेवाला। ठेलेवाला स्टोव पर रखी बड़ी कड़ाही में 'नूडल्स' की सफ़ेद सर्पिणियाँ हिला रहा है। जल्दी-जल्दी। मैं जल जाता हूँ। नक़लची।

चौखूँटे की सरहद उज्ज्वल ड्राईक्लीनर्स से शुरू हुआ करती थी। हाँ, वही है। फिर ढाबा दीखा। फिर पारस कैमिस्ट। फिर बिन्दी सुर्खी।

मैं जानता हूँ, आगे क्या होगा। गुप्ता पंसारी की दुकान। फिर तैयार कपड़ों की दुकान। फिर स्टेशनरी। फिर भाँड़े-बर्तन। फिर दर्ज़ी। बिजली का सामान। फिर फ़ोटोकॉपी का काँच वाला केबिन।

उसके आगे आएगा गली से जुड़ता एक कटाव। फिर बड़ा सा मोड़। मोड़ पर पत्थर। पत्थर पर खुदा हुआ होगा मन्दिर मार्ग। मन्दिर मार्ग से आगे बस का स्टॉप। है कि नहीं। उसके नाके पर बाँसों से बँधी पनवाड़ी की कैनवस की छत वाली दुकान। जिसके बाहर रस्सी का सुलगता सिरा लटका होगा।

उज्ज्वल ड्राईक्लीनर्स के सामने खड़ा-खड़ा भी मैं यह सब देख सकता हूँ। इनको अपने भीतर पा सकता हूँ। कैमिस्ट के पिछवाड़े से चलकर पलभर में ही तिकोनों और जलेबी तक पहुँच सकता हूँ। आह जलेबी! रस की लोभी। वह या मैं! दोनों।

जेब में हाथ डाला। बीस का नोट था। सुबह पापा ने कितना तो आग्रह किया था, "रख लो, यह नहीं कि तुम्हारे पास हैं नहीं पर करेंसी का फेर है।"

"क्या करूँगा," मैंने उन छितरे हुए नोटों में से बीस का केवल एक नोट उठाया था—वह भी उनका मान रखने को। उनको अच्छा नहीं लगा था। यह उनके और मेरे बीच गुपचुप चलते शीतयुद्ध का परिणाम था। ऐसा इसलिए भी चलता है, क्योंकि मैं भैया और दीदी जितना सयाना जो नहीं था।

जलेबी ली। घी की कड़ाही में नाचती-घूमती फिरकी दिलचस्प लगती रही। लौटते, पान की दुकान से भिड़ते हुए गुज़रा कि लाला ने पहचान लिया।

"अरे वाह भैया जी! बहुत दिनन मां दीखे। कहाँ रहे इत्ते दिन?"

"अमेरिका में रहता हूँ अब तो। तीन साल हो गए।" मेरी छाती फूल जाती है।

"उहाँ तो बड़ी मौज-मस्ती सुनी है?"

"ठीक सुनी है।"

"और पैसा-धेला भी ख़ूबई ख़ूब?"

"हाँ, ख़ूब!"

वह उमगकर मुझे एक बनारसी बीड़ा देता है। देते-देते हाथ रोककर किसी ख़ुशबू की एक सलाई हरियाली का मुँह खोलकर भीतर भोंक देता है।

"ल्यो" मैं कुर्ते की जेब में हाथ डालता हूँ तो वह डपट देता है, "कमाल है, भैया साब। अब इत्ता अनादर न करो। हम का इस लाइक भी नहीं?"

मैं पीठ की ओर खुलता उसके कन्धे का पिछला भाग थपथपाता हूँ। परम पुलकित पानवाला।

"हमार लौंडा तो कबहुँ जाय नईं सकत है?"

"क्या होगा जाकर। अपना देश भला है।"

"तुम कहत हो? फिर तुम काहे को उहाँ गए?"

"मैं गया नहीं, पहुँच गया।"

"ऐसन कैसे हुई सकत है?"

"हुआ। भई हुआ। अच्छा राम राम!"

"राम राम!"

भैया ने पहली बार रोका है। रास्ता सा काटते हुए। वैसे तो सब साथ रहते हैं। साथ खाते हैं। टी.वी. देखते हैं पर ख़ास जैसी कोई बात पकड़ में नहीं आती।

आज रोका है, आगे बढ़कर। अपने कमरे में आ बैठने का न्योता देकर। मैंने घड़ी देखी—आठ। उनके पीछे-पीछे ही मैं सीढ़ियाँ चढ़ता उनके कमरे में पहुँचता हूँ।

"आओ बैठो," कहते-कहते उन्होंने अपना टी.वी. बन्द कर दिया है। इसका अर्थ है वह अभी तक यहीं कमरे में थे। फिर नीचे, क्या मुझे लिवाने गए थे?

भैया का कमरा ख़ूब बढ़िया और उजला है। पीछे ढलुवाँ सहारे वाले दो पलंग। एक साइड टेबल। साइड लैंप। दीवारों से मेल खाती दो अलमारियाँ। रेशम की बुँदकी वाले क्रीम रंग के पर्दे। एक हुसैन। एक पिकासो। एक छोटा टी.वी.। टी.वी. पर चिंटू-मिंटू का चौखटे में जड़ा एनलार्जमेंट रखा है। चट ऐसी ही कोई बात माँ से पूछने की मुझे याद आ जाती है। मैं मन ही मन गाँठ बाँध लेता हूँ।

"जानते हो, आज तुम पहली बार मेरे कमरे में आए हो!" उनकी आवाज़ के ठहराव पर मेरा फिर से ध्यान जाता है। अपना बिखरापन फिर से विराट नज़र आता है।

"मुझे लगा आप...आपको..."

"परवाह नहीं है। यही कहना चाहते हो न? बावला। मैं तो माँ के ख़याल से तुम्हें नहीं खींचता। बहुत हुड़कती है। तेरे पसन्द की कोई चीज़ बने तो खाते-खाते छोड़ देती है। आ-जाकर कुल आठ-दस दिन ही तो हैं तेरे पास। सोचता हूँ उनका समय क्यों लूँ। हम लोग तो सब फिर भी..."

"साथ हैं।" भैया ने प्रकट में नहीं कहा।

"बहुत कम समय निकाला।"

"वहाँ के हिसाब से तो इतना भी बहुत है। काम-धाम के बीच छुट्टी कोई नहीं सोचता। बस वीकएंड्स..."

"अच्छा लगा होगा यहाँ आना?"

"क्यों नहीं!"

"नहीं, मुझे लगा वहाँ रहने की आदत पड़ गई है तो अच्छा न भी लगे। ख़ूब प्रॉसपैरिटी है वहाँ। होगी ही, मनी कैन बाय एवरी थिंग," भैया एक वयस्क की तरह जीवन में मुझसे पहली बार बातें करने बैठे हैं। यह दर्जा जिस किसी भी वस्तु ने मुझे दिया हो।

"ऐसा कुछ नहीं," मैंने गोल-मोल सा उत्तर दिया। उन्हें शायद पता भी नहीं लगा होगा कि यह कथन के पहले खंड का उत्तर है या बाद वाले का।

"असल में पैसेवालों की एक जमात है। बिना पैसेवालों की एक। यह बात मेरे ख़याल से तो पूरी दुनिया पर लागू होती है।"

"तुम किस जमात में हो?" भैया तौलते हुए से पूछते हैं।

"आयम ए बिगिनर। मेरी तो शुरुआत है, हर दृष्टि से।"

दो नक़्क़ाशीदार कटोरे हाथ में लिये भाभी भीतर घुसती हैं। मुस्कुराती हैं। झड़प से अलमारी खोलकर एक कटोरे में काजू, एक में किशमिश भरती हैं और स्टूल खींचकर मेरे सामने रख देती हैं। जैसे मैं कोई अलग से उनके घर आया अतिथि हूँ।

"हमारे पास तो तुम अभी आए हो," सहज खिलंदड़ा अन्दाज़ भाभी का। चट ही वह साड़ी समेट, पालथी मार पलंग के बीचोबीच स्थापित हो जाती हैं, जैसे अब उन्हें कहीं जाना न हो।

यही क्षण था, जब मुझे लगा कि यह सब सायास है। प्रायोजित। कुछ है जो कहने को अलग से मन में कुलबुला रहा है।

"इधर महँगाई इतनी बढ़ी है कि दाल-रोटी मिल जाए, वाली मिसाल भी ग़लत जैसी हो गई। वह भी दिक़्क़त से जुटती है। वहाँ तो कुछ पता ही नहीं लगता होगा?"

"नहीं, पैसे तो वहाँ भी मुश्किल से ही जुटते हैं। जैसा ख़याल है लोगों का, वह ग़लत है कि पेड़ों पर लगते हैं। जब चाहो झाड़ लो।"

मैं भैया को झिझकते-झिझकते बताने की कोशिश करता हूँ कि वहाँ का सिलसिला कितना अजीब है। 18 साल पूरे हुए नहीं कि सड़क पर आ जाना पड़ता है। यह नहीं कि एम.ए. करते तक परजीवी होकर बाप की गोदी में चढ़े बैठे रहें और घर में हर किसी को इनवॉल्व रखा कि आगे करना क्या है। शुरू-शुरू में धक्का लगता है। माँ-बाप और बच्चों के बीच रिश्ता भी कठोर जैसा लगता है पर ऐसा है तो है। वहाँ शिक्षा का अर्थ है अपने कमाने की औक़ात। उसके लिए भगदड़ जल्दी शुरू हो जाती है।

"तभी तो।...प्रोडक्शन बढ़ता है। इतनी पूँजी सर्कुलेट होती है। इसीलिए तो इतना ऐशो-आराम है।"

"वह सब कुछ बातें मैं नहीं जानता पर मुझे लगता है कितना जुतना पड़ता है।

तब कहीं जाकर कुछ बनता है। जुतने में कितना कुछ छूट जाता है, उन्हें पता ही नहीं। मुझे लगता है कि वे सब इन बातों के कॉन्शियस ही नहीं।"

भाभी भैया को टोकती है, "कुछ इग्ज़ांपल देकर बात करो न। मान लो मिंटू जाता है..."

"जाता है तो उसे पहले पैसों का जुगाड़ करना पड़ेगा फिर कहीं पढ़ने-लिखने का सवाल उठेगा, जब तक कि तुप न भेजो। वह बेवकूफ़ी है और सम्भव भी नहीं। यह समझ लीजिए, तालीम का मतलब है अपने पैर। अपना बसेरा। वहाँ तो बस जुतना ही जीना है। शायद इसीलिए इतनी झपटा-झपटी है।" यह बात भी मुझे इसी समय कहते-कहते सूझी है।

जब कहता हूँ, ऊँची शिक्षा वहाँ कम है तो भैया को विश्वास नहीं होता। कमाऊ शिक्षा पर ही पूरे का पूरा दबाव है, इसीलिए तो बुद्धिजीवी, शिक्षक, लेखक जैसे लोग ऊँची निगाह से देखे जाते हैं।

शिक्षिका भाभी का चेहरा एकदम खिल उठता है। भैया ध्यान नहीं देते। मेरी लम्बी-चौड़ी भाषणबाज़ी को लाँघकर कहना शुरू करते हैं—

"इधर कई दिन से सोच रहे थे, इनका भाई है न...मेरा साला, उसे भी भेज दें। तुम स्पॉन्सर कर दो तो आसानी हो जाएगी। एक के पैर जम जाएँ तो बाद वालों के भी धीरे-धीरे जम जाते हैं। ज़रा सी टेक चाहिए होती है, जैसे तुम्हारे लिए प्रशान्त..."

मैं डगमगा जाता हूँ, "पर भैया मेरे पैर अभी जमे कहाँ हैं?"

"तुम तो यहाँ की तुलना में कह रहे हो न। वहाँ हार्ड करेंसी है, कितना भी कम मानो, तीस-इकतीस गुना ज़्यादा होते हैं। हैं कि नहीं? मेरे मन में एक पूरा प्लान है। तुमसे डिस्कस करने का इंतज़ार कर रहा था। इधर पी.ए.सी. की बैठकों में इतना उलझा रहा कि तुम्हारे पास बैठने का भी समय नहीं मिला। देखते-देखते तुम्हारा जाना सिर पर आ गया।"

भैया हैं कि मेरी सुन नहीं रहे। सुन रहे हैं तो समझ नहीं रहे। उनके मन में बहुत दिनों से पकता आया एक प्लान है। सपनों के बीजों की एक पोटली। मन में है कि किसी उर्वर ज़मीन पर डाल देंगे तो उसरते चले आएँगे। इस करामाती ज़मीन का मालिक उनका सगा भाई है। एकदम सगा।

"ठीक है आपको जो बताना हो, बता दीजिए। मैं कोशिश करूँगा। वहाँ पहुँचकर देख-समझकर आपको लिखूँगा। जल्दी।"

'जल्दी' शब्द मैंने उनका मन रखने को जोड़ा था। उनके चेहरे पर कितनी जल्दी सरक आती सुस्ती मुझे असहाय लग रही थी।

भाभी ढाढ़स देती है, "ठीक तो कहता है। उसे क्या मालूम तुम्हारे मन में इतनी बातें हैं। बताने भी बैठे तो चलते समय। जब उलटने-पलटने की कोई गुंजाइश ही नहीं होती।"

भैया का उजला-उजला कमरा गाढ़े रंगों में रँग जाता है जिसके पार गर्मी और रोशनी नहीं पहुँचती।

दृश्य लौट आया है।

माँ, मैं और कमली।

आँगन, क्यारियाँ और श्यामली।

कुर्सी, पाटला और कनस्तर।

चावल, चिड़िया और परात।

परात माँ ने वहीं वैसी ही खुली छोड़ दी थी। टोका तो बोली, "रहने दो। चिड़ियाँ चुगती रहेंगी। कितना ले जाएँगी। ढेरी में से चुटकी।"

चिड़ियों ने सच में परात के चारों ओर दाने-दुनके बिखेर दिये हैं।

उत्साह नहीं। एक अबूझ-सी रिक्ति। सुन्न, अवसन्न। कहीं कोई ध्वनि नहीं। चाह नहीं। जिज्ञासा भी नहीं। लटका-लटका सब।

किसलिए आया था यहाँ? किसलिए जाऊँगा वहाँ?

किसी भी बात के पीछे कोई उद्देश्य है? क्या कोई दिशा?

एक संकुल से डार्करूम में फ़ोटो धोने जाऊँगा। हाइपो के घोल में से एक के बाद एक अपरिचित चेहरे खुलते जाएँगे। किसी एक के भी खुलने का रोमांच नहीं होता।

मार्था मिल जाएगी। पूरी? या अधूरी? या मुझे ही अधूरा कर देने की कुटिलता से धमकाती हुई।

स्टूडियो मिल जाएगा। रॉबर्ट्स और मार्था। डार्करूम के पर्दे के पार एक-दूसरे से भिड़ते हुए।

या फिर 'हैपी गारमेंट स्टोर'। स्टूडियो के सामने की सड़क से थोड़ा आगे। बड़ा, चौड़ा विशाल। जगमग-जगमग। कई मंज़िलें। कई वस्तुएँ। बड़ा प्रबन्ध। थोड़े ग्राहक। जनसंख्या विस्फोट का शिकार नहीं न है अमेरिका।

फिर रात। एक सेलर। कभी मार्था साथ। कभी अकेले। अक्सर वह अपने अपार्टमेंट में सोती है। मैं उसके अपार्टमेंट में कभी क्यों नहीं सोता? चुनाव का हर अधिकार मार्था ने अपने लिए सुरक्षित रखा है। क्यों रखा?

पहले प्रश्न नहीं थे। अब प्रश्न ही प्रश्न हैं। तो क्या मैं तोप के मुँह में पड़े गोले के सामने प्रश्नों का सामना करने जाऊँगा?

माँ ने मुझे कोंचा, "तुम्हारे पापा तुम्हें ठीक ही 'गवाचा बाबू' कहते हैं।"

"वह क्या होता है?"

"गवाचा माने लॉस्ट। हरदम खोया हुआ।"

मैं चिढ़ गया, "तुम क्या कहती हो?"

"होने दो गवाचा। कोई चाहता है तो अपनी मेहनत से दूसरे को पा ही लेता है। हालाँकि तेरे पापा यह सब नहीं मानते।"

"मानते होते तो भी ऐसा न करते।"

"ऐसा नहीं है। वह बाहर से कठोर हैं। अख़रोट की तरह। अन्दर से...।"

असहमत हूँ पर माँ को पापा का पक्ष लेने देता हूँ। हुज्जत नहीं करता। एक सर्द-सी हवा पहले से पसलियों के पिंजर को पकड़ रही है।

"मुझे तो ग़ुस्सा आता है...चिन्ता भी होती है।" माँ पिछली चौकी पर आन बैठी है, "यह क्या, हर समय टुकड़े-टुकड़े..."

खीजा था और खीज गया, "क्यों कहती रहती हो हर समय ऐसा? यह क्या मेरे ही साथ होता है? औरों के साथ क्या नहीं होता? बाहर और अन्दर की ज़िन्दगी एक ही हो, ऐसा कैसे हो सकता है? इतना भागते-दौड़ते...घर से परे...।"

"पर यहाँ तो तू घर में बैठा है।"

"ठीक है पर कैसे काट लाऊँ अपने को? ऐसा नीट जैसा कटना-बँटना होता है कहीं। इतिहास-भूगोल की किताबों में होता होगा। अपने सोचने को कोई कैसे काट सकता है। यह नहीं कि तुम जानती नहीं फिर क्यों कोंचती हो? यहाँ तुम। वहाँ माँ...।"

रपटने चलते शब्दों को मैं पूरी ताक़त लगाकर निगल लेता हूँ।

क्षण भर को स्तब्ध हो रही माँ। टिकी निगाह से वह मुझे जमकर देखती है, "सच बता, क्या मार्था भी तुम्हें ऐसा ही कहती है?"

मैं ख़ुर्दबीन के नीचे आ गया हूँ। यूँ फ़ोकस में आना मुझे उद्विग्न करता है। चमड़ी पर कील की तरह भुँकता है। मन अ ामना है, वह एक बात है। जब इतनी दूर-दूर बसेरे हैं तो दर्दों की अदला-बदली का क्या लाभ!

मैं माँ को दूसरे प्रदेशों में धकेलने का उपक्रम करता हूँ, "माँ, सुनो..."

माँ अड़ जाती है। "कुछ और सुनना नहीं है मुझे।" की भँवर में पंजे गड़ा लेती है।

"इन बातों से आख़िर तुम क्या नतीजा निकालना चाहती हो। यही न कि मैं पागल हूँ।"

माँ हताश-सी होकर अपने घुटनों पर हाथ पटक देती है, "मेरे नतीजों से तुम्हें क्या लेना? जो पूछ रही हूँ, उसका जवाब दो।"

वह पल भर तो इंतज़ार करती है, फिर दोनों घुटनों के बीच अपना सिर रख लेती है। अब मुझे उसके सिर का पिछला भाग दीख रहा है, जिस पर अधपके बालों का साम्राज्य है।

"तुम कुर्सी पर क्यों नहीं बैठ जाती?" मैं सहज होने की चेष्टा करता हूँ। "कब से काठ के पट्टे पर नीचे बैठी हो।"

"बैठ जाऊँगी, मुझे बहलाने की ज़रूरत नहीं। नहीं बताना, न बताओ। मैं कौन सा तुम्हारे पीछे-पीछे पूछने आऊँगी।"

माँ एकाएक खड़ी हो चुकी है। इस उग्रता से मैं सहम ज़रूर जाता हूँ पर उस तल्खी को तरल करने के लिए भी अपने को असमर्थ पाता हूँ। मन में एक अव्यक्त रीतापन। मिन्नत, मान-मनौवल का बल—सरलता-सहजता कुछ भी नहीं।

मन को बटोर नहीं पाता तो हाथों से काम लेता हूँ। अपने साथ सटाते हुए, माँ को अपनी कुर्सी पर बिठा देता हूँ।

बैठते ही माँ उद्विग्न हो जाती है, "और तुम?" उसका चेहरा अभी भी रूठा-रूठा है।

"घर में क्या और कुर्सियाँ नहीं हैं। मैं दूसरी ले आऊँगा।"

अन्दर कुर्सी लेने जाता हूँ तो मिंटू मुझे दबोच लेता है, "चाचा, इतना छोटा कैलक्यूलेटर लेकर आए, अबकी बड़ा लाना। और सुनो, मेरा बायनोक्युलर...और मेरा कैमरा...वॉकमैन...मेरे गॉगल्स और मेरे जीन्स भी।" सोचता-सोचता वह अपनी लिस्ट लम्बी करता जाता है।

"अच्छा, ज़रूर लाऊँगा।"

"चाचा, फिर तुम कब जाओगे?"

"जल्दी चला जाऊँगा?"

"कब? जाओ न चाचा।"

"बस! तीन दिन बाद चला जाऊँगा।" मैं मिंटू को उँगलियों की पोरों पर गिनकर तीन और जाने वाले चौथे दिन का हिसाब समझाता हूँ।

इतराते हुए वह मेरी गोदी में लद लेता है। उसे गोद में लिये-लिये मैं बाहर आँगन में आ जाता हूँ। यह दृश्य शायद माँ को नहीं भाता। वह पहले से ही मेरे होते हुए भी, न होने से आक्रान्त है। उसकी दृष्टि में अभी तक लम्बाता सा उपालम्भ है।

मैं मिंटू को दुलारते हुए घर के भीतर छोड़ आता हूँ।

माँ मेरे पीछे नहीं आती। वहीं बैठी रहती है। मतलब मुझे वहीं चाहती है। वैसे का वैसा। उन्मुख।

इस सामने के लिए मैं भीतर से उतना तैयार नहीं। माँ के ममत्व के लिए इस समय शायद उतनी प्यास भी नहीं। क्या यह कई दिन से बरसती आ रही वत्सलता की तृप्ति है या लदती चली आ रही उदासी की आहट।

मैं एक और कुर्सी लेकर बाहर पहुँच जाता हूँ। माँ का चेहरा टटोलने की कोशिश करता हूँ। कितनी धुआँस बाक़ी है।

चेहरा ख़ाली है। आँखें चौंध से बचने के लिए हथेली की आड़ से ढकी हुईं।

अब चावल दूर हैं। परात दूर है। बीनना भूला हुआ है। बीनने की आड़ ग़ायब है। माँ मेरे सामने है।

कुर्सी रखते-रखते ही मैं अपनी रणनीति तय कर लेता हूँ। वार्तालाप का छोर

अपने हाथ में उचक लेता हूँ, "पापा कितना कम समय घर रहते हैं।"

"वकालत में तो यही कुछ है।" पहले तो माँ संक्षिप्त सा उत्तर देती है, फिर जोड़ देती है, "तुम्हें एल.एल.बी. करना था। आगे सँभालना था। उनकी तो यही स्कीम थी।"

"सब सोचा हुआ तो नहीं होता।"

"वह तो मैं देख ही रही हूँ। वैसे तुम मानो या न मानो अपनी ज़मीन से टूटकर इनसान की कोई गति नहीं होती। कितना आसान है अपने देश में रहते रहना। जहाँ पैदा हुए उसी हवा में साँस ले रहे हैं। अपनी साँस का आना-जाना तक पता नहीं लगता। कोई दबाव-तनाव नहीं। ऐसा अलग से, नया कुछ सीखना नहीं।"

"इसका मतलब है हर कोई अपनी सरहदों में ही धसका बैठा रहे। न कहीं जाए, न आए।"

"मैं यह कब कहती हूँ। ज़रूर जाए, पर वहाँ का होकर न बैठ जाए।"

जानता हूँ यह मेरे आचरण पर आरोप की अभिव्यक्ति है, जिसे ख़ारिज कर पाने के औज़ारों से मैं ख़ाली हूँ। कुछ आड़े हैं जो अपनी चुनी हुई हैं। कुछ ज़मीन की नियति से मुझ पर लद गई हैं।

नन्हा सा एक प्रसंग मन में सरकता चला आ रहा है। किसी एक जन्मदिन पर माँ ने सरस्वती की छाप वाले एक पिक्चर पोस्टकार्ड पर एक छोटा सा सन्देश भेजा था, "तुम्हारे नाना कहा करते थे, अपनी भूमि से अलग किसी की नियति नहीं होती। तुम भी नियति से लड़ना, डूबना नहीं। मेरी और पापा की आशीष।"

बिजली की कौंध की तरह उन वाक्यों का अर्थ अभी...इसी घड़ी समझ में आया है। यह सब बातें माँ के मन में चलती रहती होंगी। तभी तो न...

खोने की सरहद पर जाता-जाता लौट आता हूँ। माँ के क्षोभ से घबराता हूँ। अपने को कोसने में पड़ जाता हूँ। क्यों बार-बार उन्हीं चौखटों पर सिर पटकने की मजबूरी। मुझे याद क्यों नहीं रहता कि मैं अपने घर में हूँ। अपने...अपने घर।

इसका मतलब है वहाँ घर नहीं। नहीं था। मेरे और मार्था के होने के बावजूद नहीं।

'कोई जाए पर वहाँ का न होकर बैठ जाए।' के पीछे साफ़-साफ़, सदा-सदा चीख़ता हुआ मार्था का प्रसंग है। पत्नी आ जाती है तो सरहद बँध जाती है। मन में...और बाहर। घर नाम की स्थावरता की नींव पड़ जाती है।

उनके विचार से तो पत्नी आई हुई है। घर बन चुका है। स्थावरता सध चुकी है। वे क्यों इस प्रसंग से हटकर बात करें।

ऐसे में, अपनी इच्छा की तख़्ती टाँगकर मैं माँ को बहलाने की कोशिश करता हूँ, "तुम जो सदा हर बात को देश-विदेश के सन्दर्भ से जोड़कर देखती हो, यह भूल ही जाती हो कि मैं मार्था से शादी करना चाहता था।"

"पर तुम श्यामली से भी तो शादी करना चाहते थे न?"

माँ ने चट से तमाचा जड़ दिया है, "कभी सोचा है तुमने, श्यामली से तेरी शादी हुई होती तो तू यहीं बना रहता। मार्था से हुई तो नियति बदल गई। देशकाल बदल गया। कितनी छोटी सी बात से काँटा बदल जाता है।"

"तुम इसे छोटी सी बात कह रही हो?" मैं खिसियाया हुआ उत्तर देता हूँ।

"न सही छोटी, पर घटना तो वही है न! असर देखो कैसा...कितनी किऽऽ तनी दूऽऽ र..."

मैं माँ का चेहरा देखकर सहम जाता हूँ।

इन बैठकों में कुछ ऐसा है कि कठघरे में खड़ा कर दिया जाता हूँ। दुलारते-पुचकारते चपत लगा दी जाती है। अपने आपको सहलाने तक का साहस नहीं होता। वह चेष्टा भी आँगन में खड़े होकर अपने नंगेपन को कपड़े पहनाने की खिसियाहट जैसी लगती है।

अच्छा हुआ खाने की पुकार हुई।

अबकी सोचकर बैठा हूँ कि करूँगा तो माँ से एक ही बात करूँगा। फ़ोटो वाली। वह प्रसंग पिछड़ता ही जा रहा है। उस दिन की रसमयता का भीगा-भीगा वातावरण अनचाहे बिथरता जा रहा है। कितनी स्नेहमयी लग रही थी उस दिन माँ। फुहार की तरह मन-प्राण पर बरस रही थी।

पर माँ ने मौक़ा ही नहीं दिया। बिना भूमिका के अधबीच पकड़ लिया। वह भी ख़बरदार मुद्रा में।

"मुझे तुम्हारी टेढ़ी-मेढ़ी बातों से बहुत डर लगता है।" माँ छूटते कहती है। "यह हर समय सोचने की आदत अच्छी नहीं। वह भी जब कोई परदेस में रहता हो।"

पापा इतना निकट बैठे हैं कि मैं दबी ज़ुबान उत्तर देता हूँ, "परदेस में होने से क्या। सोचने वाला सिर तो हर कहीं अपने कन्धों पर ही रहेगा।"

मैं पापा के सामने किसी बात में नहीं उलझता। शिष्टता नम्रता की चिकनाई पर इन दो हफ़्तों की गाड़ी जैसे भी खिंचे, खींच लेना चाहता हूँ।

पापा ने क्यों कभी यह गिला तक नहीं किया कि मेरे न होने से उनकी वकालत की विरासत डूब जाएगी। कहते तो किसी कोने में सेंक लगता। पापा में कुछ ऐसा है कि जो कुछ सामने बन आता है, उसे मान लेते हैं। फिर भिड़ते हैं अपनी पूरी ताक़त के साथ। यह बात भी मुझे इस समय दिखाई दी है। घर में भी 'काम से काम' उनका स्थायी रवैया है। हो सकता है माँ की नौकरी के चलते इन चुप्पियों की टेव पड़ गई हो। लगता नहीं कि वसीम के घर जैसे जमावड़े यहाँ हो सकते होंगे। व्यस्तता चाट जाती होगी निकटता।

"मान लिया तेरा सिर तेरे कन्धों पर ही रहेगा, पर इस दूरी को कम करो...नहीं

तो मैं आती हूँ तेरे पास। देखती हूँ क्या गड़बड़ है। तुमने तो यह तक नहीं कहा कि टिकट भेज देता हूँ। ख़ैर, मेरा प्रॉविडेंट फ़ंड रिलीज़ हो गया है।"

मैं अवर्ण हो जाता हूँ। विनयी होने की चेष्टा में बच्चा बन जाता हूँ, "तुम तो ऐसे डाँट लगा रही हो जैसे बचपन में लगाया करती थी। मैं कोई भूल तो नहीं गया।"

"तुम क्या समझते हो, अब डाँट नहीं सकती? तुम कितने भी बड़े हो जाओ, मेरी और तुम्हारी उम्र का फ़ासला तो उतना ही रहेगा। समझ लो, वह कॉन्स्टेंट फ़ैक्टर है सो रास्ता हमेशा खुला है। समझे?" मेरे कान की लौ को माँ ने नरमाई से खींचा है।

मेरा साहस बढ़ जाता है। मैं उसका पल्लू पकड़कर आँगन में घसीट लाता हूँ। यहाँ आ जाने से पापा से अपने आप दूरी हो गई है।

"तुम सोने जा रही थी न। अब तुम मेरे जाने के बाद सोना। पहले बताओ तुमने हटाई क्यों मेरी फ़ोटो? रखी कहाँ? अभी तक तुमने इस छोटी सी बात का उत्तर नहीं दिया। भैया के कमरे में जाकर देखा है कभी?"

"देखा है, देखा है। अपनी-अपनी मर्ज़ी है। इसमें किसी दूसरे का दख़ल नहीं। तेरा भी नहीं।"

"यानी कि मेरी फ़ोटो और मेरा भी नहीं।"

"नहीं।" दो क्षण बाद वह फिर बोली, "नहीं।"

"अबकी नहीं बताया तो मैं तुमसे नहीं बोलूँगा। न पूछूँगा। चला जाऊँगा, बाद में रोती रहना।"

"रो लूँगी, तुझे क्या?" कहकर वह बेध्यान-सी उठकर चलने को तत्पर होती है।

"कहाँ जा रही हो?" मैं एकाएक भयभीत हो जाता हूँ।

"कहीं नहीं।" कहकर वह वहीं आँगन में टहलने लगती है। मैं भी दुबका-दुबका उसके पीछे चलने लगता हूँ। एक निरर्थक-सी क्रिया। माँ का न पीछे देखना, न बोलना।

अस्त्र हारते देखे तो मैंने ब्रह्मास्त्र फेंका। "तुम यही चाहती हो न, मैं लौट आऊँ।...मार्था को वहीं छोड़कर।"

माँ जहाँ खड़ी थी, वहीं पत्थर हो गई। तड़पकर बोली, "मैं चाहती हूँ ऐसा? मैं चाहूँगी? मैं?" वह अपनी छाती पर ज़ोर से हाथ मारकर अपनी 'मैं' को दिखाने लगती है। विस्फारित-सी।

"तो फिर बोलती क्यों नहीं?" मैं रुआँसा हो जाता हूँ।

"बस, इतना?" माँ का चेहरा एकदम गड्डमड्ड हो जाता है। थरथराता हुआ, "बोलने लगूँगी अभी...ज़रा सी देर में...अगर बोलना ही प्रमुख है तो। बोलूँगी नहीं तो जाऊँगी कहाँ। पर...पर इस एक बात के लिए तू मुझे इतना दुख देगा...इतना?"

माँ की आवाज़ हाँफने लगी है। गले की नसें फूल आई हैं।

"अब सुनेगा तू, सुनना चाहेगा तू? काँच हो गई थी...निरा काँच...तेरी फ़ोटो... देखते-देखते। सिर्फ़ एक चौखटा...लोहे का...। तेरे बिना। हाथ बढ़ाती थी तो सख़्ती

रोक देती थी वहीं, निगोड़ी। और जानते हो ठंडक...यहाँ से चलती यहाँ तक।" माँ ने पोरों से शुरू करके कोहनी तक पहुँचता इशारा किया था...। "अब, जब मन ही जगाना है तो इन मायावी चीज़ों का क्या काम...? बोलो, क्या काम?"

फिर वही रोयाँ-रोयाँ हँसने में आँसुओं की बाढ़। अधपके खुले बाल। सीना ऊपर-नीचे उठता हुआ। चेहरा उम्र के कोड़ों से पिटा हुआ, डरावना। वह पागलों की तरह बदहवास हँस रही थी।

"नहीं, नहीं, हँसो मत। हँसो मत माँ। मैं कहता हूँ इस तरह हँसो मत। इसमें हँसने की क्या बात है!"

"तो फिर कैसे हँसूँ?" वह रुक जाती है। फिर एकाएक रो पड़ती है। मेरे कन्धे से लगकर।

क्षण ठिठक जाता है जैसे माँ के सिर पर मेरा हाथ।

एक लम्बी थरथराती सिसकी। माँ अगले ही पल अपने को मेरी हथेली के दबाव के नीचे से मुक्त कर लेती है।

व्योम ख़ाली हो जाता है। एकाएक। सूना, डरावना।

काँच था तो क्या। काँच के पीछे भी तो कुछ था। कोई था वह तो काँच नहीं। मैं...मैं...मैं तो काँच नहीं।

मैं अनुनय कर रहा हूँ पर जान भी रहा हूँ कि मेरी चिल्लाहट गूँगी है। पथराई हुई। अपने ही गले की रगों में घुमड़ रही है। आवाज़ नहीं बन रही।

मुझे लाँघकर माँ घर और आँगन के बीच की दहलीज़ से टिककर खड़ी हो गई है। परे, बेगानी। जाने क्यों लगा कि अभी...मेरे देखते-देखते माँ मन की किसी कंदरा में लौट जाएगी, वहीं की होकर रहेगी। न मुझे देखेगी...न टेरेगी। न राह देखेगी।

दहलीज़ से हटती है तो नीचे बिखरे चावल के दानों को बटोरती है और क्यारी के कोने पर रख आती है। चावल कनस्तर में पलटती है। हथेली से परात पोंछती है फिर पाटला उठाकर दीवार के सहारे यथास्थान रखने को चल पड़ती है।

उसके हर कुछ करने में एक डरावना-सा समापन का भाव है। खेमे उखड़ रहे हैं। पता नहीं कहाँ के? बीच में कौन है?

मेरे भीतर एक अजीब सी घबराहट संचित होने लगती है।

इतना सब करके माँ कनस्तर उठाती है और जाने लगती है।

गले की गुगुआती घुटन में से पता नहीं कैसे एक तेज़ थरथराती हुई चीख़ "नऽऽ हीं।...माँ नहीं। जाओ नहीं।"

माँ को क्या पता आवृत्ति हो रही है। दहशत लौट रही है बेतहाशा। पेट में वही—खाऊ सी खोह। पसरती हुई। पसलियों को मुचकाती हुई। कड़ियल। बुभुक्षित। जिसके जबड़ों में अपनी देह पसारकर मार्था ने मेरी रक्षा की थी। ठंडे, घुप्प अन्धकार में...एक क्षण...एक तारे की तरह...जागी थी वह—मार्था नहीं, एक उपस्थिति।

...किसी कोख जैसे तरल सुरक्षित अँधेरे में छिप बैठने को आकुल-व्याकुल हो चुकी हों इंद्रियाँ तो कौन उत्तर देगा? कौन? कौन दे सकेगा? कोई माँ? बहन? प्रेयसी? सखी? कौन?...व्याकुलता की नोक को नहीं पता—कोई नाम रूप। कोई रिश्ता। उसे तो चाहिए एक उपस्थिति। उपस्थिति का ऐश्वर्य। वही वर्चस्व।

अच्छा हुआ माँ ने पीछे मुड़कर देख लिया है। उसकी आँखें और गाल पूरी तरह गीले हैं।

"लाओ न, मुझे दे दो। इतना भारी कनस्तर तुम क्यों उठा रही हो? कह नहीं सकती थी मुझे?"

"मुझे तो याद ही नहीं रहता तुम यहाँ हो।" वह भीतर तक भीगी हुई है।

हम दहलीज़ लाँघ आते हैं। उन सबका सामना करने को तैयार होते हैं। मैं माँ को ढाढ़स देता हूँ।

"जाने दो पुरानी। मैं जाते ही तुम्हें एक लाजवाब फ़ोटो भेजूँगा। उस पर काँच लगवाना ही नहीं पड़ेगा। छू लोगी, जब चाहोगी। तुम्हें अच्छा लगेगा।"

"मुझे? मुझे भेजेगा?" माँ ठिठक जाती है। "बता नहीं चुकी मैं? मुझे करनी क्या है तुम्हारी फ़ोटो?"

बीच में केवल आज और कल का दिन। आने वाले कल की प्रभात से पहले जाना है। सुबह के 3 बजे।

वसीम के साथ आया था तो सोचा नहीं था, ऐसा भी सोचूँगा। एक दरार को अपने भीतर जन्म दे लूँगा। रुकने की सोचने लगूँगा।

सब हैं कि मुझसे ज़्यादा तत्पर तैयारी में हैं। माँ मेरे साथ जाने वाली पोटलियाँ, डिब्बे बाँध रही है। प्राण आसपास टिके हैं। कहीं गए नहीं, कुछ कहा भी नहीं। भैया मगन हैं। भाभी सेवा में लथपथ, मिंटू ख़ुशामद में। केवल कमली है जो टुकुर-टुकुर देख रही है।

वहाँ टिकने और यहाँ आने के कारणों के बारे में पूछा जाता तो किन्हीं चीज़ों को स्पष्ट करने का अपने पर भार पड़ता। अब तक क्यों टिका रहा? इस तरह असफल होकर लौटने की लज्जा? मार्था से फँसाव? एक जूठी ग़लीज़ अनुभूति? हर अगला दिन बेहतर हो जाने की आशा? या डॉलर्स?

अब इन बातों में से कुछ भी महत्त्व की नहीं। सिर्फ़ इतनी कि जाने की इच्छा प्रेरणा ही नहीं। कसे हुए घोड़े की काठी खुल चुकी है। अस्तबल में बैठा अब वह राहत की साँस पा जाने को व्याकुल है। ढूँढ़ रहा है—स्निग्धता, उष्णता, आराम, जो सदियों से नहीं मिला।

वसीम का फ़ोन आ चुका है। "लुफ़्तांसा की फ़्लाइट सुबह 3 बजे जाएगी। इसका मतलब है रात साढ़े ग्यारह बजे इंटरनेशनल एयरपोर्ट। इसका मतलब है

10 बजे मुझे दिल्ली होना चाहिए पर मैं 9 बजे ही पहुँच जाऊँगा। बहुत सी बिन सोची बातें हो सकती हैं रास्ते में। एयरपोर्ट के चेकिंग काउंटर पर मैं तुम्हारा इंतज़ार करूँगा।"

वसीम ख़ूब ख़ुश लग रहा था। चहकता हुआ। बादल जो छाए थे, बिना धमकाए निकल गए। कहता है, अब आकाश साफ़ है। खुली-खुली धूप का गवाह है। "और हाँ, एक सरप्राइज़। तुम नुसरत को भी देख लोगे। सुनो, वह रोने-धोने लगे तो तुम मुँह घुमा लेना। यह नहीं कि साहबज़ादे मज़ा ले रहे हैं। बड़ी जल्दी रोती है। ऐसा मक्खन जैसा नरम दिल है। आसमानी गरारे कुर्ते में होगी। पहचान लेना।"

तो यह भी आपस में तय है—परिधान तक।

गई रात एक पल, एक छिन नींद नहीं आई। वैसे भी बिस्तर में जल्दी झोंक दिया गया। दलील यह कि एक रात पहले अच्छी तरह सो लूँ। कल सफ़र की थकान हो जाएगी। जाते ही जी-तोड़ काम। वह क्या समझता है उनको अमेरिका की चाल-ढाल के बारे में नहीं मालूम।

ठिलता जाता हूँ। बिखरे पारे की बुंदकी की तरह बार-बार अपने इच्छित इरादे की चकमक को छूने जाता हूँ, पर बुंदकी आगे लुढ़क जाती है। टूट जाती है। चुटकी तक उसे छूने नहीं पाती।

सोने से पहले ख़ूब गरिष्ठ जैसा खाना। बहुत से व्यंजन। ख़ूब हिदायतें। चिन्ताएँ। चिट्ठियों के तक़ाज़े। मार्था की पसन्द को बीच में रखकर झिझकते हुए उपहार। ख़ूब सारा व्यक्त प्यार। माँ की चुप्पी। परसों यह सारे दृश्य बदल जाएँगे।

कोरी आँख। नींद जो नहीं आई। मैं बरामदे में पड़े तख़्त पर सोता हूँ। सामने छत पर खुलता जँगले का दरवाज़ा। एक ऊँची खिड़की।

रात चौकीदार की ठकठक। पुलिस की गश्त। सीटियाँ। कुत्ते। कच्ची सुबह के अधमैले प्रकाश में काले गुम्बदों की तरह खुलने लगती इमारतें। पक्षी। मन्दिर के घंटे। मौलवी की अज़ान। दूध के खटकते डोल। सदर दरवाज़ों के खुलने की चीं-चड़ाम। सब मैंने सुनी। बार-बार सुनी।

रात नहीं बीती पर सुबह तो हो ही गई।

सुबह हुई तो घबराहट घनी हुई लगी। अब कुछ नहीं। कोई मौक़ा भी नहीं। अब जाना ही होगा—मार्था के देश। सब तत्परता में हैं। मुझे उष्णता से उबाने का उत्सव चल रहा है।

नाश्ते तक भी एक अवरुद्ध आशा साथ टँगी रही। कहने-सुनने की इबारत भी मन में बनती-बिगड़ती रही।

फिर थक गया मैं। भीतर रखते-रखते बात। ख़ुद भी लगा रहने का कोई विश्वसनीय तर्क भी तो होना चाहिए। जाने ही जाने के हक़ में सभी दलीलें हैं। सब

दलीलों से ऊपर—मेरा ग्रीन कार्ड। दुर्लभ...। हर किसी के लिए प्रलोभक। अब मेरी नियति का एक अकेला नियामक।

जाना है अब।

'मैं' को नहीं, मुझे—बेटे को। भाई को। देवर को। चाचा को। कुँवर साब को। सबको पिघलकर बन जाना होगा—एक। केवल एक। एक कोई कुत्ता। मार्था के द्वार पर लपलप करता हुआ। नीची छत और अंडों की पुरानी बास के बीच घुटता हुआ। पर्दों के पीछे सीत्कारती चोरी की साँसों को सुनता हुआ। मार्था वाग्दत्ता नहीं मेरी, तो किसी की भी हो सकती है। उसे बार-बार, बार-बार अपनी कोख को ख़ाली कर देने का अधिकार है। परम अधिकार।

वे सब कितने चुप हैं? इतने चुप? कोई क्यों नहीं पूछता कि तुम्हें क्या करने जाना है। वैभव की चौखटों के बीच बींधकर देखा, मन नहीं देखा।

माँ ने भी जान लिया जगाना मन। हटा दिया अक्स। चित्र सामने था तो मैं भी यहीं कहीं था। दिखता तो था। किसी और का 'भोंदू' ही सही, पर माँ का तो कुछ था।

लो, बज गए हैं दस। अब जाता हूँ।

लो, जाता हूँ चिंटू। जाऊँगा नहीं तो टोकरा भर चीज़ें कैसे आ पाएँगी। लो, जाता हूँ भैया। तुम्हारे हाथ में पोटली। सपनों के बीज। जाऊँगा नहीं तो धरती (?) कैसे मिल पाएगी। लो, जाता हूँ भाभी। पूरियों की सुवास तुम रखो सहेजकर। मैं हैमबर्गर खाऊँगा। लो, जाता हूँ माँ। तुमने जगाना सीख लिया है मन। लो, जाता हूँ श्यामली। क्यारियाँ खुद चुकीं। लो, जाता हूँ पापा। तुमने कह दिया था, एक ही बार। सारा इकट्ठा। लो, जाता हूँ देश। तुम्हें मैं कभी देख-सुन-छू नहीं सका। मुट्ठी में पा जाने को ललकता रहा। मुट्ठी एक मिली मार्था। लो, जाता हूँ मैं। गया नहीं। तो सारे झूठ निथर आएँगे। झूठा कहलाऊँगा।

लो, चलता हूँ वसीम। वापसी का टिकट जो तुम्हारे पास है।

लो, आता हूँ मार्था। तुम्हारे देश। पता नहीं क्यों?

✪